P9-CRY-631

Escándalo en la Noche

TERESA MEDEIROS

ESCÁNDALO EN LA NOCHE

Titania

ARGENTINA - CHILE - COLOMBIA - ESPAÑA
ESTADOS UNIDOS - MÉXICO - URUGUAY - VENEZUELA

Título original: *One Night of Scandal*
Editor original: Avon Books, Nueva York
Traducción: Amelia Brito

ISBN: 84-95752-70-0
Depósito legal: B- 2.769 - 2005

Fotocomposición: Ediciones Urano, S. A.
Impreso por Romanyà Valls, S. A. - Verdaguer, 1 - 08786 Capellades (Barcelona)

Impreso en España - *Printed in Spain*

A mi madre, por levantarte cada día quisieras o no.
Y a mi padre, por estar con ella cuando se levantaba.

Agradecimientos

Quiero dar las gracias a Claire DeAngelis por devolverme mi música; a Jean Willett por leer todas mis diferentes versiones del capítulo 1; a Tammy Rae Cowan por sus fervorosas oraciones y al buen Señor por oírlas; y a Buffy, mi «Mirabella», que entró en mi vida cuando más necesitada estaba yo de sus travesuras.

Mi más sincera gratitud a Carrie Feron, Andrea Cirillo y a mi queridísimo Michael, por creer en mí.

Capítulo 1

Amable lector, jamás olvidaré el momento en que vi por primera vez al hombre que planeaba asesinarme.

Londres, 1825

Esa noche era la presentación en sociedad de Carlotta Anne Farleigh. Por desgracia, la presentación que estaba haciendo en ese momento era la de su precioso vestido de baile fuera de una ventana de la primera planta de la mansión de su tía Diana en Mayfair. Y esto podría haberlo conseguido sin ningún contratiempo si los volantes de seda que adornaban el corpiño del vestido no se hubieran quedado enganchados en la cabeza de un clavo que sobresalía del alféizar.

—¡Harriet! —llamó Lottie, desesperada, en un susurro—. Harriet, ¿dónde estás? Estoy en un apuro y necesito urgentemente tu ayuda.

Estiró el cuello para mirar la acogedora sala de estar en que había estado cómodamente instalada sólo hacía unos minutos. Un peludo gato blanco estaba durmiendo junto al hogar, pero Harriet, como toda su buena suerte, parecía haberse desvanecido.

—¿Dónde se habrá metido esa pava?

Mientras trataba de soltar el volante del clavo, las resbaladizas suelas de sus zapatos bailaban deslizándose por la rama de árbol que llegaba justo hasta debajo de ella, buscando en vano afirmarse.

De mala gana miró hacia abajo por encima del hombro. La terraza adoquinada, que hacía unos momentos le había parecido tan cerca y fácil de alcanzar de un salto, ahora parecía estar a leguas de distancia. Le pasó por la cabeza la idea de gritar llamando a un lacayo, pero se contuvo, porque igual podría ser su hermano el que acudiera corriendo y la sorprendiera en esa apurada situación. Aunque George era sólo dos años mayor que ella, no hacía mucho que había regresado de su primer Gran Viaje por el Continente y estaba impaciente por mandonear a su hermana pequeña con su recién descubierta elegancia.

Desde las puertas cristaleras del lado norte de la casa llegaban las disonantes notas de los instrumentos de cuerda que estaban afinando los componentes del cuarteto de músicos. No tardarían mucho en oírse los ruidos de ruedas de coches y el murmullo de voces y risas de bienvenida, cuando comenzara a llegar la flor y nata de la aristocracia londinense a celebrar su estreno en su sociedad. No tendrían manera de saber que la invitada de honor estaba colgando de una ventana del piso superior, fracasando en su intento de ser respetable.

Tal vez no se encontraría en esa apurada situación si su cuñado y tutor, Sterling Harlow, hubiera celebrado la fiesta de su presentación en sociedad en la casa Devonbrooke, su inmensa mansión en el sector oeste. Pero su prima Diana lo había convencido, con mimos y halagos, de que le cediera ese honor a ella.

No le hacía falta estirar demasiado su hiperactiva imaginación para visualizar a los invitados de su tía congregados junto a su cuerpo destrozado tendido sobre los adoquines. Las mujeres se llevarían sus perfumados pañuelos a los labios para ahogar los sollozos mientras los hombres emitirían «tss-tss» y «tut-tut» en voz baja, mascullando qué terrible pena era verse privados para siempre de su alegre compañía. Miró pesarosa la exquisita falda de popelina color violeta; si el vestido no sufría demasiado estropicio con la caída, tal vez su familia podría enterrarla con él.

No le costaba nada imaginarse la reacción de ellos tampoco. Laura escondería su cara mojada por las lágrimas en las solapas de su marido, su tierno corazoncito roto por la última locura de su querida hermanita Lottie. Pero lo más terrible de todo serían las arruguitas de amarga decepción que surcarían el hermoso semblante de su cuñado. Sterling había dedicado muchísimo tiempo, cariño, paciencia y dinero a modelarla para transformarla en una dama. Esa noche había sido su última oportunidad para demostrarle que todos esos gastos y esfuerzos no habían sido en vano.

Y pensar que en esos momentos podría estar sentada aún ante el tocador de la sala de estar, si su mejor amiga Harriet no hubiera entrado corriendo en la sala justo cuando la maruja de su tía le estaba dando los últimos toques a su peinado, se dijo, recordando la cadena de incidentes que la habían llevado a esa precaria situación.

Al ver las manchas de color que teñían las mejillas de Harriet, y que indicaban su febril agitación, se apresuró a levantarse de la banqueta del tocador.

—Gracias, Celeste. Eso será todo.

No bien había salido la doncella, corrió al lado de su amiga.

—¿Qué te pasa, Harriet? Da la impresión como si acabaras de tragarte un gato.

Si bien Harriet Dimwinkle no era lo que se dice gorda gorda, todo en ella daba la sensación de redondez, sus mejillas con hoyuelos, los gruesos anteojos con montura metálica que opacaban sus ojos castaño claro, los hombros que seguían siendo ligeramente inclinados pese a las horas que se vio obligada a desfilar por el salón del Colegio de Modales para Señoritas de la señora Lyttelton equilibrando un pesado atlas sobre la cabeza. Ya sólo su apellido [dim: luz tenue] le atraía crueles bromas de sus compañeras. Y no favorecía nada a la muchacha el ser un poco... bueno, de pocas luces, como si dijéramos.

Jamás ella toleraría la injusticia, y por eso se había autoasignado el papel de protectora de Harriet. Detestaba reconocer, ni siquiera para sus adentros, que era justamente la considerable falta de agudeza de la bondadosa muchacha lo que la inducía a seguirla en sus descabelladas andanzas sin preocuparse de las consecuencias.

—Acabo de oír unos comentarios en secreto a dos de las criadas —le dijo entonces Harriet apretándole el brazo—. Jamás adivinarás quién ha estado viviendo en la casa vecina estas dos últimas semanas, prácticamente bajo las narices de tu tía.

Lottie miró por la ventana. La casa a oscuras que compartía la esquina con la de su tía apenas era visible en las sombras del anochecer.

—Nadie, diría yo. Esa casa está más callada que una tumba. Estamos aquí desde el martes y aún no he visto un alma viviente ahí.

Harriet abrió la boca.

—¡Espera! —exclamó ella, apartándose y levantando una mano en señal de advertencia—. No me importa. No quiero saberlo. Lo último que necesito esta noche es un rapapolvo de Laura por ser tan entrometida.

—Pero si no eres entrometida —protestó Harriet, agitando las pestañas bajo esos anteojos que la hacían parecer un búho—. Eres escritora. Siempre has dicho que a tu hermana le falta la imaginación para ver la diferencia entre ambas cosas. Por eso, sencillamente tengo que decirte que...

—¿Sabes a quién pidió Sterling que invitara mi tía esta noche? A la señorita Agatha Terwilliger.

—¿Terwilliger la Terrible? —exclamó Harriet, palideciendo.

—La mismita.

Agatha Terwilliger había sido la única profesora del colegio de la señora Lyttelton que se negó a apretar los dientes y atribuir al «carácter alegre» o «pasión por la vida» la inclinación de Lottie a hacer diabluras. Había estado más interesada en formarle el carácter que en aplacar a su adorador y poderoso tutor el duque de Devonbrooke. La severa vieja solterona la había frustrado en todo, ganándose su eterna enemistad a la vez que su renuente respeto.

—Sterling quiere que le demuestre a la señorita Terwilliger que ya no soy la traviesa marimacho que le cosió los dedos de los guantes y le metió un poni en el dormitorio. Cuando baje la escalera esta noche, esa arrugada hacha de batalla —hizo un gesto de pesar por ese desliz de la lengua—, esa querida y dulce anciana sólo verá a una dama, apta para entrar en la sociedad educada. Una dama que por fin ha adquirido la idea de que la virtud contiene su propia recompensa.

La expresión de Harriet se tornó suplicante.

—Pero hasta la dama más virtuosa disfruta de un buen sorbo de un rico caldo de escándalo de tanto en tanto. Por eso sencillamente «debes» saber quién ha estado alojado en esa casa. Vamos, es...

Lottie se tapó los oídos y comenzó a tararear el segundo movimiento de la *Quinta Sinfonía* de Beethoven. Por desgracia, todos esos años de escuchar a escondidas ya habían convertido en verdadero arte su habilidad para leer el movimiento de los labios.

—¡No! ¡Imposible, no puede ser! —exclamó, bajando las manos—. ¿El Marqués Asesino?

Harriet asintió, agitando sus lacios mechones como las sedosas orejas castañas de un spaniel.

—El mismito. Y las criadas juran que esta es su última noche en Londres. Se marcha a Cornualles mañana a primera hora.

Lottie se paseó con creciente agitación por todo lo largo de la desteñida alfombra de Aubusson.

—¿Mañana? Entonces esta podría ser mi última oportunidad para echarle un vistazo. Ay, ojalá lo hubiera sabido antes. Podría haber bajado por ese árbol que está cerca de la ventana y entrado en su patio sin que nadie me hubiera visto.

—¿Y si él te hubiera sorprendido espiándolo? —preguntó Harriet, estremeciéndose.

—No habría tenido nada que temer —contestó Lottie, con más convicción de la que sentía—. Por lo que he oído, sólo asesina a sus seres queridos.

Presa de una repentina inspiración, se precipitó a su baúl y empezó a hurgar su contenido, arrojando a diestro y siniestro guantes de cabritilla, medias de seda y abanicos pintados a mano, hasta encontrar los gemelos de teatro que buscaba.

—No creo que haya ningún mal en echar una miradita, ¿verdad?

Con Harriet casi pisándole la orilla del vestido, corrió hasta la ventana y la abrió. Se inclinó sobre el alféizar y apuntó los pequeños gemelos dorados hacia la casa vecina, agradeciendo que los tiernos brotes verdes del tilo no se hubieran convertido todavía en hojas. Aunque sólo las separaba un muro de piedra, las dos casas podrían muy bien pertenecer a mundos diferentes. A diferencia de la mansión de su tía, no se veía luz de lámpara en ninguna de las ventanas de la casa, no se veía un ir y venir de criados, ni se oían las bulliciosas risas de niños acompañados por spaniels subiendo y bajando las escaleras y corriendo por los pisos de parqué.

Harriet apoyó su redondo mentón en su hombro, haciéndola pegar un salto del susto.

—¿Crees que tu tío podría haberlo invitado al baile?

—Aunque el tío Thane lo invitara, él no vendría —le explicó Lottie pacientemente—. Es un archiconocido ermitaño. Y se sabe que los ermitaños desprecian las invitaciones incluso a las mejores fiestas.

A Harriet se le escapó un soñador suspiro.

—A ti no se te ocurre que pueda ser inocente, ¿verdad? Puede que los periódicos de chismorreos lo hayan condenado, pero nunca lo juzgaron en un tribunal.

Lottie ahuyentó a un curioso petirrojo que se había posado en una rama por encima de su cabeza y que quería picotearle el moño de rizos que llevaba en la coronilla. Aunque estaba muy de moda adornar el peinado con plumas, dudaba que un pájaro entero pasara inadvertido.

—¿Qué más pruebas necesitas? Llegó una noche a su casa de Londres y se encontró a su bella esposa en los brazos de su mejor amigo, donde sin duda la había llevado su cruel indiferencia. Retó a duelo al amante, lo mató de un disparo y luego se la llevó de vuelta a los páramos de Cornualles, donde ella murió a los pocos meses a causa de un muy sospechoso tropezón que la arrojó al mar por un acantilado.

—Yo en su lugar le habría disparado a ella en lugar de al amante —dijo Harriet.

—Vaya, Harriet, qué deliciosamente sanguinaria eres —exclamó Lottie, girándose a mirar a su amiga con un nuevo respeto—. Sólo la semana pasada *The Tatler* traía un artículo muy enigmático que daba a entender que el espíritu de su mujer todavía ronda por los corredores de su casa señorial de Oakwylde soltando lamentos por su amante muerto. Dicen que no descansará hasta que se haga justicia.

—Yo diría que eso debe de ser de lo más molesto para la digestión. Tal vez por eso decidió venir a pasar dos semanas en Londres en visita de negocios.

—¡Maldito de todos modos! —exclamó Lottie, dejando a un lado los gemelos—. El muy terco tiene cerradas todas las cortinas. Tenía toda la intención de tomar su vil imagen como modelo para el villano de mi primera novela. —Suspirando, bajó el marco corredizo de la ventana—. Pero supongo que nada de eso importa ahora. Después de esta noche, estaré oficialmente en el mercado del matrimonio, lo que significa que todo Londres zumbará de cotilleos cada vez que me equivoque de tenedor o estornude sin taparme la nariz con el pañuelo. Antes que te des cuenta, estaré encerrada en alguna propiedad del campo con un aburrido terrateniente por marido y una muchedumbre de críos.

Harriet se dejó caer en una muy mullida otomana y se inclinó a acariciar el gato que dormitaba junto al hogar.

—Pero ¿no es eso lo que desea toda mujer? ¿Casarse con un hombre rico y llevar la vida de una dama ociosa?

Lottie guardó silencio, porque, curiosamente, no logró encontrar palabras. ¿Cómo podía explicar el desasosiego que le invadía el corazón? A medida que se aproximaba su presentación en sociedad, se le había ido intensificando la sofocante sensación de que su vida iba a llegar a su fin antes que hubiera comenzado.

—Claro que eso es lo que toda mujer desea —repuso, tanto para tranquilizarse ella como para tranquilizar a su amiga—. Sólo una cabeza de chorlito soñaría con convertirse en una célebre escritora de novelas góticas como la señora Radcliffe o Mary Shelley. —Fue a sentarse en la banqueta del tocador, metió un papel de paja de arroz en la polvera y se lo pasó por la nariz, para retocársela, como estaba de moda—. No estaría nada bien que decepcionara a Sterling otra vez. Él y Laura me han acogido en su casa, se han ocupado de mi educación, y me han sacado de todos mis apuros. Él ha sido más un padre que un cuñado para mí. Cuando baje esa escalera esta noche, quiero ver su cara radiante de orgullo. Quiero ser la dama que él ha soñado que sería.

Suspiró, deseando que la regia joven que veía en el espejo no le pareciera tan desconocida. La duda que ensombrecía su semblante hacía parecer sus ojos azules demasiado grandes para su cara.

—Vale más que nos resignemos a nuestro destino, Harriet. Ya ha quedado atrás nuestra época de diabluras.

De pronto, sin darse cuenta de lo que hacía, ya tenía levantadas la falda y enaguas y estaba montada a horcajadas sobre el alféizar de la ventana.

—¿Adónde vas? —le preguntó Harriet.

—A echarle una mirada a nuestro famoso vecino —repuso Lottie, pasando la otra pierna por encima del alféizar—. ¿Cómo puedo esperar escribir algo sobre un villano con cierta convicción si nunca he visto a uno?

—¿Crees que eso es prudente?

La preocupación de su amiga le dio que pensar. No era propio de Harriet manifestar dudas sobre lo que fuera que ella sugería, por descabellado que fuera.

—Tengo el resto de mi vida para preocuparme de ser prudente. Pero ahora sólo me quedan unos pocos y preciosos momentos.

Dejó caer el cuerpo y quedó cogida de la ventana con las manos. Estirándose logró tocar la rama de abajo con las puntas de los pies. Durante sus años en el colegio de señoritas había adquirido mucha experiencia en subir y bajar de los árboles para eludir los estúpidos toques de queda y a las diligentes directoras.

—Pero ¿qué hago si vienen tu hermana y tu tía a buscarte? —le gritó Harriet.

—No temas. Con suerte, estaré de vuelta antes de que los músicos toquen las primeras notas del primer vals.

Y bien que podría haber hecho eso si el terco clavo no se le hubiera agarrado a los volantes del corpiño y Harriet no hubiera desaparecido bruscamente. Colgando entre la ventana y el árbol, dio otro desesperado tirón al volante, y este se soltó sin aviso. Se balanceó, dudando entre cogerse al árbol o afirmar la tela de seda suelta. Esa vacilación la hizo perder el equilibrio y cayó de espaldas deslizándose de cabeza por las ramas, con un chillido atascado en la garganta.

Afortunadamente el descenso no fue muy largo.

Aterrizó en una picajosa cuna formada por tres ramas cubiertas por delicadas hojitas verdes de primavera. Todavía estaba aturdida tratando de asimilar el hecho de que los caballeros de Londres tendrían que dejar su luto por ella para otro día, cuando vio aparecer la cabeza y los hombros de Harriet en la ventana.

—¡Ah, estás ahí! —exclamó Harriet alegremente.

Lottie la miró furibunda.

—¿Qué has estado haciendo? ¿Fuiste a buscar un poco de té?

Indiferente a su sarcasmo, Harriet le enseñó una prenda oscura.

—He ido a buscarte la capa. Sólo estamos en mayo, ¿sabes? El aire todavía es frío. No te conviene coger una fiebre. Podría ser tu fin.

—También podría serlo caer nueve yardas hasta el suelo —la informó Lottie lúgubremente. Miró pesarosa su corpiño roto—. Vale más que me la tires. Parece que la necesitaré.

La capa bajó volando y le cayó en la cabeza, cegándola. A manotazos se quitó los pliegues de la cara, formó una bola con la prenda y la arrojó al otro lado del muro de piedra.

Nerviosa, Harriet miró atrás por encima del hombro.

—¿Qué hago mientras no estés aquí?

—Sé buena y ve a buscar aguja e hilo. —Metiéndose un pecho rebelde dentro del corpiño caído, masculló—: No creo que esto sea exactamente lo que Laura tenía en mente cuando dijo que mi presentación en sociedad sería la comidilla de la alta sociedad.

Cogiéndose de la rama de arriba, se puso de pie. Una vez recuperado el equilibrio, no le costó nada bajar balanceándose de rama en rama hasta llegar a la más gruesa que pasaba por encima del muro y continuaba por el patio vecino. Al saltar al suelo al otro lado, oyó el ruido de un coche al detenerse ante la puerta de la casa de su tía, seguido por un murmullo de voces mientras bajaban sus ocupantes.

Tenía menos tiempo del que había esperado. Estaban comenzando a llegar los primeros invitados.

Cuando se agachó a recoger la capa, oyó una voz rasposa y muy conocida, proveniente del otro lado del muro, que le hizo bajar un escalofrío por la espalda como si le hubieran echado agua helada por la nuca.

—Es un milagro que esta niña haya sobrevivido hasta su presentación en sociedad. Siempre le advertí que algún día se metería en algún lío del que no podría salir con su encanto.

—Algún día, señorita Terwilliger —susurró Lottie, sacudiendo la capa para ponérsela sobre los hombros—. Pero esta noche no.

Hayden St. Clair estaba sentado solo en el estudio de su casa alquilada, leyendo la última edición de la *Gazette* a la luz de una vela.

—«Ayer vieron al misterioso M.A. entrando en una camisería de Bond Street» —leyó en voz alta—. Buen truco ese —musitó—, teniendo en cuenta que no he salido de casa desde el lunes. —Pasó la página para continuar leyendo la columna—. «Hay quienes elucubran que bien podría haber hecho coincidir esta excepcional visita a Londres con el comienzo de la temporada y la presentación en sociedad de ruborosas jovencitas impacientes por unirse a la Caza de Marido».

Hayden se estremeció, imaginándose a un pobre zorro en traje de noche arrojado al suelo por una jauría de rientes jovencitas debutantes en sociedad.

—«Si, efectivamente, M.A. ha decidido buscar nueva esposa, permitid a este humilde observador recomendar un color apropiado para el traje de novia: negro.»

Se le escapó un bufido, mitad risa, mitad gruñido de disgusto.

—Diabólicamente ingeniosos, ¿eh? Despreciables todos.

Puso el panfleto sobre la llama de la vela y esperó pacientemente mientras los bordes se doblaban y luego empezaban a arder. Inclinándose en su sillón de orejas tapizado en brocado, lo arrojó sobre el hogar frío y se quedó contemplándolo con no poca satisfacción mientras ardía hasta convertirse en cenizas, cenizas que se mezclaron con las de *The Times*, el *St. James Chronicle*, el *Courier* y el *Spy* de ese día. Arrojarlos al fuego habría sido más fácil, si se hubiera tomado el trabajo de encender la leña que había dejado preparada el mayordomo en el hogar, pero, comparada con los helados vientos que soplaban en el páramo Bodmin, encontraba temperada la fría humedad de Londres. Sólo había estado dos semanas en Londres, pero ya echaba de menos el sabor salobre del aire marino y los agudos chillidos de las gaviotas que revoloteaban sobre las olas rompientes.

¿Qué escribirían los traficantes de bulos si supieran que había venido a Londres a buscar una mujer pero no una esposa?, pensó. Si hubieran tenido menos éxito en desacreditarlo, tal vez podría haberla encontrado.

The Tatler había llegado al extremo de acusarlo de huir de Cornualles para escapar de sus fantasmas. A diferencia de los chismosos profesionales no era tan tonto como para creer que los fantasmas se podían confinar en los escabrosos acantilados y páramos barridos por el viento. Igual podían estar al acecho en la melancólica música de Schubert al escapar por alguna ventana abierta de Bedford Square. Acechaban en el olorcillo del perfume floral que continuaba pegado tozudamente a su chaqueta hasta mucho después de haberse rozado en la atiborrada acera con la persona que lo llevaba. Acechaban en las hermosas jóvenes de cara lozana que se paseaban mirando los escaparates de Regent Street, haciendo sonreír de placer con sus saltones rizos y exuberante cháchara a todos los hombres que pasaban.

A todos los hombres tan inocentes que no comprendían que el placer de un hombre bien podía resultar la perdición de otro.

Esa mañana, sin ir más lejos, había visto un atisbo de una criatura así, un trasgo de pelo dorado que bajó de un coche con blasón y entró en la casa vecina gritando un travieso desafío a la muchacha que iba arrastrando los pies detrás de ella. Las había visto desde la ventana de su dormitorio en la primera planta, con los dedos detenidos en el acto de anudarse la corbata. Aunque cerró la ventana y corrió las gruesas cortinas antes de ver algo más que un seductor vislumbre de su cara, su risa lo había perseguido el resto del día.

Se levantó y fue a mirar el elegante cofre forrado en piel que había puesto en el borde del escritorio. Se lo habían ido a dejar esa mañana. Lo abrió y contempló el regalo acunado en el terciopelo que forraba su interior. Lo encontraba poca consolación para paliar el fracaso en su búsqueda del tesoro que había esperado encontrar. Igual podría haberse quedado en Cornualles, pero había considerado demasiado importante la búsqueda como para confiársela a un secretario o abogado, por discreto que fuera. Comenzó a bajar la tapa con bordes de latón y de pronto se detuvo, curiosamente renuente a tapar el contenido. Lo dejó abierto.

Estaba metiendo libros y libros de cuentas en la maleta abierta sobre el otro lado del escritorio cuando sonó un golpe en la puerta. No le hizo caso, pues sabía por experiencia que si dejaba pasar un buen rato así, quien fuera la persona que llamaba se marcharía. Había dejado libres a los criados poco después del té, decidiendo que bien podían disfrutar de su última noche en Londres aunque él no.

Los golpes con la aldaba metálica continuaron, firmes, parejos, implacables. Cuando los golpes agotaron hasta la última gota de su paciencia y más, metió a toda prisa el último libro en la maleta, salió, atravesó el vestíbulo y abrió la puerta.

En ese momento se disipó del todo su escepticismo respecto a la existencia de fantasmas.

Una aparición de su pasado estaba apoyada en la baranda de hierro del pórtico, sus cabellos rubio plateado nimbados por la neblinosa luz de las lámparas de gas de la calle. No había visto a sir Edward Townsend desde ese tempestuoso otoño de hace cuatro años, cuando él puso a reposar a su mujer en la cripta familiar de Oakleigh. Aunque el entierro de Justine iba a ser una ceremonia privada, él no tuvo valor para echar a Ned. Después de todo, Ned también la había amado.

No le negó esa última despedida, pero salió del cementerio sin intercambiar ni una sola palabra con él.

En otro tiempo su amigo podría haberlo abrazado y dado una vigorosa palmada en la espalda, pero su postura rígida del momento hacía imposible ese gesto.

—Ned —dijo secamente.

—Hayden —repuso Ned, con expresión ligeramente burlona.

Antes de que pudiera protestar, Ned pasó junto a él y entró en el vestíbulo, haciendo girar su bastón entre sus ágiles dedos. Tenía más o menos la misma figura del niño de doce años que conociera en Eton hacía tantos años; piernas largas y una apariencia impecable, desde la punta de sus brillantes botas Wellington hasta el pelo muy corto al estilo griego.

—Pasa —dijo, sarcástico.

Ned se volvió, golpeando el suelo de roble con la punta de su bastón.

—Gracias, creo que entraré. No podía dejarte escapar de Londres sin que me hubieras vuelto a ver. Tal vez tu mayordomo ha sido negligente. He venido a visitarte todos los días de esta semana y aún no he recibido ninguna respuesta. —Sus ojos se posaron en la mesa del vestíbulo, donde había una bandeja honda de plata a rebosar de tarjetas de visita y sobres de papel vitela, todos sin abrir—. Ah, veo que no ha sido negligencia del mayordomo sino mía. Me fié demasiado de los modales que te enseñó tu madre, Dios tenga su querida alma en paz.

Hayden apoyó la espalda en la puerta y se cruzó de brazos, resistiéndose a poner cara de culpable.

—Mi madre me enseñó que es de mala educación entrometerse en los asuntos particulares de los demás.

Sin hacerle caso, Ned cogió un montón de tarjetas e invitaciones y empezó a pasarlas.

—Lady Salisbury, lady Skeffington, la duquesa de Barclay. —Levantó la vista y miró a Hayden arqueando una plateada ceja—. Todas estas son de anfitrionas «por excelencia». Dime, ¿qué se siente al volver a ser uno de los solteros más solicitados de todo Londres?

Hayden le arrebató las invitaciones y las tiró sobre la mesa.

—No tengo ningún interés en relacionarme con quienes se enorgullecen de sus modales pero no de su consideración. No buscan un cuarto para sus partidas de cartas ni una pareja de vals para sus hijas. Buscan a alguien de quien sus invitados puedan hablar en voz baja por detrás de sus abanicos y cigarros, una curiosidad, para compadecer y vilipendiar.

—Ah, sí, el «Marqués Asesino». Su papel de villano aparece muy claro en las páginas de los diarios y periódicos de chismes, ¿verdad? Es asombroso que yo haya reunido el valor para hacerte una visita. —Ned se miró las bien cuidadas uñas—. Pero puesto que no tengo ninguna intención de acostarme con ninguna de tus futuras esposas, no me preocupa que me vayas a retar a duelo o que te dé un ataque de rabia homicida y me apuñales en el cuello con una cuchara de mermelada.

Hayden se tensó, herido por la osadía de su amigo.

—Ni tendrías por qué. No tengo la menor intención de volverme a casar.

—¡Una lástima! —Pero era tristeza la que destellaba en sus serenos ojos grises, no lástima—. Fuiste uno de los maridos más amorosos que podría esperar tener una mujer.

Los dos estuvieron en silencio un buen rato. De pronto a Ned le relampagueron los dientes en una leve imitación de su antigua sonrisa.

—Sal a divertirte conmigo esta noche, Hayden. A Harriette Wilson la compró el duque de Beaufort y se retiró a París a seducir a todo el mundo con sus memorias, pero sus hermanas siguen sabiendo organizar una fiesta. Podemos emborracharnos, plantarnos un bonito trozo de muselina en el regazo y fingir que volvemos a tener dieciocho años, recién salidos de Eton. ¡Ven conmigo! Ya verás. Será como antes.

Pese a la insistencia de Ned, los dos sabían que jamás volvería a ser como antes. En lugar de tres jóvenes dandis desmadrados probando los muchos placeres ilícitos de la ciudad, sólo serían dos.

Hayden logró sacar una sonrisa de algún recoveco de su memoria.

—Creo que tendrás que arrullar tú solo a las atractivas señoritas Wilson esta noche. Pienso acostarme pronto para salir temprano mañana para Cornualles.

Ned asomó la cabeza en el lúgubre estudio que estaba detrás de él.

—No soporto imaginarte encerrado en este mausoleo alquilado tu última noche en la civilización. Por lo menos deja que te envíe un pequeño consuelo para calentarte.

—No será necesario. El cocinero me dejó una buena y gorda perdiz en la cocina y una botella de Madeira. Ese será el único consuelo que necesite —añadió, abriendo la puerta.

Ned no perdió tiempo en ofenderse ni en fingir que no entendía. Pero en el pórtico se detuvo y se volvió a mirarlo con un destello especulativo en los ojos.

—No deberías precipitarte a rechazar mi oferta. Incluso la más jugosa de las perdices se puede beneficiar de una pulgarada de condimento.

Hayden se quedó observando alejarse a su amigo hacia su coche, preocupado por la chispa de travesura que le vio en los ojos. En Eton, esa mirada siempre significaba problemas, generalmente de la variedad femenina.

Agitando la cabeza para sacudirse sus fantasías, cerró firmemente la puerta, dejando fuera la noche y sus fantasmas.

Lottie echó a caminar amparándose en la oscuridad de la sombra que arrojaban las largas y frondosas ramas del árbol, agradeciendo el no haber permitido que Harriet la acompañara. Harriet jamás había sido buena para fisgonear; tenía la lamentable tendencia de pisar tan fuerte como un caballo de tiro, por blanda que estuviera la tierra o lo delicados que fueran sus zapatos.

De la tierra húmeda se elevaban hilillos de niebla a los que la luz de la media luna menguante daba un brillo blanco fantasmagórico.

Cuando salió de la sombra se cubrió la cabeza con el capuchón de la capa para evitar que le brillara el pelo con la luz de la luna.

La estrecha casa de tres plantas se elevaba gigantesca ante ella, oscura y lúgubre. Si no fuera por el cotilleo de las criadas, habría jurado que no había nadie allí.

Miró atentamente la hilera de oscuras ventanas de la primera planta, conjeturando cuál de ellas ocultaría el dormitorio del marqués. No le costaba nada imaginárselo tendido sobre una colcha de satén, con una copa de coñac entre sus aristocráticos dedos largos y ahusados, con un destello sardónico en los ojos y los labios curvados en una sonrisa cínica.

Se rumoreaba que hace once años, antes de cortejar y casarse con su difunta esposa, el joven Hayden St. Clair, marqués de Oakleigh, había sido considerado uno de los mejores partidos de toda Inglaterra. Se decía que el anuncio de su compromiso con la hija menor de un vizconde francés de poca monta fue recibido con desmayos, ataques de histeria y desgarradores sollozos. Aunque su matrimonio terminó en tragedia, los afectuosos recuerdos de su vertiginoso romance todavía traían un melancólico suspiro a los labios de incluso las señoras más gazmoñas. Pese a su muy espectacular caída en la estimación de la sociedad, a ella no le cabía la menor duda de que esas mismas señoras continuarían recibiéndolo en sus salones, aunque sólo fuera por morbosa curiosidad.

Pero él había preferido exiliarse en los inhóspitos páramos de Cornualles. Sus breves y nada frecuentes visitas a Londres estaban envueltas en el secreto. Irónicamente, sus intentos de no atraerse la atención estimulaban la curiosidad y acicateaban a los periódicos y panfletos de chismes a seguir publicando elucubraciones sensacionalistas.

Esperó varios minutos, balanceándose impaciente sobre las puntas de los pies, pero seguía sin ver ninguna señal de vida en la oscura casa. Tal vez el marqués no fuera el ermitaño que todo el mundo creía que era. Tal vez en esos momentos estaba en algún club de caballeros o en un salón de juego, entregado a algunos de los placeres más asquerosos de la ciudad.

Se estaba girando, dispuesta a hacer la ardua escalada del muro para volver a subir a la ventana de la sala de estar cuando vio pasar una luz parpadeante por las puertas cristaleras de la otra esquina de la casa.

El corazón le dio un vuelco y cambió de ritmo sus latidos. Era probable que sólo fuera una criada o un lacayo, se dijo, que estaba comprobando que las puertas estuvieran bien cerradas para la noche. Pero caminó hacia allá de todos modos, amparada por la sombra de la pared. Cuando llegó a la esquina de la terraza de hormigón, ya había desaparecido la luz.

Miró hacia la casa de su tía. El ruido de ruedas de coches era cada vez más frecuente, y los gemidos de los violines más insistentes. Su cuñado podía adorarla, pero la alta sociedad no lo había apodado el Diablo de Devonbrooke porque sí. Si faltaba al primer baile de la fiesta de su presentación en sociedad lo pagaría caro.

Volvió a aparecer la luz, un suave parpadeo, demasiado seductor para no hacerle caso, y luego sencillamente desapareció. De puntillas atravesó la terraza, prometiéndose que sólo le echaría una rápida ojeada a la guarida del marqués antes de rendirse totalmente al casto abrazo de la virtud. Levantando una mano para bloquear el brillo de la luz de la luna, se acercó más al cristal.

Bruscamente se abrió la otra puerta cristalera y salió por ella una mano masculina que le cogió la muñeca en un potente puño, y la arrastró dentro de la casa. Impedida de gritar por la sorpresa, se encontró mirando, muda, la cara del Marqués Asesino en persona.

Capítulo 2

Su rostro era a la vez terrible e irresistible,
la negrura de su alma reflejada en su melancólica belleza.

Aunque la luz de la vela le dejaba en la sombra la cara, no había manera de confundirlo con un criado. Encima de sus desgastadas botas hessianas llevaba unos pantalones negros ceñidos, un chaleco desabotonado y una camisa de linón color crema, sin cuello y abierta en la garganta. Sólo un caballero podía permitirse tanto descuido en su vestimenta. De su piel emanaba el delicioso aroma a mirica, que se mezclaba con el embriagador olor a vino de su cálido aliento. En altura la sobrepasaba en más de un palmo y sus anchos hombros bloqueaban la luz de la luna.

—¡Condenado ese Ned! Supongo que esta es su idea de discreción, enviarte a dar la vuelta por detrás de la casa, escondida como una vulgar ladrona. —Su voz era sedosa, aunque bronca, y logró tranquilizar e incitar sus alborotados sentidos de una plumada—. Gracias a Dios les he dado la noche libre a mis criados.

—¿L-ibre? —tartamudeó ella, muy consciente de que jamás había estado a solas con ningún hombre que no fuera un criado o un pariente.

Tampoco ningún hombre se había atrevido jamás a tocarla con esa escandalosa familiaridad. Aunque él había aflojado la presión, no daba señales de tener la intención de soltarle la muñeca.

—Por lo menos no habrá ningún testigo —continuó él, rozándole con el pulgar el pulso enloquecido.

—¿N-ingún testigo? —repitió ella, comenzando a sentirse como el loro de tía Diana.

Al instante su prolífica imaginación comenzó a visualizar situaciones en las que un hombre preferiría no tener ningún testigo. En la mayoría aparecía ella estrangulada y Harriet llorando sobre su cadáver amoratado.

Él no tenía los aristocráticos dedos largos y de punta ahusada que se había imaginado; eran de punta recta, fuertes y ligeramente callosos. Mientras él le frotaba las manos heladas entre las suyas, trató de no imaginárselas alrededor de su cuello.

—Estás temblando. No deberías haberte quedado tanto tiempo en la humedad, tontita.

Normalmente ella se habría manifestado ofendida en voz alta ante esa puesta en duda de su inteligencia, pero en esos momentos la estaba poniendo en duda ella.

—No vi ningún coche en la puerta. ¿Supongo entonces que Ned te dejó sola aquí? —Al no contestar ella, movió la cabeza—. Sabía que no se proponía nada bueno. Y pensar que ese entrometido bribón tuvo la cara de acusarme de no tener modales. Bueno, no hay nada que hacer, ¿verdad? Bien podrías venir conmigo, entonces. Hay leña para encender el fuego en el hogar del estudio.

Cerró la puerta cristalera con enérgica eficiencia y cogió una palmatoria de plata de una mesita. Lottie vio que esa era la llama de vela que había visto pasar por las ventanas. Cuando él echó a andar para salir de la sala, ella titubeó, pensando que esa podría ser su última oportunidad para huir. Pero también podía ser su última oportunidad de probar una aventura antes de establecerse en una constante dieta de tedio. Si se quedaba, qué historia tendría para contarle a Harriet. Eso si sobrevivía, claro.

Cuando él desapareció por una esquina, ella se sorprendió siguiéndolo, atraída por la inexorable marejada de la voluntad de él. No parecía ser el tipo de hombre acostumbrado a ser desobedecido.

Mientras lo seguía hacia el interior de la casa, miró alrededor, esforzándose por ver. No podría decirle mucho a Harriet acerca de la guarida del marqués. La parpadeante luz de la vela no hacía más que dejar en tinieblas los rincones. Todos los muebles estaban cubiertos por sábanas blancas, lo que daba un aspecto fantasmal a las habitaciones. Los únicos sonidos eran el eco hueco de sus pasos sobre el suelo de roble.

Él la miró por encima del hombro, algo extrañado.

—No eres muy parlanchina, ¿eh?

Lottie tuvo que morderse el labio para no echarse a reír. ¡Si George hubiera oído eso! Su hermano siempre había jurado que ella sólo paraba para respirar entre frase y frase porque el morado no le sentaba bien a su cutis blanco.

—Tal vez sea mejor así. Yo no estoy de muy buen humor para conversar últimamente. La verdad, apenas sirvo para hacerme compañía a mí mismo. —Volvió a mirarla—. Sí que es raro encontrar una mujer que sabe callar.

Lottie se quedó boquiabierta. Pero se apresuró a cerrarla; de ninguna manera se dejaría incitar a hablar.

Cuando su anfitrión la hizo pasar por una puerta en arco, el hombro le rozó el pecho de él. Contuvo el aliento, sobresaltada por la dulce punzada de ese roce que le hizo subir los colores a las mejillas.

Aunque los macizos muebles de caoba estaban descubiertos, el estudio no era más acogedor que el resto de la casa. La estantería para libros que llenaba la pared de atrás, del suelo al cielo raso, estaba vacía, sólo cubierta por una gruesa capa de polvo. Él dejó la palmatoria en el escritorio, y la parpadeante luz iluminó el pequeño cofre de cuero que estaba abierto sobre el papel secante. Siguiendo la dirección de su mirada, él se apresuró a ir a cerrarlo, con expresión cautelosa. Ese gesto protector sólo multiplicó la curiosidad de ella. ¿Serían las páginas con la tinta fresca de una jugosa nota autobiográfica en la que confesaba todos sus viles actos? ¿la cabeza cortada de su última víctima?

El recelo la mantuvo inmóvil donde estaba mientras él iba al hogar y se agachaba ahí a encender la leña ya preparada. Trabajando con las yescas, los leños pequeños y el atizador, muy pronto tuvo un fuego crepitante en el hogar, que parecía un acogedor oasis de luz en la oscuridad de la casa.

A la contraluz del fuego, ella veía en silueta los contornos de sus anchos hombros y estrechas caderas. Sólo cuando él fue a encender la lámpara del escritorio lo vio por primera vez con claridad.

Entre su tutor, su hermano y su tío Thane, había pasado tanta parte de su vida rodeada de hombres apuestos que cuando pasaba uno por su lado por la calle, rara vez lo miraba dos veces. Pero si alguna vez se hubiera cruzado con ese hombre por la calle, habría chocado con el poste de luz más cercano. Su cara no era tanto hermosa como absolutamente impresionante. Por una vez, le había fallado la imaginación. Aunque él parecía sentirse aún más receloso que ella, no había ningún destello sardónico en sus ojos ni sonrisa cínica en sus labios. Era mucho más joven de lo que se había imaginado. Los profundos surcos que enmarcaban las comisuras de su boca estaban hechos por el uso, no por el tiempo. Las arrugas del ceño y la fuerte mandíbula se habían formado de una cara de bebé. Un elegante asomo de barba definía el vigoroso contorno de su mandíbula. Sus cabellos revueltos eran de un color castaño oscuro aterciopelado que ella casi los confundió con negro. Le hacía mucha falta un buen corte de pelo. Los dedos le hormiguearon con el irracional deseo de quitarle de la frente un mechón rebelde.

Sus ojos verdes humosos bajo las gruesas cejas oscuras eran su rasgo más irresistible. Sus luminosas profundidades parecían cambiar de llama a hielo y luego vuelta a cambiar, según los parpadeantes caprichos de la luz del fuego.

Lottie se sintió desconcertada. ¿Ese era el Marqués Asesino? ¿Ese era el ruin villano que despachó a su mejor amigo y a su esposa a tumbas prematuras?

Él se aclaró la garganta y le hizo un gesto indicando una mesa donde una perdiz a medio comer y una botella de vino mitad vacía evocaban una cena solitaria.

—Es posible que mi cochero tarde muchísimo en volver. ¿Te apetece comer algo? ¿Una copa de Madeira para quitarte el frío de los huesos?

Ella negó con la cabeza, todavía sin atreverse a hablar, por miedo a revelar quien era.

Él pareció confundido. Tal vez el vino estaba envenenado.

—Entonces, por lo menos deja que te quite la capa.

Antes de que ella pudiera negarse, él cruzó la distancia que los separaba, con sorprendente suavidad, le echó atrás la capucha.

Lottie cerró los ojos, esperando que él cayera en la cuenta de que no era la mujer que había estado esperando. Probablemente su familia no podría oír sus gritos por la música de los violines.

Él dejó la mano sobre su pelo. Ella se atrevió a abrir los ojos. Él estaba tocando uno de los brillantes rizos que se le habían escapado del moño en lo alto de la cabeza, mirándolo como si estuviera hipnotizado.

—Por lo menos Ned tuvo el buen criterio de no enviarme una morena —dijo, su voz grave suavizada por una nota de diversión. Levantó la vista hacia su cara—. ¿Dónde te encontró, pues? Eres una prima de Fanny Wilson? ¿O fue a visitar la casa de la señora McGowan?

Esos nombres tocaron una cuerda desafinada en su memoria, mientras el contacto de la mano de él le hacía estragos en los sentidos, de modo que ya casi no recordaba ni su propio nombre.

Él deslizó la mano desde su pelo hasta la curva de su mejilla, y con el pulgar le acarició la tersura que encontró ahí, acercándolo peligrosamente a sus labios.

—¿Quién habría pensado que un demonio como Ned pudiera haber encontrado a un ángel como tú?

A Lottie la habían llamado pícara, diablilla y revoltosa desalmada. Y Jeremiah Dower, el maniático pero muy querido viejo jardinero de su casa de campo en Hertfordshire, una vez la llamó incluso «diablesa», aquella en que le encendió un cohete chispero en el cobertizo para las macetas. Pero jamás, ni una sola vez en su vida, nadie la había confundido con un ser divino.

—Le prometo, señor, que no soy ningún ángel —musitó, pestañeando.

Él le pasó la mano por debajo de los rizos rebeldes que le caían sobre la nuca y apoyó los cálidos dedos sobre esa vulnerable piel como si ese fuera el lugar donde les correspondía estar.

—Puede que no seas un ángel, pero apostaría a que podrías dar a probar un poco de cielo a un hombre.

Cuando se encontraron sus ojos, él se apartó bruscamente de ella, y salió un juramento de sus labios. Retrocedió hasta el hogar, pasándose una mano por el pelo.

—Dios mío, ¿qué iba a hacer? Sabía que no debería haberte dejado entrar en la casa. —Estaba de perfil, absolutamente inmóvil, a no ser por el rítmico movimiento de un músculo que le saltaba en la mandíbula—. Creo que le debo una disculpa, señorita, además de las monedas que le prometieron. Parece que hemos sido víctimas de una broma de mal gusto.

Lottie estaba casi tan estremecida por su retirada como lo había estado por su caricia.

—No parece particularmente divertido —observó.

Apoyando un puño fuertemente apretado en la repisa del hogar, él contempló el fuego.

—Ah, no me cabe duda de que Ned se autoconvenció de que sólo le interesaba beneficiarme. Todavía se cree amigo mío, y sabe que no me atrevo a visitar ciertos establecimientos con esos buitres de los periódicos de chismes siguiéndome todos los pasos. Enviarme una mujer anónima, desconocida, sólo podía ser un acto de amabilidad. —Ladeó la cabeza y la miró, calentándole toda la piel que tenía al descubierto con la ardiente expresión de sus ojos—. Pero eso no explica por qué diantres la envió a usted.

Su despreocupada palabrota debería haberla escandalizado, pero estaba tan fascinada por la cruda soledad que expresaba su mirada que ni la notó. Las páginas de chismes no habían mentido. Ese hombre estaba atormentado, pero no desde fuera; desde dentro.

Él dio un paso hacia ella y luego otro.

—No puedo hacer esto —dijo enérgicamente, pero ya había cruzado la distancia entre ellos, ya le había cogido la cara entre las manos—. ¿O sí?

Lottie no supo qué contestar. Cuando él bajó la cabeza, ella se echó a temblar. Su situación era más apurada de lo que había imaginado. Ese peligroso desconocido no la iba asesinar. La iba a besar.

Y ella se lo iba a permitir.

Sin darse cuenta retuvo el aliento cuando él le rozó los labios con los de él. Eran más suaves de lo que parecían, aunque firmes para moldearle la boca a voluntad sólo con una caricia ligera como una pluma. Le hormiguearon los labios y los entreabrió un pelín, incitada por la presión que ejercía él, más como una súplica que como una orden.

Pasado un momento de deliciosa tensión, él se apartó. Lottie abrió los ojos justo a tiempo para verlo curvar la boca en una media sonrisa de extrañeza.

—Si no supiera que no es así, casi juraría que nunca te han besado.

Antes que ella lograra discernir si eso era un insulto o un cumplido, a él se le desvaneció la sonrisa.

—No sé qué órdenes te dieron —dijo, malhumorado—, pero no hay ninguna necesidad de que te hagas la inocente conmigo. No soy uno de esos caballeros lascivos a los que les gustan las muchachitas tontas recién presentadas en sociedad.

Ella lo miró boquiabierta de indignación.

—Eso, eso está mejor.

Antes que ella pudiera soltar una réplica, él posó la boca en la de ella, aceptando una rendición que ella no le había ofrecido.

Bueno, se dijo Lottie. Acababa de demostrarle lo tonta que puede ser una muchachita. Nunca la habían besado antes, de acuerdo, pero eran tantas las veces que había visto a hurtadillas a su hermana y su cuñado besándose que ya tenía bastante conocimiento de los rudimentos. Sin pararse a pensar en lo disparatado que era lo que iba a hacer, le echó los brazos al cuello y apretó firmemente la boca contra la de él.

Su ofendida bravata sólo duró hasta que la ardiente dulzura de la lengua de él se introdujo entre sus labios. Debería haberse sentido asqueada, no seducida, pero el tierno movimiento de su lengua contra la de ella era irresistible. Él le exploró los dóciles recovecos de la boca hasta que ella estaba aferrada a él, no para demostrar su temple como mujer sino para no caer derretida en un charco a sus pies. Él no besaba como un asesino, besaba como un ángel, todo poder desatado y placer enroscado.

Cuando ella le tocó la punta de la lengua con la suya, a él le salió un ronco gemido de la garganta y le rodeó la cintura con los brazos estrechándola contra los musculosos planos de su cuerpo. La llevó caminando hacia atrás hasta que las corvas de sus rodillas tocaron los cojines de la otomana que languidecía en las sombras. Se le cayó la capa, dejándole al descubierto el escote y los hombros.

Lottie se había olvidado totalmente del corpiño roto, olvidado lo fácil que le resultaría a un hombre meter la mano por debajo de la tela rota y ahuecar la palma en un pecho. Cuando Hayden St. Clair hizo justamente eso, se quedó paralizada, desgarrada entre el espanto y el placer.

Al principio pensó que el ruido que oía era el que hacía su corazón golpeándole las costillas. De pronto cayó en la cuenta de que alguien estaba golpeando la puerta con una aldaba de bronce.

Se apartaron, los dos jadeantes. Se encontraron sus miradas, la de ella culpable, la de él, preocupada.

Él soltó una maldición.

—Si esta es la idea de Ned de una travesura, lo estrangularé.

Lottie abrió la boca para hablar, pero sólo le salió un graznido.

—Quédate aquí —ordenó él—, mientras pongo en su camino a quienquiera que sea.

Con su salida, a ella le volvieron la respiración y la razón. ¿Y si la persona que llamaba era la misteriosa mujer con que la había confundido él? O peor aún, ¿y si Sterling había descubierto su ausencia y venía a buscarla? Fuera como fuera, era ella la que tenía más probabilidades de que la estrangularan. Desesperada por escapar, empezó a buscar una salida del estudio. Descorrió la pesada cortina de terciopelo y miró hacia la ventana de la casa de su tía. Aunque no había señales de Harriet, las acogedoras luces de esa salita de estar la llamaban desde el otro lado del patio. Podría ser posible saltar desde esa ventana de la planta baja y desaparecer en las sombras arrojadas por la luna mientras su anfitrión estaba ocupado en otra parte.

Pero antes de que pudiera hacer algo más que coger su capa, entró en la sala una mujer envuelta en una capa forrada en piel, sus lustrosos cabellos castaño rojizo recogidos en lo alto de la cabeza. No se podía negar que era hermosa, aun cuando fuera de la variedad pintarrajeada de Convent Garden, más apta para pisar las tablas que para adornar las páginas de *La Belle Assemblee*.

El marqués venía pisándole los talones.

—Creo que ha cometido un error, señorita. No puede irrumpir aquí como si esta fuera su casa.

—No ha habido ningún error —replicó la mujer—. Esta es la dirección que le dieron a mi cochero. —Se quitó los guantes negros adornados con encajes y empezó a soltarse las presillas de seda de su capa, su elegante apariencia en absoluto contraste con su acento barriobajero—. Será mejor que nos demos prisa, ¿sabes? Ahí fuera está húmedo como un depósito de cadáveres. El pobre muchacho no querrá esperar toda la noche. —Miró a Hayden de arriba abajo, como una rata del puerto mirando un trozo de queso particularmente suculento, y añadió arrastrando la voz—: Una lástima.

A Lottie debió escapársele algún sonido sin darse cuenta. La mujer giró la cabeza hacia ella.

—¿Qué hace esta aquí?

Hayden no se dejó distraer.

—Tal vez la pregunta debería ser, ¿qué hace usted aquí?

La mujer le hizo un guiño.

—Vamos, me envió la señora McGowan —repuso, haciéndole un guiño.

Señora McGowan. Fanny Wilson. Los nombres sonaron en la conciencia de Lottie como notas mal tocadas en el piano. Los había leído con frecuencia en las páginas de chismorreos. Las dos eran mujeres mundanas archiconocidas, mujeres que vendían placeres carnales solamente a los muy ricos, a los que podían permitirse pagar los placeres más caros y exóticos. Le ardió la cara, horrorizada al caer en la cuenta de con quién, y con qué, la había confundido Hayden St. Clair. Se arrebujó la capa para cubrirse bien el corpiño roto, pero siguió sintiéndose desnuda.

La mujer comenzó a caminar alrededor de ella, mirándola de arriba abajo, tal como lo había mirado a él unos minutos antes.

—El caballero que me contrató no mencionó a su dama.

Su dama. Esas palabras le hicieron bajar un extraño escalofrío por la columna a Lottie. Esperó a que el marqués negara eso, pero él no dijo nada.

—Con esa piel blanca y esos grandes ojos azules, es todo un sabroso bocadito ¿no?

Lottie sintió un intenso alivio cuando la mujer por fin volvió su atención a Hayden, con un brillo de codicia en los ojos.

—Pero para mí no cambia nada lo sabrosa que sea. Si quieres observarme con ella, te costará el doble. Los placeres como ese no salen baratos, ni siquiera para un caballero.

Hayden ladeó la cabeza y contempló detenidamente a Lottie, con expresión pensativa. Durante un horroroso momento, ella creyó que estaba considerando la vil proposición de la ramera. Finalmente él le dijo, en voz muy baja, como si estuvieran los dos solos en la sala:

—Si ella es de la casa de la señora McGowan, ¿entonces tú...?

—Me marcho. —Fijándose una alegre sonrisa en la cara, comenzó a avanzar hacia la puerta—. Puesto que su mayordomo tiene la noche libre, me abriré yo misma la puerta.

Él dio un solo paso y le cerró el camino.

—Eso no será necesario. Creo que es mi otra visita la que se va a marchar.

—Entonces yo la acompañaré a la puerta —se ofreció Lottie, agarrándose del brazo de la mujer como si fuera una cuerda que alguien le había lanzado para salvarla de ahogarse en el Támesis.

—Un momentito, jefe —protestó la mujer, soltándose el brazo—. No quiero que estropees mi buena reputación. En todos sus días, y noches, Lydia Smiles jamás ha dejado insatisfecho a un caballero.

Sin apartar un instante los ojos de Lottie, Hayden sacó un abultado fajo de billetes de la maleta que tenía abierta sobre el escritorio y se lo pasó a la mujer.

—Creo que eso debería compensarle el tiempo y la molestia, señorita Smiles. Y le aseguro que nada me dará más satisfacción que su inminente partida.

A pesar de su morro de fastidio, la mujer se metió el fajo debajo del corpiño sin pérdida de tiempo. Mientras se ponía los guantes, dirigió una pesarosa mirada a Hayden y una compasiva a Lottie.

—Una lástima que no haya podido quedarme, cariño. Él parece ser más hombre de lo que puedes manejar tú.

La mujer iba saliendo del estudio y Lottie no logró encontrar ningún argumento para rebatir eso. La puerta se cerró, sellando su destino.

Hayden St. Clair se apoyó en el escritorio y se cruzó de brazos, con su expresión tan de asesino como la sociedad aseguraba que era.

—Eres escritora, ¿verdad?

—¿Por qué demonios podría ocurrírsele eso?

Se miró las manos con expresión culpable y las escondió a la espalda. Se había tomado el trabajo de cepillarse con sumo esmero las uñas para quitarse hasta la menor mancha de tinta, en honor de su presentación en sociedad.

—Baste decir que fue una suposición educada —repuso él. Entrecerró los ojos—. Así pues, ¿cuál de esos malditos periódicos de chismorreo te envió a espiarme? ¿*The Tatler*? ¿*The Whisperer*? ¿O es que incluso *The Times* se rebaja ahora a esos despreciables métodos? —Movió la cabeza—. Me cuesta creer que sean tan temerarios que envíen a una mujer. En particular a una mujer como tú. —La miró de arriba abajo, haciéndole arder la piel con su inflexible mirada—. Vamos, si yo fuera cierto tipo de hombre...

Dejó inconclusa la frase, como si ni siquiera él supiera bien qué tipo de hombre podría ser.

Ella se irguió.

—Puedo asegurarle, milord, que no soy una espía.

—Entonces tal vez no te importaría explicarme por qué te encontré asomada a mi ventana.

Ella abrió la boca y volvió a cerrarla. Él arqueó una ceja. Todo el almidón abandonó los hombros de Lottie.

—Ah, muy bien, lo reconozco, estaba espiando. Pero no para los periódicos sensacionalistas. Sólo para satisfacer «mi» curiosidad.

—¿Y he tenido éxito en satisfacerte?

Él tácito desafío de su mirada le recordó que sólo unos minutos antes estaba en sus brazos, correspondiendo su beso, sintiendo el abrasador calor de su palma sobre su pecho desnudo.

Sintiendo arder las mejillas, comenzó a pasearse delante de la ventana.

—No sé por qué está tan malhumorado. Vamos, yo estaba ahí, ocupada de mis asuntos...

Él arqueó la otra ceja.

—Bueno, tenía la noble intención de ocuparme de mis asuntos hasta que Harriet oyó cotillear a unas criadas y se enteró de que el vecino de mi tía era el Mar... —Cerró la boca y le echó una nerviosa mirada.

—¿El Marqués Asesino? —siguió él amablemente.

Ella decidió que era más seguro no confirmarlo ni negarlo.

—Y de repente, sin darme cuenta, estaba atascada en un árbol con mi precioso vestido todo roto y el gato de mi tía mirándome burlón. —Detuvo el paseo—. ¿Me sigue?

—No, en absoluto —contestó él, en tono agradable, cruzando una bota sobre la otra—. Pero, por favor, que eso no te detenga.

Ella reanudó el paseo, tropezándose con el borde de la capa que llevaba doblada en el brazo.

—Así que después de evitar por un pelo encontrarme con la mismísima Terwilliger la Terrible, vi una misteriosa luz en su ventana. La casa podía estar incendiándose, ¿sabe? Vamos, ¡podría haberle salvado la vida! ¿Y qué recompensa recibo a cambio? Me mete bruscamente en su casa, me llama tontita, y luego... —Se giró a mirarlo, con el mentón muy en alto—. ¡Me besa!

—La más vil de todas mis transgresiones, sin duda —musitó él, con cara de estar más divertido que avergonzado—. Incluso el asesinato queda pálido en comparación.

Ella abrió los brazos, sin fijarse que la capa cayó al suelo.

—¿No lo entiende? No me pueden besar todavía. ¡Voy a presentarme en sociedad!

—Eso, muy ciertamente.

Advertida por la breve mirada de él hacia abajo, y el retorno del tono bronco a su voz, se miró y descubrió que su enérgico paseo le había deslizado hacia el sur el corpiño. Un pezón rosado, arrugado como una concha, asomaba por encima de la seda rota.

Humillada, le dio un tirón a la tela, y cerró los ojos al oír soltarse otra costura.

Resuelta a recuperar su presencia de ánimo, aun cuando no su dignidad, abrió la ventana, apuntó hacia la casa de su tía al otro lado del patio y anunció:

—Voy a presentarme en sociedad. Esta noche. Ahí.

La mansión resplandecía de luz. Al cascabeleo de los arneses, el clop clop de los cascos de los caballos y al ruido de ruedas de los coches se había sumado el incesante murmullo de conversaciones y risas. Los componentes del cuarteto de cuerda habían pasado de afinar sus instrumentos a tocar una melodía, y cada nota sonaba más a música que la anterior. Puesto que al parecer todo se iba desenvolviendo de acuerdo a lo programado, Lottie sólo podía rogar que aún no hubieran detectado su ausencia.

La expresión de Hayden fue cambiando lentamente, de peligrosa a letal.

—Así que —resolló, mirándole atentamente la cara como si se la viera por primera vez—, no es usted una de las escritoras de las páginas de chismes, ¿verdad? Es la niña de la casa vecina. La que vi esta mañana. —Se pasó la mano por el pelo, quitándoselo de la frente—. Dios del cielo, ¿qué he hecho?

—¡Nada! —le aseguró ella, más alarmada que complacida por su reacción—. Y no soy una niña. Sepa que dentro de menos de dos meses cumpliré los veintiuno. Vamos, Mary Shelley sólo tenía dieciséis cuando se fugó a Francia con Percy Bysshe Shelley.

—Para gran disgusto de la primera señora Shelley, de la que olvidó divorciarse —dijo él. Se fue a poner detrás del escritorio, como si buscara algún tipo de escudo para poner entre ellos—. Me alivia saber que ya no usa babero, pero ¿no es mucha edad veintiún años para hacer la presentación en sociedad?

Lottie sorbió por la nariz.

—Todavía no soy una solterona, si eso es lo que quiere dar a entender. La primavera en que tenía dieciocho años la pasamos en Grecia. Y luego, el año pasado, caí enferma de... —titubeó, comprendiendo que su confesión no la haría parecer una mujer madura, del mundo— sarampión. Pero estuve muy grave —añadió—, y si hubiera pasado a escarlatina, podría haberme muerto.

—Y qué tragedia tan grande. No nos habríamos conocido.

Lottie comprendió que lo había juzgado mal. Era muy capaz de ser un cínico.

Sin hacer caso de su mirada furiosa, él plantó las manos sobre el escritorio.

—¿Tiene una idea de la insostenible situación en que nos ha colocado a los dos, señorita..., señorita...?

—Farleigh —suplió ella, haciéndole una venia que habría hecho sentirse orgullosísima a la señorita Terwilliger si hubiera podido cogerse la falda con las dos manos, y no con una sujetándose el corpiño roto—. Señorita Carlotta Anne Farleigh. Pero mi familia y mis amigos me llaman Lottie.

El despectivo bufido que emitió él le dijo lo que pensaba de eso.

—Sí, la llaman así, ¿verdad? Así pues, señorita Farleigh, ¿no le importa nada su buen nombre? ¿Su reputación? Nadie aprecia verdaderamente su reputación hasta que la ha perdido. Créame. ¡Si no lo sabré yo!

—Pero si no he perdido nada —protestó ella.

—Todavía —dijo él, entre dientes. Cuando dio la vuelta al escritorio y empezó a avanzar hacia ella, Lottie empezó a retroceder hacia la ventana abierta—. ¿Y qué propondría que hiciera con usted ahora, señorita Farleigh?

Ella logró esbozar una sonrisa esperanzada.

—Puesto que cortarme la cabeza y esconder mi cadáver en el cubo de la basura sería demasiada molestia, podría ayudarme a meterme a escondidas en la casa de mi tía antes que Sterling me eche en falta.

—¿Sterling? —repitió él, incrédulo, sin dejar de avanzar hacia ella—. ¿No será Sterling Harlow, por una casualidad, verdad? ¿El Diablo de Devonbrooke?

Ella agitó una mano para disipar su inquietud.

—Ah, no es tan diabólico como lo pintan. Mis padres murieron en un incendio cuando yo tenía tres años. La madre de Sterling, lady Eleanor, nos acogió a todos en su casa, pero murió cuando yo tenía diez años, y Sterling ha sido un hermano y un padre para mí desde que se casó con mi hermana Laura.

El marqués la miró furioso.

—Entonces no le importará que la lleve allí de una oreja y exija que él le dé la buena paliza que se merece.

Ella tragó saliva y se le desvaneció la sonrisa.

—Tal vez el cubo de la basura no sería un destino tan terrible, después de todo.

La sombra de él cayó sobre ella. Ella medio esperó que él la arrojara de cabeza por la ventana, pero él simplemente se agachó a recoger la capa y se la puso sobre los hombros. A través de los suaves pliegues de lana sintió el calor de sus manos.

—Hay una cosa que no me ha explicado, señorita Farleigh. ¿Por qué me permitió...? —Bajó la vista a sus labios, sus ojos verdes humosos velados por las tupidas pestañas oscuras—. ¿Fue para satisfacer su curiosidad?

Sin poder resistir el impulso, ella se mojó los labios con la punta de la lengua.

—No —dijo dulcemente—, fue para satisfacer la suya.

La iba a volver a besar. Lo supo al ver oscurecerse sus ojos, un latido antes de que él lo reconociera para sí mismo. Esta vez le enmarcó suavemente la cara entre las manos y la besó como si fuera el primer beso para ella y el último para él. Cuando él estaba haciendo girar la lengua por los cálidos y dulces recovecos de su boca, ocurrió algo de lo más extraordinario. Un bello conjunto de notas doradas discurrieron por las venas de Lottie, gloriosas, dulces, volando en alas de la melodía. En su aturdimiento, le llevó unos instantes comprender que la música no salía de su corazón sino del salón de baile de la mansión de su tía.

—¡Oh, no! —Se cogió fuertemente de los musculosos antebrazos de Hayden—. ¡Los músicos acaban de comenzar el primer vals! Yo tendría que haber bajado ya la escalera. Todo el mundo debería estar admirándome. Sterling tendría que estar llevándome por el salón hacia la pista para el primer baile.

Hayden estaba mirando hacia la ventana por encima del hombro de ella, con expresión inescrutable.

—Me temo que podría estar ocupado en otra cosa.

Lottie se giró lentamente hacia la ventana y miró hacia arriba, sintiendo formarse una helada bola de miedo en la boca del estómago. Incluso desde ese ángulo veía que la sala de estar ya no estaba desierta. Por el contrario, se veía llena de gente.

Pero ella sólo tenía ojos para la blanca cara de la delgada figura vestida toda de negro que estaba encorvada junto a la ventana sujetando sus propios gemelos ante los ojos. Retuvo el aliento cuando Agatha Terwilliger le pasó los pequeños gemelos al hombre alto de pelo dorado que estaba rígido a su lado.

Ya era demasiado tarde para cerrar la ventana y correr la cortina. Mientras Sterling se llevaba los gemelos a los ojos, lo único que pudo hacer Lottie fue quedarse inmóvil en los brazos de Hayden St. Clair.

Capítulo 3

Creo que a mi inocencia sólo la superaba mi impetuosidad.

Agatha Terwilliger levantó su monóculo y paseó su escrutadora mirada por los ocupantes del elegante salón de la casa Devonbrooke, con expresión avinagrada.

—La niña está perdida, absolutamente deshonrada. Ha sido tal como yo temía. Siempre supe que acabaría mal.

Ante esa declaración, las sorbidas por la nariz de Harriet se convirtieron en sollozos. Estaba tendida en un diván tapizado en damasco a rayas verdes y doradas, con la cara enrojecida de tanto llorar, el pie apoyado en un cojín con el tobillo hinchado el doble de su grosor normal.

—¡No deben echarle la culpa a Lottie! —sollozó—. Todo es culpa mía. Fui yo la que lo estropeó todo. Si no me hubiera asustado y salido tras ella, y luego caído en ese hoyo del patio y embrollado todo, nadie se habría enterado de que ella no estaba.

—Y si mis acompañantes no te hubieran oído gimotear y lloriquear, todavía podrías estar tirada en la hierba como un bacalao varado en la playa —ladró la señorita Terwilliger.

George, el hermano de Lottie, sacó un pañuelo con sus iniciales del bolsillo de su chaleco y se lo pasó a Harriet. Haciendo honor a su nombre, jamás podía resistirse a acudir en rescate de cualquier doncella que estuviera a merced de un dragón.

—No debe echarse la culpa, señorita Dimwinkle —le dijo—. La señorita Terwilliger fue la que dio la alarma cuando no encontró a Lottie en su habitación. Si no hubiera insistido tanto, ninguno de los invitados de tía Diana se habría enterado de que mi hermana no estaba. —Se apoyó en la repisa del hogar con la elegante expresión de hastío que había adoptado en su viaje por Europa, quitándose un mechón de pelo castaño rojizo de los ojos—. Tal vez la situación no es tan grave como tememos. Este no es el primer lío en que se ha metido Lottie.

—Pero muy bien podría ser el último. —La señorita Terwilliger juntó sus diminutas y frágiles manos sobre el pomo de su bastón y le clavó una mirada fulminante—. Dime, hijo, ¿la impudicia os viene de familia?

George apretó las mandíbulas, y su resentida expresión lo hizo parecer más un niño de doce años que el joven de veintidós que era. Abrió la boca y volvió a cerrarla, claramente consciente de que cualquier respuesta sólo serviría para concederle la razón a la anciana.

Lottie observaba desarrollarse el drama desde un mullido sillón de orejas situado en un rincón. Estaba sentada con las piernas recogidas bajo el camisón de dormir, ocultando los pies descalzos, con un chal de cachemira sobre los hombros y un peludo gatito gris enroscado en la falda. Hacía un momento había entrado Cookie, la querida y vieja criada que prácticamente la había criado desde que era un bebé, a ponerle una taza de chocolate caliente en las manos. Hasta el momento, ser casi violada por un nefando asesino no difería mucho de coger un molesto catarro.

Pero eso sólo se debía a que su tutor todavía no se había presentado, después de meterla como un paquete en un coche para que la alejara rápidamente de la casa de su tía. Lo último que vio de él fue su espalda, cuando iba de vuelta a la casa de St. Clair, por el camino de entrada, sus balbuceadas explicaciones todavía sonándole en los oídos. Nerviosa bebió un sorbo de chocolate, tratando de no imaginarse qué podría haber ocurrido entre los dos hombres.

El reloj de similor de la repisa dio otros tantos tensos minutos, con el acompañamiento de las sorbidas de nariz de Harriet. La señorita Terwilliger se quedó dormida, su cabeza de pelusas blancas caída sobre su pecho y su cofia de encaje negro ladeada sobre la oreja.

Todos pegaron un salto cuando se cerró la puerta principal. Eran inconfundibles los resueltos taconazos de Sterling al atravesar el vestíbulo de mármol. El gatito saltó de la falda de Lottie y corrió a esconderse debajo de la otomana más cercana. Lottie deseó poder hacer lo mismo.

Se sentó derecha cuando aparecieron Sterling y Laura en la puerta de arco. Aunque en el pelo color ámbar de Sterling brillaban unos cuantos hilos de plata, su dorada apariencia no había perdido nada de su brillo en los diez años transcurridos desde que se casara con su hermana. Y si no fuera por el ceño de preocupación que le arrugaba la frente bajo su cascada de exquisitos rizos castaños, bien se podría creer que la cimbreña Laura era una jovencita que recién hacía su presentación en sociedad, y no una madre de dos hijos. Laura siempre había sido delgada, pensó, en cambio ella siempre, incluso de niña, había sido redondeada y curvilínea.

—¡Ah, habéis llegado! —exclamó, tratando de sacar una voz lo más alegre posible—. Ya creía que os ibais a quedar toda la noche ahí. ¿Dónde están Nicholas y Ellie? ¿No se han venido con vosotros?

Había esperado que la presencia de sus exuberantes sobrina y sobrino podrían mitigar el pavor que como un paño mortuorio había descendido sobre la casa.

Laura le entregó su capa forrada en armiño al lacayo que esperaba, sin mirarla a ella.

—Los niños se quedarán a pasar la noche con sus primos. Dadas las circunstancias, Diana pensó que eso era lo mínimo que podían hacer ella y Thane.

Lottie se hundió en el sillón. Ya era bastante tormento oír a Harriet sorber por la nariz. No se sentía capaz de soportar que alguien más se echara la culpa del mal juicio de ella.

Mientras Laura se iba a sentar en el borde de un sofá color crema, todavía sin mirarla a ella a los ojos, Sterling fue hasta el voluminoso secreter del rincón y se sirvió una generosa medida de coñac en una copa. Apuró la copa de un trago, sus anchos hombros visiblemente rígidos bajo el frac negro. A Lottie el corazón le cayó más abajo aún. Sabiendo que su mujer lo desaprobaba, Sterling rara vez bebía licores fuertes.

En eso entró Cookie en el salón con una bandeja. Se inclinó sobre ella, su regordeta cara arrugada en una tierna sonrisa.

—Aquí tienes, cariño. ¿Te apetecen unos panecillos de jengibre para acompañar el chocolate?

Sterling se giró bruscamente, con la copa aferrada en el puño y los nudillos blancos.

—¡Por el amor de Dios, ¿vas a dejar de mimarla?! ¡Eso es lo que nos ha metido en este maldito lío, en primer lugar!

Lottie se quedó inmóvil con la mano a medio camino hacia la bandeja. Incluso Harriet dejó de sorber por la nariz. En los diez años que era el amo de Cookie, Sterling jamás le había levantado la voz, ni una sola vez.

La anciana se enderezó lentamente, con el tembloroso mentón en alto.

—Como quiera, excelencia.

Haciéndole una venia formal, que le hizo crujir las rodillas, se volvió y salió del salón.

A Sterling se le hundieron los hombros al verla salir. Pero fue Laura la que habló entonces:

—Harías bien en dejar de torturarte y torturar a todos los demás, cariño. Te negaste a decirme una palabra en todo el trayecto a casa. Pero no puedes guardarte eternamente lo que ocurrió entre ti y el marqués.

Sterling se giró a dejar la copa vacía sobre el secreter y luego se volvió hacia todos. Por primera vez aparentaba todos los minutos de sus treinta y ocho años.

—Lord Oakleigh dice que no tiene la menor intención de volver a casarse. Asegura que no comprometió a tu hermana y se niega a proponerle matrimonio.

Harriet ahogó una exclamación y se puso tan pálida que George se sintió obligado a cambiar su pañuelo por el frasco de sales que le tiró la señorita Terwilliger.

Lottie hizo su propia inspiración temblorosa, tratando de convencerse de que la emoción que la recorría toda entera era de alivio.

—Eso está muy bien y es estupendo —declaró, harta de que todos hablaran de ella como si fuera invisible—. Porque yo no lo aceptaría. No es otra cosa que un desconocido para mí, y un desconocido malhumorado, además.

Todos clavaron sus ojos en ella.

—No tenéis por qué mirarme tan horrorizados. Os dije que se me rompió el vestido cuando iba saliendo por la ventana de la sala de estar. Puede que el hombre sea un grosero, pero no es un mentiroso. Es inocente. No me comprometió.

Los dulces ojos de Laura se agudizaron al mirarle detenidamente la cara.

—¿Y puedes negar que te besó?

Horrorizada, Lottie sintió arder las mejillas. La retadora pregunta de su hermana le trajo a la memoria otros recuerdos no invitados. Hayden St. Clair acariciándole un mechón de pelo como si estuviera hecho del oro más fino, la conmovedora soledad que detectó en su voz cuando la miraba, la seductora ternura con que le ahuecó la mano en el pecho.

Le costó un tremendo esfuerzo, pero se obligó a sostener la mirada de Laura.

—¿Y qué hay de malo en un beso inocente? Yo diría que George ha robado unos cuantos en su tiempo, y nadie lo ha obligado a casarse por ello.

Repentinamente su hermano pareció encontrar terriblemente interesantes las molduras que rodeaban la chimenea.

Sterling negó con la cabeza, con expresión grave.

—Me temo que este hombre te robó algo más que unos cuantos besos inofensivos. También te robó cualquier esperanza que pudieras haber tenido de hacer un matrimonio decente.

La seguridad con que dijo esas palabras hizo palidecer incluso a Laura.

—Tal vez no deberíamos precipitarnos en juzgar, Sterling. ¿Y si Lottie tiene razón y no fue nada más que un beso inofensivo? Habrá otras proposiciones, seguro.

—Ah, sí que habrá proposiciones, sí —repuso Sterling amargamente—, pero no del tipo que esperábamos. Mañana por la mañana todo el mundo en Londres ya estará leyendo lo de la deshonra de tu hermana en las páginas de chismes de los periódicos sensacionalistas.

Lottie y Harriet se miraron avergonzadas. Tal vez ese era su castigo, pensó Lottie, por todas las horas que se había pasado con su amiga mirando y leyendo con sumo interés justamente esos periódicos, muertas de la risa por las indiscreciones de otros.

—No veo por qué tengo que casarme necesariamente —dijo—. Supongo que hay otros destinos para una mujer aparte del matrimonio.

La señorita Terwilliger golpeó el suelo con la punta de su bastón.

—Por una vez, la niña tiene razón. Miradme a mí. Soy una prueba viviente de que una mujer no necesita un hombre para llevar una vida larga y satisfactoria.

Cuando la arrugada cáscara de mujer sacó un pañuelo amarillento de su ridículo e hizo una sonora carraspera en él, Lottie trató de no estremecerse.

—Agradecemos su argumento, señorita Terwilliger —dijo Laura afablemente—, pero ninguna familia ni establecimiento respetable contratará a una institutriz o preceptora si hay un escándalo en su pasado. Y mucho menos a una tan hermosa como nuestra Lottie.

—No tengo por qué ser esposa ni institutriz —protestó Lottie, sintiendo la primera comezón de verdadero entusiasmo—. Vamos, podría ser escritora, como siempre he soñado. Lo único que necesitaría sería tinta, papel y una casita pequeña junto al mar en alguna parte.

La señorita Terwilliger emitió un bufido.

—Yo no llamaría escribir a esos ridículos garabatos tuyos, con todas esas ululantes damas de blanco y vengativos duques vagando por los castillos con las cabezas metidas bajo los brazos. Ese tipo de basura sólo sirve para forrar jaulas de pájaros.

Antes que Lottie pudiera protestar, acudió en su defensa la tímida Harriet con una débil vocecita:

—A mí me gustan las historias de Lottie, aunque me den pesadillas y me hagan dormir tapada hasta la cabeza.

—No es el talento de Lottie lo que está en discusión aquí —dijo Sterling ásperamente—, sino su futuro.

Cuando hincó una rodilla junto a ella y le cogió las manos, Lottie casi deseó que volviera a los gritos. Siempre le había resultado más fácil soportar su rabia que su decepción.

—Todavía no lo entiendes, ¿verdad, hija? Esto no es como aquella vez que le ataste un cesto con ranas a la cola del vestido de lady Hewitt ni como cuando escondiste el zorro de la caza de lord Draven debajo de tu cama. Esto no lo puedo arreglar, no puedo borrarlo. Ni toda mi riqueza, ni mis títulos, ni mi influencia política, ni mi posición social, valen nada ante un escándalo como este. Una reputación no es como un roto en el vestido que se puede remendar con hilo y aguja. Una vez arruinada, está perdida para siempre. —Le acarició el pelo, y la miró con sus ojos ámbar nublados de pesar—. En todos estos años, de lo único que nunca he podido protegerte ha sido de ti misma.

Lottie le cogió la mano y la apretó contra su mejilla, abrumada por la sensación de impotencia que había llevado a ese hombre poderoso a arrodillarse a sus pies. Mientras Laura se mordía el labio y Harriet le pedía el pañuelo a George para ocultar la cara en él, ella se vio obligada a cerrar los ojos para reprimir las lágrimas.

—No sabes cuánto lo siento. Yo quería hacerte sentir orgulloso de mí esta noche. Eso quería, de verdad.

El esfuerzo que puso Sterling en esbozar una tierna sonrisa volvió a romperle el corazón.

—Lo sé, cariño. Ahora será mejor que te vayas a la cama y duermas un poco mientras tu hermana y yo decidimos qué ha de hacerse.

«... mientras tu hermana y yo decidimos qué ha de hacerse.»

La absoluta determinación que detectó en esas palabras de Sterling le hacía imposible la idea de acurrucarse en su cómoda cama adoselada. No podía desechar la sospecha de que él ya había tomado una decisión irrevocable respecto a su destino. Tan pronto como vio que George acompañaba a la señorita Terwilliger hasta su coche y dos lacayos transportaban a Harriet a una habitación para huéspedes, bajó sigilosamente la escalera, agradeciendo que ya hubieran reducido la luz de las lámparas del vestíbulo.

Las inmensas puertas del salón seguían abiertas. Se metió detrás de una y miró por la rendija que dejaban los goznes.

Sterling estaba sentado ante el secreter moviendo rápidamente la mano, escribiendo en una hoja de papel.

Laura se paseaba de aquí allá detrás de él, su hermosa cara sombría de agitación.

—Deberíamos sentirnos aliviados, ¿no? Después de todo, este lord Oakleigh no es el marido que habríamos elegido para Lottie.

¿Qué sabemos de él aparte de lo que se escribe en las páginas de chismorreo?

—No podemos fiarnos de los periódicos sensacionalistas para calibrar con exactitud el carácter de un hombre —dijo él.

Lottie pensó si Sterling no estaría recordando el escándalo a que dio lugar su precipitada boda con Laura. Los periódicos de chismes se habían negado a creer que un archiconocido bribón como el «Diablo de Devonbrooke» le hubiera entregado el corazón a la hija huérfana de un párroco sin algún tipo de engaño por parte de ella. Claro que la verdadera historia era el doble de escandalosa de lo que publicaron esas páginas.

—Tal vez sea para mejor que él se haya negado a pedirle la mano —dijo Laura—. ¿Cómo podríamos haberle pedido a Lottie que se casara con un hombre que no la desea?

Su hermana no tenía del todo la razón, pensó Lottie, con un extraño estremecimiento. Hayden St. Clair sí la deseaba, sólo que no para esposa.

—¿Un hombre que tal vez podría no amarla nunca? —terminó Laura.

Sterling mojó la pluma en un tintero y continuó escribiendo.

—Muchos matrimonios sólidos y duraderos se han construido sobre cimientos mucho más estables que el amor.

—El nuestro no —le recordó Laura dulcemente—. Ni el de Thane con Diana. Ni siquiera el de Cookie con Dower. Nosotros somos los que le enseñamos a Lottie que el amor es el único cimiento para un matrimonio. ¿Cómo podríamos ser tan crueles para pedirle que viva el resto de su vida sin amor? —Le friccionó los hombros rígidos—. ¿Por qué sencillamente no pasamos por alto esta temporada y nos volvemos todos a Hertfordshire mañana temprano? Siempre hemos sido de lo más felices allí. Pasado un tiempo, algún otro escándalo borrará de las mentes de todos a Lottie y a este marqués.

Sterling pasó la mano por encima del hombro para darle unas palmaditas en la mano.

—El tiempo no resolverá nada, cariño. La sociedad tiene una memoria muy larga y cruel. Hayden St. Clair tendría que saber eso mejor que nadie —añadió amargamente—. Por el contrario, sólo será cuestión de tiempo que los menos escrupulosos de nuestros conocidos empiecen a asediarnos, ya sea aquí en Londres o en Hertfordshire. Manifestarán su pesar por nuestra «difícil situación». Ofrecerán a Lottie su «compasión», su «amabilidad» y su «protección», pero no le ofrecerán sus buenos apellidos.

Laura movió la cabeza, consternada.

—No puede ser que ese sea su único futuro.

Él dobló la hoja, vertió lacre derretido sobre la juntura de cierre y presionó sobre él su sello ducal.

—Y no lo será, si yo puedo evitarlo.

Levantándose dio un fuerte tirón al cordón para llamar que colgaba encima del secreter.

Lottie se acurrucó más detrás de la puerta cuando en el oscuro corredor apareció Addison, el mayordomo del duque, y pasó cerca de ella. A juzgar por sus brillantes ojos despabilados y su impecable atuendo, nadie habría imaginado jamás que acababan de sacarlo de un profundo sueño. Lottie siempre había sospechado que el hombre dormía con sus bien planchados pantalones, camisa almidonada y chaleco puestos.

—¿Ha llamado, excelencia? —entonó.

—Cuando Sterling se volvió a mirarlo, en sus manos tenía dos misivas, casi idénticas.

—Necesito que te ocupes de hacer llegar estas dos cartas inmediatamente.

Lottie frunció el ceño, asustada por su resuelta expresión. ¿Qué misiva podía ser tan urgente que fuera necesario hacerla llegar a medianoche? Miró hacia el reloj de la repisa. ¿O a los primeros minutos del amanecer?

Laura lo cogió del brazo.

—Sterling, ¿qué vas a hacer? —le preguntó, con una nota de terror en la voz.

—Lo que debo —repuso él, soltándole suavemente la mano—. ¿Addison?

—Sí, excelencia.

—También necesito que te ocupes de que mis pistolas estén preparadas al alba.

Lottie se tapó la boca para sofocar su exclamación de horror.

Por una vez, Sterling había logrado alterar la serenidad de su mayordomo.

—Sí, excelencia, me encargaré de eso personalmente.

A la venia del mayordomo le faltó su normal energía. Salió del salón, mientras Laura miraba a su marido boquiabierta de incredulidad.

—Por lo que es más sagrado, ¿qué has hecho?

Sterling se giró hacia el secreter y estuvo un momento ocupado en poner la tapa al tintero y guardar las barras de lacre en un pequeño compartimiento.

—En defensa del honor de mi cuñada, he retado a duelo a lord Oakleigh, y le he pedido a Thane que me sirva de padrino.

—Thane no lo hará. Diana no se lo permitirá —afirmó Laura, negando con la cabeza, con expresión resuelta—. Ni yo tampoco.

Renunciando a todo fingimiento de eficiencia, Sterling golpeó el escritorio con las palmas, sin volverse hacia su mujer.

—A ninguno nos queda opción en este asunto, ni siquiera a ti.

Por las mejillas de Laura comenzaron a correr las lágrimas.

—¡Eso es una locura, Sterling! Sabes cuánto adoro a mi hermanita, pero tú mismo has dicho que es demasiado tarde para salvar su honor. ¿Qué podría probar eso, entonces?

—Que vale. Que es digna de que se luche por ella.

Laura le tironeó la manga por atrás.

—¿Y es digna de que se muera por ella?

Sterling se volvió a mirarla, con los ojos empañados.

—Sí.

Laura estuvo un buen rato mirándolo, desesperada, y luego se arrojó en sus brazos. Él la abrazó fuertemente, cerró los ojos y hundió la cara entre sus sedosos cabellos.

Lottie desanduvo lentamente sus pasos hasta el vestíbulo en penumbra, la enormidad de su locura haciéndole pesados los pies y revolviéndole el estómago. Ese no era un melodrama emocionante creado por su inteligente pluma. Eso era la vida de su cuñado, el corazón de su hermana, los futuros de su sobrina y su sobrino. No sólo se había deshonrado ella esta vez, les había traído la deshonra a todos.

Cualquier hombre capaz de matar a su mejor amigo en un duelo ciertamente no tendría el menor escrúpulo de conciencia por matar de un disparo a un desconocido. Su sobreexcitada imaginación no tardó en presentarle la imagen de Hayden St. Clair de pie en un ejido cubierto de rocío, sus cabellos oscuros agitados por el viento, y una pistola humeante en la mano. Vio a Sterling tendido sobre un charco de su propia sangre, a Laura acunando su cuerpo sin vida en sus brazos, su pálida cara bañada en lágrimas, sus dulces ojos castaños preñados de resentida acusación al mirarla a ella. Un resentimiento que inevitablemente se endurecería hasta convertirse en odio, al comprender lo que les había costado a todos la temeridad de su hermana menor.

Cerró los ojos para borrar esas terribles imágenes y, por un traicionero segundo, era St. Clair el que estaba tendido en un rojo charco de sangre, el negrísimo fleco de sus pestañas reposando sobre sus pálidas mejillas. Sólo que no había nadie que llorara por él, nadie para acunar su cuerpo sin vida en sus brazos y lamentar su pérdida.

Cuando abrió los ojos, los tenía secos y ardientes. Pese a todas sus nobles intenciones, Sterling estaba equivocado. A uno de ellos sí le quedaba una opción.

Atravesó el vestíbulo con pasos seguros y echó a correr antes de llegar a la escalera.

Capítulo 4

Me ruboricé ante su atrevida proposición.

Hayden acababa de acomodarse en el colchón de plumas de la cama de su casa alquilada, sus agotados músculos gimiendo de alivio, cuando en la planta baja sonaron unos muy conocidos golpes en la puerta.

—No me vengas con más bromas —masculló.

Se puso de espaldas y miró furioso hacia el dosel de madera de la cama. Lo único que le había hecho ilusión de su viaje a Londres era disfrutar de unas cuantas noches de sueño ininterrumpido. Pero por lo visto hasta eso se le negaba.

Ni siguiera ese pícaro Ned podría haber ideado una tortura tan diabólica. Él era un hombre que valoraba su soledad por encima de todas las comodidades, sin embargo en sólo unas pocas horas se había visto asediado por una virgen fisgona, una ramera insolente y un duque airado. Tal vez Ned volvía para confesarle que toda esa pesadilla sólo había sido una colosal broma, que la deliciosa jovencita debutante en sociedad y su enfurecido cuñado sólo eran actores contratados para actuar en esa ridícula farsa de la que él había sido el protagonista sin saberlo.

Pero si eso era así, la joven que había tenido en sus brazos esa noche era una actriz consumada. Cualquier prostituta de Fleet Street sabía fingir pasión, pero la inocencia que él había saboreado en su beso no era tan fácil de fingir.

Cesaron los golpes. Hayden se sumergió en el bendito silencio sin atreverse ni siquiera a respirar. Tal vez sólo había sido su ayuda de cámara o alguno de los otros criados que volvía de su noche de parranda en una de las bodegas de ginebra.

Se acostó de lado y ahuecó la almohada, resuelto a echar por lo menos una cabezada antes del amanecer.

Se reanudaron los golpes, fuertes, persistentes.

Echando atrás las mantas, se bajó de la cama, se puso rápidamente la bata amarrándosela de un tirón. Cogió una palmatoria y bajó hecho una furia, maldiciéndose por haberles dado la noche libre a los criados. Para ser un hombre que lo único que deseaba era que lo dejaran en paz, estaba claro que su compañía estaba muy solicitada últimamente.

Abrió la puerta y se encontró ante la última persona que habría esperado encontrar, de pie en el pórtico: Carlotta Anne Farleigh.

Ella abrió la boca.

Él cerró la puerta.

Pasado un breve momento de silencio, se reanudaron los golpes, con el doble de fuerza.

Abrió nuevamente la puerta y, aprovechando toda la ventaja de su altura, miró furioso hacia abajo a la visita no invitada. Ella se había cambiado el vestido roto y se veía menos maltratada que embelesadora, con una falda marrón y una chaquetilla de terciopelo esmeralda ribeteada con piel. La chaquetilla le ceñía la estrecha cintura y acentuaba las suaves curvas de sus pechos. Incluso se había coronado los rizos dorados con un coquetón sombrero de fieltro adornado por una pluma color rosa. Curiosamente, fue el desafiante ángulo de esa airosa plumita lo que le causó un inesperado tirón en el corazón. Si ella se sentía confundida al verse enfrentada a un hombre corpulento de un metro ochenta y ocho de altura, sólo vestido con una bata color borgoña y un feroz ceño, lo ocultaba muy bien.

—Buenas noches, señorita Farleigh. ¿O debería decir buenos días? —Mirando hacia atrás de ella, escudriñó la calle. Estaba desierta, un coche de alquiler acababa de desaparecer por la esquina, frustrando su esperanza de librarse de ella rápidamente—. ¿Ha venido sola, o debo esperar que algún tío o primo de segundo grado indignado salte desde esos arbustos y se abalance sobre mí en cualquier momento llamándome violador?

—He venido sola —repuso ella, aunque echó una nerviosa mirada hacia atrás por encima del hombro.

—Eso era lo que me temía. ¿No debería tener una niñera o aya que se ocupe de que esté metida a salvo en su cama? Contratarle a una nos ahorraría muchísimas molestias, en especial a mí.

Se esforzó por olvidar que sólo hacía unas horas, había estado peligrosamente cerca de meterla en su cama. Aunque si hubiera llegado a levantarla en brazos dudaba que hubieran llegado más lejos que la otomana del estudio. Al menos la primera vez.

Ella suspiró.

—Como intenté explicarle antes, lord Oakleigh, ya hace tiempo que dejé los aposentos de los niños.

—Lo cual significa que ya tiene edad para entender los peligros de coger un coche de alquiler y visitar a un caballero solo en la intimidad de su casa, a medianoche y sin acompañante.

Ella se irguió, aferrando el ridículo de seda como si fuera un talismán.

—Según mi familia, mi reputación ya está arruinada. No me queda nada que perder.

—Si es eso lo que cree, señorita Farleigh —dijo él, dulcemente—, quiere decir que es mucho más joven e ingenua de lo que pensé al principio.

Aunque ella se esforzó en sostenerle la mirada, un atractivo rubor le tiñó los pómulos.

Sintiéndose un matón de la peor clase, Hayden exhaló un suspiro y se hizo a un lado para dejarla entrar.

—Vale más que entre antes que la vea alguien. Todavía podría haber una o dos personas en Londres que no saben que he añadido seducir a jovencitas inocentes a mi catálogo de vicios.

Ella aceptó la invitación sin pérdida de tiempo. Antes que él cerrara la puerta ya iba caminando hacia el estudio.

—Póngase cómoda mientras me visto —le gritó al pasar—. Otra vez.

Si ella pudo pasar por alto sus sarcásticas palabras, él no pudo desviar los ojos del hipnótico balanceo de sus caderas bajo la ondulante falda. Cuando pasados unos minutos entró en el estudio, descubrió que ella había atizado el fuego en el hogar haciendo recobrar la vida a las llamas y estaba instalada en el sillón situado frente al escritorio como si ese fuera el lugar que le correspondía. Si no otra cosa, era ingeniosa.

Fue a sentarse en el sillón detrás del escritorio y la observó atentamente. Si bien había incontables poetas y románticos que calificarían de angelical su rostro acorazonado, era esa chispa de diablura que brillaba en sus ojos azul celeste la que lo intrigaba. Sus pestañas y cejas de color castaño claro hacían un irresistible contraste con sus cabellos dorados. Su boca era un exuberante arco de Cupido, curvada hacia arriba en las comisuras. Llevaba la fina nariz elegantemente retocada con polvos, como estaba de moda, pero la pequeña elevación en punta de su delicada barbilla delataba más resolución de lo que era estrictamente elegante.

Y tal como temía, esa resolución estaba dirigida a él. Quitándose los guantes y metiéndolos en su ridículo, ella dijo:

—Sin duda se estará preguntando por qué he venido a perturbarle a esta impía hora.

Hayden sospechaba que podría perturbarlo a cualquier hora.

—Sencillamente me muero de curiosidad —dijo, tamborileando sobre el papel secante, dando a entender lo contrario con su tono seco.

Ella se inclinó hacia él, con una expresión alarmantemente seria.

—Esto es un poco violento, pero estaba pensando si habría alguna manera de persuadirle de que se casara conmigo.

Durante un buen rato, Hayden simplemente no pudo hablar. Se echó hacia atrás, se aclaró la garganta una vez, otra vez, y una tercera vez, hasta poder preguntar:

—¿Me está proponiendo matrimonio, señorita Farleigh?

—Supongo que sí. Aunque podría ser una historia más romántica para contar a nuestros nietos si usted me lo propusiera a mí.

El tono esperanzado lo indujo a suavizar la voz:

—Me parece que no habrá ningún nieto. Como le expliqué a su tutor, en términos muy claros, no tengo la menor intención de tomar otra esposa. Ni ahora, ni nunca. También le aseguré que a pesar de las apariencias en contra, no la comprometí.

Sintió una punzada de culpabilidad al recordar la aterciopelada suavidad de su pecho en su palma. Tal vez no era totalmente sincero, ni consigo mismo.

Sin inmutarse por su rechazo, Lottie le preguntó:

—¿Y si sí me hubiera comprometido? Entonces ¿qué?

Él pensó con sumo cuidado su respuesta.

—Entonces me vería obligado por mi honor de caballero a ofrecerle la protección de mi apellido.

Ella inclinó la cabeza. Basándose en sus experiencias con mujeres en el pasado, él supuso que oiría halagos, recriminaciones y tal vez incluso vería unas arteras lágrimas. Lo que de ninguna manera se imaginó fue que ella levantara la mano y se quitara el sombrero. La pluma se ladeó cuando lo dejó en el borde del escritorio. Luego se pasó las dos manos por el pelo quitándose una a una las horquillas con puntas de perlas hasta que cayeron los rizos en brillante cascada enrollándose en su esbelto cuello.

Entonces levantó la cabeza y lo miró con una expresión que era una irresistible mezcla de invitación e inocencia. Hayden sintió la boca reseca, víctima de un hambre no satisfecha durante demasiado tiempo. Esa osadía sensual de ella podría haberlo afectado aún más si no hubiera visto cómo le temblaban los dedos cuando los llevó a los botones forrados en tela de la chaquetilla.

Ya había dado la vuelta al escritorio antes de darse cuenta de que se había movido. Cerró las manos sobre las de ella, con la esperanza de que ella no notara que sus dedos no estaban nada firmes. Sintió los fuertes latidos de su corazón a través del grueso terciopelo de la chaqueta.

—Perdone mi desconcierto —dijo, con la voz más áspera que sus manos sujetando las de ella—, pero ¿ha venido aquí a persuadirme de que me case con usted o de que la comprometa?

—Da igual. Las dos cosas. ¿Importa eso si el resultado es el mismo? —Lo miró, y él vio un destello de desesperación, en medio de impaciencia—. No puede negar que me desea. Estaba muy bien dispuesto a comprometerme cuando pensó que iba a pagar por el privilegio.

—Pero el precio que me pide ahora es demasiado elevado. —Le observó la cara con los ojos entrecerrados—. Su tutor es uno de los hombres más ricos de Inglaterra. No me cabe duda de que posee una generosa dote. Dada la hermosura de su cara, estoy seguro de que no le faltarán pretendientes, ni ahora ni en el futuro. Entonces ¿por qué diantres quiere casarse con un hombre de mi reputación?

Ella tragó saliva, nerviosa, y sacó la lengua para mojarse los labios.

—¿Porque le encuentro... irresistible?

Esta vez cuando sonó el golpe en la puerta, Hayden ni siquiera se sorprendió. Pero Lottie pegó un salto que casi la hizo salirse de la piel.

—Quédese aquí —le ordenó él, con una mirada de advertencia.

Cuando volvió, ella estaba sentada exactamente tal como la había dejado, mirando las movedizas llamas del hogar. Le tiró sobre la falda la misiva que acababa de recibir, teniendo buen cuidado de que quedara muy a la vista el sello ducal de su tutor, roto.

Ella dejó caer los hombros y se le escapó un suspiro de derrota.

—Si no acepta casarse conmigo, mi cuñado se verá obligado a vengar mi honor en el campo de duelo. —Alzó lo ojos hacia él—. No soporto la idea de que Sterling arriesgue su vida por una fruslería tan sin valor como mi reputación.

Hayden se apoyó en la esquina del escritorio.

—¿Qué la hace estar tan segura de que su tutor no ganará este duelo?

Ella hizo una inspiración temblorosa pero continuó sosteniéndole firmemente la mirada.

—Usted tiene fama de experto tirador.

Aunque la expresión de Hayden no varió ni en un ligero parpadeo, oyó el ensordecedor estampido de dos pistolas disparadas casi en perfecta sincronía, sintió el olor acre de la pólvora y vio desplomarse a Phillipe sobre la hierba, su cara de niño, la imagen misma de una pasmada incredulidad. Pero cuando habló, lo hizo con glacial calma:

—Incluso un experto tirador puede fallar cuando se enfrenta a un contrincante de igual pericia. ¿Quién puede decir que no será la sangre de mi corazón la que se derramará en duelo por usted? —Se rió, con un seco sonido desprovisto de humor—. Ah, claro, según los periódicos de chismes, no tengo corazón.

—Demuéstreles que se equivocan —lo desafió Lottie, con esa tozuda barbilla tan fastidiosa como había temido—, casándose conmigo y perdonándole la vida a mi cuñado.

Él ladeó la cabeza.

—¿Así que no le importa nada su vida, sólo la de él?

Aunque estrujando la misiva en sus nerviosas manos, ella consiguió hacer una leve sonrisa como burlándose de sí misma.

—Acabo de oír una conversación entre Sterling y mi hermana. Parece que después de anoche lo único que tendré para esperar será un constante desfile de caballeros licenciosos deseosos de hacerme saltar sobre sus rodillas.

Hayden podría haber sonreído ante esa imagen si no se hubieran revuelto las salobres aguas de su conciencia. ¿Y si Devonbrooke tenía razón? ¿Y si, por negarse a casarse con ella, la condenaba a una vida escondida en las sombras de la sociedad? Sabía lo frías que podían ser esas sombras.

Ciertamente no era inaudito que una joven de alcurnia entrara en la vida de las mujeres mundanas después de probar su primer bocado de escándalo. Tampoco le sería difícil a una beldad como Lottie encontrar un protector rico que la mimara y quisiera, al menos hasta que otra cara lozana le atrajera la atención y decidiera cederla al hombre siguiente. Y al siguiente, y al siguiente...

No se dio cuenta de que había cerrado las manos en puños hasta que sintió las uñas enterradas en las palmas. Dio la vuelta por detrás del sillón de Lottie y se inclinó sobre su hombro, acercando la cara hasta que su aliento le movió los sedosos bucles que le caían sobre la oreja.

—¿Y si yo fuera uno de esos hombres de los que hablaba su cuñado? ¿Cómo sabe si no la llevaré a mi cama esta noche y por la mañana la devolveré a su familia verdaderamente deshonrada? ¿Qué me puede impedir convertirla en mi amante en lugar de en mi esposa?

Ella giró la cabeza, dejando sus dulces labios de coral a sólo un soplo de los suyos.

—Su palabra.

Él contempló esos resueltos ojos, que le sostenían la mirada sin amilanarse. Hacía muchísimo tiempo desde que alguien se fiara de su palabra. Para proteger a su querido tutor ella estaba dispuesta a sacrificar su virtud y su orgullo. Incluso permitiría que sus manos, manchadas de sangre como estaban, mancharan su tierna y joven carne.

Se enderezó lentamente y volvió al escritorio, donde seguía instalado el elegante cofrecito que debería ponerse en camino hacia Cornualles dentro de sólo unas horas. Debería haberse quedado allí, pensó amargamente, lejos de jovencitas hermosas y sus entrometidos parientes.

Cuando volvió a posar la mirada en su visitante, lo hizo con expresión de serena evaluación.

—Dígame, señorita Farleigh, ¿su tutor le ha procurado una buena educación?

Aunque ella pareció un tanto sorprendida por la pregunta, asintió:

—Pasé dos años en el Colegio de Modales para Señoritas de la señora Lyttleton. Estando allí, memoricé varias cartas del *Embelleced vuestra mente* de la señora Chapone, como por ejemplo, «Cortesía y talento» y «Regulación del corazón y los afectos». —Se encogió de hombros—. He de confesar que nunca logré memorizar entera «El gobierno del carácter».

—Yo tampoco —musitó él.

Ella empezó a enumerar con los dedos las gracias femeninas tan valoradas en esos establecimientos:

—Sé pintar a la acuarela, dibujar un retrato reconocible, bordar un dechado. —Se le iluminó la cara—. Ah, y siempre he sobresalido en el piano.

—Nada de música —dijo él, negando con la cabeza—. No me sirve.

Ella pareció más sorprendida aún.

—Bueno, entonces, sé hablar francés fluido, hacer una costura derecha, bailar el minué, el vals, la...

—¿Sabe declinar un sustantivo en latín?

Ella lo miró pestañeando, como si jamás se le hubiera pasado por la cabeza que ese fuera un requisito para una esposa.

—¿Perdón?

—¿Sabe declinar un sustantivo en latín? —repitió él, con un ligero asomo de impaciencia, y dando un impulso al globo terráqueo que estaba a un lado del escritorio, preguntó—: ¿Sabe localizar

Marraquech en un globo? ¿Puede decirme en qué año conquistaron Roma los ostrogodos? ¿Tiene algún conocimiento verdaderamente útil que no sea dobladillar pañuelos o pisarle los doloridos pies a su pobre profesor de baile?

Ella ya tenía la mandíbula rígida por el esfuerzo de dominar el estallido de genio.

—¿Primera, segunda, tercera, cuarta o quinta declinación? —Sin esperar respuesta, ladró—: Marraquech es la capital del sur de Marruecos, que está situado en la punta noroeste de África. Y los ostrogodos nunca conquistaron Roma, fueron los visigodos, en el cuatrocientos nueve de nuestra era, si no me equivoco.

Hayden tuvo que hacer un esfuerzo para no gruñir ante su propia locura. Si ella hubiera resultado ser una señorita tonta con la cabeza llena de fruslerías inútiles, podría haberla abandonado a su suerte sin un momento de remordimiento.

Cuando le cogió la mano y la puso de pie de un tirón, el reto de su tutor cayó sobre la alfombra, inadvertido. Echó a andar hacia la puerta llevándola a tropezones detrás, haciéndola dar tres pasos por cada una de sus largas zancadas.

—¿Adónde me lleva? —preguntó ella, sin aliento—. ¿Me va a comprometer?

Él paró bruscamente en la puerta, se dio media vuelta y la arrastró de vuelta al escritorio. Cogió el sombrero y se lo metió en la cabeza. La pluma le cayó sobre la impertinente nariz, haciéndola estornudar.

—No, señorita Farleigh —contestó, entre dientes—. Me voy a casar con usted, maldita sea.

Al paso del elegante coche del marqués por las desiertas avenidas del sector oeste de Londres, sólo las ventanas con persianas cerradas de las casas y mansiones correspondían la mirada de los soñolientos ojos de Lottie. Aun no aparecían en el cielo los primeros dedos rosados de la aurora. Incluso los más diligentes de los criados estarían en la cama a esa hora de la madrugada.

Justamente por eso a Lottie se le revolvió el estómago cuando al dar la vuelta a la esquina vio que la casa Devonbrooke resplandecía de luz. Miró a Hayden de reojo, pero su inescrutable rostro no revelaba nada.

La puerta principal de la mansión estaba entreabierta. Se colaron dentro. Los criados pasaban de un lado a otro del vestíbulo con un terror tan ciego que ninguno los vio entrar.

Sterling salió del salón a largas zancadas, su cara ojerosa de agotamiento.

—¿Qué quieres decir con que ha desaparecido? —gritó—. ¿Cómo puede haber desaparecido? La envié a la cama hace horas.

Cookie salió trotando detrás de él.

—Su cama está vacía, excelencia. Está intacta, como si no hubiera dormido en ella.

Laura salió de atrás.

—¿Crees que puedes haber huido? Tal vez tuvo miedo de que la obligáramos a casarse con ese monstruo.

Lottie notó que el brazo de Hayden se ponía rígido bajo su mano. Antes de que se le ocurriera algo ingenioso para decir, apareció Addison, procedente de la biblioteca, con una brillante caja de caoba sobre sus palmas extendidas.

El mayordomo se detuvo ante Sterling haciendo sonar los talones, la gravedad de su misión reflejada en su cara.

—Sus pistolas, excelencia, recién engrasadas y cargadas.

—Tal vez deberíamos irnos —susurró Lottie, tratando de llevar a Hayden de vuelta a la puerta—. Puede que este no sea el mejor momento para comunicar nuestra dichosa noticia.

—Por el contrario —susurró Hayden—. Tu tutor parece estar en urgente necesidad de una alegría.

Antes que ella pudiera protestar, él le cogió la mano y avanzó, llevándola detrás de él.

Alertado por la exclamación de Cookie, Sterling se giró a mirar.

—¡Tú! —exclamó—. ¿Qué demonios haces aquí? ¿No has hecho ya bastante daño a esta familia por una noche? —Al ver aparecer a Lottie, añadió en voz más baja—. No, parece que no.

—Si sólo me das cinco minutos para explicar... —comenzó Lottie.

—Sólo me interesa la respuesta a una pregunta. ¿Has pasado la noche en su cama?

Muy consciente de los dedos entrelazados con los suyos, Lottie sintió subir el rubor a las mejillas.

—Vamos a ver —dijo Hayden, avanzando un paso—, no permitiré que pongas en duda el honor de la damita.

—No es su honor el que me preocupa —gritó Sterling—. Es tu falta de honor. Pero no hay ninguna necesidad de hablar de esto aquí. Lo que hay entre nosotros se puede arreglar en el campo de duelo.

—He venido a informarte que no hay ninguna necesidad de que nos batamos en un duelo.

Sterling lo miró larga y francamente, y luego dijo, muy tranquilo:

—No, supongo que no.

Cuando abrió la tapa de la caja que tenía Addison en las manos, Cookie lanzó un chillido y Laura se abalanzó a cogerle el brazo. Liberando sin esfuerzo el brazo de la mano de su mujer, Sterling cogió una pistola y la apuntó al corazón del marqués.

Aunque Hayden ni siquiera se encogió, Lottie se abalanzó a ponerse delante de él, como si su menuda figura fuera a protegerlo de una bala de pistola.

—¡Deja ese arma, Sterling! Sus intenciones hacia mí son honorables. Ha venido aquí a pedir mi mano en matrimonio.

Aunque Sterling bajó lentamente la pistola, sus ojos entrecerrados no se desviaron ni un instante de la cara del marqués.

—¿Es cierto eso?

—Sí —repuso Hayden.

—¿Y a qué se debe este repentino cambio? Cuando hablé contigo sólo hace unas horas juraste que jamás tomarías otra esposa.

Hayden cerró las manos sobre los hombros de Lottie, haciéndola estremecerse con su posesivo calor.

—Estoy seguro de que no necesito decirte lo persuasiva que puede ser tu cuñada.

La mirada de Sterling pasó a Lottie.

—¿Y tú? Supongo que ahora vas a intentar convencerme de que te has enamorado locamente de él.

Sin saber por qué, Lottie agradeció que Hayden no pudiera verle la cara cuando miró a su tutor a los ojos y dijo:

— Muchos matrimonios sólidos y duraderos se han construido sobre cimientos mucho más estables que el amor.

Sterling aflojó los hombros, derrotado, al comprender que ella había oído sus malditas palabras. Pasándole la pistola a Addison, que continuaba mirando como aturdido, ladró:

—Acompáñame, Oakleigh. Vamos a discutir esto en el salón.

Cuando se cerraron las puertas detrás de los dos hombres, Lottie miró alrededor y vio a Laura mirándola a través de una cortina de lágrimas.

—Ay, Lottie, ¿qué has hecho ahora?

Lottie irguió los hombros y forzó una temblorosa sonrisa.

—Parece que me he conseguido un marqués.

Capítulo 5

Pero él fue implacable. ¡O yo sería su esposa
o no lo sería de ningún hombre!

El marqués de Oakleigh —anunció el mayordomo, cuando él apareció en la puerta.

Aunque el apergaminado anciano se las arregló para mantener la expresión notablemente impasible, sus espesas cejas blancas parecían estar en inminente peligro de salir volando.

Ned Townsend casi se atragantó con el humo del cigarro cuando Hayden St. Clair entró en el salón de fumar de su casa de ciudad en Kensington. Aunque hizo un gesto instintivo para esconder los panfletos y diarios desperdigados sobre el escritorio, ya era demasiado tarde para hacer algo más que inclinarse un poco sobre ellos, a ver si su sombra ocultaba los titulares más condenadores.

—Así que decidiste visitarme después de todo —dijo, arreglándoselas para ponerse su sonrisa más afable—. Tal vez tus modales no están tan oxidados por falta de uso como temía. ¿A qué debo el honor de esta visita? Creí que te marcharías a Cornualles esta mañana, y ya es bien pasado el mediodía.

—Ya me habría marchado si no hubiera sido por tu infernal intromisión —replicó Hayden, con una mirada glacial de sus humosos ojos verdes.

Ned no pudo evitar pensar si esa habría sido la última mirada que viera Phillipe tendido en la hierba del campo de Wimbledon ya hacía casi cinco años.

La apariencia de Hayden estaba en claro contraste con la de él, pensó Ned, con su pelo bien recortado, su corbata almidonada y los bruñidos botones dorados. Las botas de Hayden estaban desgastadas y pasadas de moda por lo menos en tres años, la corbata anudada de cualquier manera y ligeramente torcida, la chaqueta le colgaba demasiado holgada sobre su delgada figura, como si se hubiera saltado más de unas cuantas comidas últimamente. Como era su costumbre, llevaba el sombrero de copa en la mano en lugar de puesto, dejando sus mal cuidados cabellos a merced del viento. Pese a su noble cuna siempre había habido una vaga especie de salvajismo en él, una cualidad que tanto las damas como las mujeres ligeras de cascos encontraban irresistible. Si se veían obligadas a elegir entre él, Hayden y Phillipe, siempre elegían a Hayden.

Justamente lo que hiciera Justine.

Ned dio una larga calada a su cigarro adoptando un aire de inocencia con los ojos agrandados.

—No tengo ni idea de qué me hablas.

—Ah, vamos, no puedes ser la única alma de Londres que no se haya enterado del desastre de anoche —dijo Hayden. Su mirada recayó en los periódicos desperdigados en el escritorio—. No, ya veo que no.

Antes que Ned pudiera protestar, Hayden había cogido el número de *The Times* sobre el que tenía apoyado el codo. Lo levantó para ponerlo a la luz del sol de la tarde que entraba por la ventana y leyó el titular con gran efecto dramático:

—«M.A. exige otra víctima de crimen pasional».

Mientras Ned se echaba hacia atrás en el sillón, reconociendo su derrota, Hayden cogió otros dos periódicos:

—«M.A. da un Beso de Muerte a la Reputación de una Inocente.» Ah, no hemos de olvidar a ese baluarte de periodismo responsable, el *St. James Chronicle*: «Jovencita debutante en sociedad sucumbe al irresistible abrazo de lord Muerte».

—Lord Muerte —repitió Ned, pensativo—. Tienes que reconocer que tiene un sonido mucho más poético que Marqués Asesino.

Hayden dejó los diarios en el escritorio.

—Espero que estés satisfecho. Probablemente esta tontería ha vendido más ejemplares que la última entrega de las memorias de Harriette Wilson.

Ned alargó la mano para echar la ceniza del cigarro en un cenicero de cobre en forma de pata de elefante.

—Lamentable incidente, sin duda, pero todavía no entiendo por qué me echas la culpa a mí.

—Porque jamás habría ocurrido si no fuera por ti. Cuando vi a esta cría fisgoneando alrededor de mi casa, la tomé por una mujer de la señora McGowan. La mujer que tú contrataste.

Ned lo miró boquiabierto, dejando el cigarro colgando de su labio inferior. Cogiéndolo antes que se cayera, no pudo reprimir una sonora carcajada.

—Ah, pero qué fantástico. La pobre muchacha. Por favor no me digas que...

—Claro que no —gruñó Hayden.

Pero mientras proclamaba su inocencia tenía dificultad para mirar a Ned a los ojos, cosa que al parecer Ned encontraba particularmente fascinante.

—No soy dado a aprovecharme de toda mujer que viene a golpearme la puerta. O mi ventana, si es por eso.

—Tal vez si lo fueras, pronto te encontrarías de mejor humor —dijo Ned. Puso un dedo en *The Times*. ¿Quién es esta niña, entonces? Los diarios dan algunas seductoras insinuaciones que algunos seguro reconocerán, pero no se atrevieron a poner su nombre.

Hayden se sentó en un sillón de orejas con cobertor de satén, y se cruzó de piernas.

—Carlotta Anne Farleigh —dijo, pronunciando el nombre como si anunciara su perdición.

Aunque Ned ya estaba a punto de dominar el ataque de risa, le vino otro, haciéndole brotar más lágrimas.

—¿La pequeña Lottie Farleigh? ¿La mismísma Diablilla de Hertfordshire?

La expresión de Hayden se hizo más recelosa aún.

—¿Has oído hablar de ella?

—Claro que he oído hablar de ella. Te resultará difícil encontrar a alguien en Londres que no lo haya hecho.

—No lo entiendo. ¿Cómo puede ser tan conocida cuando aún no se ha presentado en sociedad?

—¿Y a qué crees que se debe eso? —preguntó Ned, sin poder reprimir una ancha sonrisa.

—Ella me dijo que la temporada de hace dos años su familia estuvo de viaje por el extranjero y que la primavera pasada cayó enferma de sarampión.

Ned emitió un bufido.

—Enferma de azoramiento, lo más probable. Tal vez su tutor estaba esperando que se acallaran los chismorreos sobre su anterior intento de presentarla en sociedad. —Sabiendo que contaba con toda la atención de Hayden, se inclinó hacia él—. Devonbrooke la trajo a la ciudad para la temporada cuando tenía diecisiete años, con la intención de presentarla en sociedad. Como es la costumbre, antes del baile que iba a ofrecer en su honor, tuvo que presentarla en la Corte.

Le tocó a Hayden soltar un bufido. Los dos sabían que el rey Jorge, el ex licencioso príncipe de Gales, había convertido esa tradición otrora noble en una oportunidad de comerse con los ojos a las jóvenes beldades deseosas de complacerle con toda la inocencia de su edad.

—Imagínate, pues —continuó Ned—, a la bella Lottie esperando la llamada del rey en el apretado grupo de jóvenes beldades. Cuando finalmente le llega el turno, avanza hacia nuestro galante monarca, su hermoso escote luciendo diamantes por valor del rescate de un rey, meciendo con cada paso las plumas de avestruz que adornaban su tocado. Pero cuando se recoge las faldas para hacer la venia, se inclina demasiado y esas elegantes plumas le hacen cosquillas en la nariz al pobre Jorge. Su Majestad estornuda y hace salir volando hasta el último botón de su chaleco. —Se encogió de hombros—. Claro que eso no habría ocurrido si no se hubiera metido en el chaleco como una salchicha de cerdo excesivamente gorda.

—A la pobre muchacha no se la puede culpar de la glotonería del rey —señaló Hayden.

—Opinión que al parecer compartía nuestro justo Jorge, porque para gran alivio de todos, en especial para la joven dama, sencillamente se echó a reír. Mientras los guardias reales andaban a cuatro patas recogiendo los botones, Jorge divisó un brillo de oro particularmente atractivo. Por desgracia, este estaba enterrado muy al fondo en los sagrados, y por lo tanto inexplorados, recovecos del corpiño de la señorita Farleigh.

—Ah, demonios —mascullό Hayden, apoyando el codo en el brazo del sillón y cubriéndose la cara como para protegerse de lo que vendría.

—Bueno, cuando la intrépida señorita Farleigh sintió esa regordeta mano explorando sus núbiles pechos, defendió su virtud como sólo sabe hacerlo una verdadera dama.

Hayden miró a Ned por entre los dedos.

—No me digas, por favor, que le dio una bofetada.

—No, claro que no —repuso Ned, ensanchando la sonrisa—. Lo mordió.

Hayden bajó lentamente la mano.

—¿Mordió al rey?

—Y con bastante ferocidad, me han dicho. Fueron necesarios tres guardias para desprenderle los dientecitos de perla del brazo.

Pese a su ceño, había un inconfundible destello de diversión en los ojos de Hayden.

—Me sorprende que no haya acabado en la Torre.

—Si no hubiera sido por la apasionada intervención de su tutor, bien podría haber acabado ahí. Y a eso se debe exactamente que Devonbrooke esperara hasta que la mala salud de Jorge lo recluyera en Windsor para colocarla en el mercado del matrimonio. Por lo que he oído, la muchacha siempre ha sido algo alocada, dada a muchas travesuras, y de ideas muy avanzadas respecto a las mujeres en las artes. —Hizo un amplio gesto con el cigarro—. Pero si no la has comprometido, no veo por qué debe importarte esto.

—Por desgracia, su tutor no comparte tus opiniones progresistas —repuso Hayden, irónico—. Mientras nosotros hablamos él se está consiguiendo una licencia especial con el obispo.

—Ah —dijo Ned, poniéndose repentinamente serio—. He oído que Devonbrooke ha tenido cierta experiencia en ese sentido. —Aunque ya habían transcurrido diez años, todavía se comentaba en susurros en ciertos círculos el delicioso escándalo de la precipitada boda del duque—. Entonces ¿he de suponer que procede felicitarte?

—Condolerte conmigo, más bien, porque estoy a punto de atarme en contra de mi voluntad a una esposa niña.

Ned se echó a reír.

—Sólo tienes treinta y un años, Hayden, todavía no chocheas. Yo diría que todavía tienes el vigor para satisfacerla.

Hayden lo miró fijamente.

—No es mi vigor lo que me preocupa. Es mi paciencia. Mi anterior esposa agotó la modesta cantidad con que fui dotado.

—Pero eras poco más que un muchacho cuando te casaste con Justine.

«Y la enterraste.»

Esas palabras no dichas quedaron flotando en el aire entre ellos hasta que Ned alargó la mano para apagar el cigarro.

—¿A qué debo el honor de esta visita, entonces? ¿Me vas a retar a duelo, despues de todo? ¿Debo hacer llamar a mi padrino?

Hayden se levantó, haciendo girar el sombrero entre las manos. Aunque le parecía que se iba a atragantar con las palabras, finalmente logró sacarlas.

—La boda tendrá lugar mañana a las diez en punto de la mañana en la casa Devonbrooke. Pensé que tal vez..., bueno, he venido a pedirte que seas mi padrino.

Ned se echó atrás en el sillón, conmovido a su pesar.

—Vamos, me siento honrado.

—No tienes por qué —replicó Hayden, sus ojos iluminados por una chispa de su antigua picardía—. No tenía otra opción. Eres el único amigo que me queda.

Cuando se volvió y echó a caminar hacia la puerta, Ned no pudo resistirse a lanzar su propio dardo:

—No desesperes, Hayden. Sólo será hasta que la muerte os separe.

Hayden se detuvo en la puerta, pero no se giró a mirarlo. Cuando finalmente pasó junto al boquiabierto mayordomo al salir de la casa, lo hizo acompañado por el sonido de la risa de Ned.

—Lord Muerte —repitió Lottie, pensativa, toda ella desaparecida detrás de un ejemplar del *St. James Chronicle*, a excepción de su moño de rizos en la coronilla—. Mmm, eso tiene un bonito sonido, ¿no te parece? Tal vez a mi primera novela debería titularla *La esposa de lord Muerte*. —Miró a Harriet, por encima del periódico—. ¿O tal vez *La flamante esposa de lord Muerte* sería más sensacional aún?

Harriet se estremeció.

—No entiendo cómo puedes hablar tan tranquila de todo esto. Sobre todo cuando tú vas a ser esa esposa.

Las dos estaban acurrucadas en la cama de Lottie, casi enterradas bajo un montón de periódicos. Al parecer Sterling había revocado la orden de no mimarla, porque ya era pasado el mediodía y seguía languideciendo en la cama. Desde que despertara le habían dado el gusto en todos sus deseos y caprichos con asombrosa rapidez y eficiencia. Dos lacayos transportaron a Harriet a su cama mientras un grupo de criadas se ocupaba de ponerle el tobillo vendado sobre un cojín. Cookie había ido varias veces a ofrecerles todas las variedades de dulces que más le gustaban a Lottie, entre ellos esos pastelillos franceses de rechupete en forma de corazón, remojados en ron con miel. Incluso George había asomado la cabeza para ofrecerse a jugar una partida de whist si se aburrían devorando los diarios y periódicos de chismes que continuaban llegando con increíble regularidad, con la tinta apenas seca. Lottie habría disfrutado muchísimo de todas esas atenciones si no hubiera sido por los inquietos «tss, tss» de Cookie y las disimuladas miradas compasivas de las demás criadas.

Cualquiera diría que estaba atacada por una enfermedad fatal y no comprometida con un marqués rico. Estaba comenzando a comprender lo que debía sentir un condenado a muerte cuando le ofrecían un suculento banquete justo antes de ser llevado a la horca.

Y justamente por eso había decidido poner cara de valiente. De ninguna manera quería sentir compasión de sí misma cuando todos los demás encontraban una satisfacción tan lastimosa en compadecerla. De acuerdo, había avergonzado a Sterling en la fiesta de su presentación en sociedad, pero no tenía la menor intención de hacerlo de nuevo durante su boda. Si era al cadalso donde debía ir, pues iría con la cabeza bien alta. Afortunadamente, Harriet estaba tan inmersa en el melodrama de la situación que no se daba cuenta de lo frágil que era su buen humor.

Dejando a un lado el *Chronicle*, se echó a la boca el último pastelillo francés de la bandeja que reposaba en la falda de Harriet.

—He de confesar que es bastante inquietante leer acerca de mí como la heroína trágica de mi propia historia. —Se lamió una gotita de miel del labio superior—. Tal vez sencillamente debería considerar mis inminentes nupcias una investigación para mi primera novela. Una oportunidad de ahondar en las sombras del corazón del marqués y resolver el misterio de la muerte de su primera esposa.

—Estupendo, eso está muy bien —dijo Harriet lúgubremente—, pero ¿quién va a resolver el misterio de la muerte de su segunda esposa?

Lanzando una desaprobadora mirada a su amiga, Lottie cogió la edición de la tarde de *The Whisperer*.

—Ah, esto sí que es gracioso. Este artículo explica nuestro desesperado amor secreto y pinta a Sterling como el desalmado villano que quiere separarnos.

—¡Qué terriblemente romántico! —exclamó Harriet, poniéndose una mano en el corazón.

Lottie cerró bruscamente el panfleto, sin hacer caso de una extraña punzada de melancolía.

—Absolutamente ridículo —exclamó—. Puedo asegurarte que el marqués no alberga el menor amor por mí, ni secreto ni de otro tipo. Aunque tengo que reconocer que Sterling sí se portó como un villano anoche cuando empezó a mover esa pistola. —Pasó la vista por un relato particularmente sensacionalista del escándalo de esa noche en uno de los panfletos baratos impresos por un solo lado que distribuían en los muelles—. ¡Cielos! —exclamó, sintiendo arder la garganta—. Según este articulista, uno diría que nos pillaron *in fragranti delicto.*

—¿Fragancia deliciosa? —preguntó Harriet, para quien el latín había sido una de las asignaturas menos favoritas, sólo preferible a la geografía y a los modales de señorita.

Exhalando un suspiro, Lottie le puso la mano junto a la oreja y le susurró al oído el significado de la expresión.

—¡Uy, Dios! —exclamó Harriet, ruborizándose hasta la raíz de su pelo castaño ratón—. Como si alguien fuera a suponer que tú harías algo tan horrendo. ¡Con él!

Antes que Lottie pudiera explicarle más detalles, alguien llamó suavemente a la puerta. Se acomodó en la montaña de almohadones, suponiendo que le traían más pastelillos franceses. Pero no, las que entraron fueron su hermana Laura y su tía Diana, seguidas por un par de lacayos. Los ojos de Laura estaban ribeteados de rojo, de tanto llorar, mientras que los de Diana estaban rodeados por unas oscuras ojeras.

Aunque en realidad la prima de Sterling no era la verdadera tía de Lottie, su cariño y su enérgico sentido común la hacían apta para llamarla así. A pesar de la severidad de su vestido verde bosque y su austero moño, el beso que le dio Diana en la frente fue tan tierno como el de una madre.

—Hola, cielo. Si nos disculpa tu querida señorita Dimwinkle, tu hermana y yo tenemos que hablar un rato contigo.

—¿No se puede quedar Harriet? —preguntó.

Ya comenzaba a comprender lo perdida que se encontraría muy pronto sin su fiel amiga. Por insistencia de Hayden, se pondrían en marcha hacia su casa de Cornualles inmediatamente después de su boda la mañana del día siguiente.

—Preferiríamos que no —contestó Laura, intercambiando una extraña mirada con Diana.

Lottie esperó en curioso silencio mientras los lacayos sacaban de la habitación a la disgustada Harriet. Después de cerrar bien la puerta una vez que salieron, Laura fue a sentarse a un lado de la cama y Diana se sentó en el otro.

Diana le cogió la mano, y después de hacer una honda inspiración, como para fortalecerse, dijo:

—Tu hermana y yo pensamos que seríamos negligentes si no procuráramos prepararte para los días que...

—Y las noches —añadió Laura, ruborizándose violentamente.

—Y las noches —asintió Diana— que vendrán.

La aprensiva mirada de Lottie viajó de la una a la otra. Tal vez no era demasiado tarde para meterse bajo las mantas y hacer que dormía.

Diana le apretaba tan fuerte los dedos que le sonó uno de los nudillos.

—Como sin duda debes de saber, el deber más apreciado de una mujer es hacia su marido.

—Y nunca es más apreciado ese deber que en la más dichosa de todas las ocasiones —añadió Laura, con el labio inferior tembloroso—, su noche de bodas.

Diana le lanzó una mirada de advertencia.

—Porque entonces llega el tan esperado momento cuando el afecto... —se atragantó con la palabra y comenzó a abandonarla su impecable serenidad— mutuo entre un hombre y una mujer tiene por fin la libertad para manifestarse de una manera física.

—Y así comienza una tierna iniciación a toda una vida de compromiso y fel... fel... felicidad. —La última palabra le salió en un sollozo y Laura se desmoronó sobre el hombro de Lottie, echándose a llorar.

—¡Vamos, por el amor de Dios, Laura, no seas tonta! —la reprendió Diana, limpiándose sus propias lágrimas con su pañuelo—. Vas a asustar de muerte a la pobre niña.

—Tranquila, tranquila —musitó Lottie, apretándole la mano a su tía y acariciándole el hermoso pelo a su hermana—. En realidad no hay ninguna necesidad de un sermón sobre los rigores del amor terrenal. Me crié en una granja en que había ovejas.

Sabía que lo más probable era que su hermana y su tía estuvieran pensando en lo diferente que sería su cama de matrimonio a las de ellas. Las dos habían tenido la suerte de casarse con hombres que las adoraban, un lujo que ella no conocería jamás. De ella se esperaría que se metiera bien dispuesta en la cama de un desconocido, un hombre que no le tenía ningún afecto desde hace tiempo, un hombre que se había visto obligado a un matrimonio que no deseaba con una mujer a la que no conocía; un hombre cuyas pasiones animales podrían muy bien superar su ternura. La idea de tener a Hayden St. Clair encima de ella le producía una extraña emoción en lo más profundo del alma, la sombra de una emoción que la asustaba más aún de lo que la asustaba él.

Diana se limpió las últimas lágrimas y su cara adquirió la viveza de la resolución.

—Hay cosas que no se pueden aprender en una granja de ovejas, querida mía. Cosas que pueden doblegar incluso al más severo e intratable de los hombres a tu voluntad.

Lottie se inclinó hacia su tía, poniendo de pronto su más absoluta atención a cada una de sus palabras. Laura levantó bruscamente la cabeza, tan escandalizada que se le secaron las lágrimas a medio sollozo.

—Diana, supongo que no querrás decir que...

—Pues claro que sí, justamente eso quiero decir. Si Lottie va a entrar en este campo del enemigo a batallar, no debe ir desarmada. Y tú y yo sabemos qué armas darle.

A juzgar por el ambiente de luto que reinaba en la casa Devonbrooke a la mañana siguiente, se habría creído que sus residentes se habían congregado para presenciar un funeral, y no una boda. Laura y Diana estaban casi abrazadas, con los pañuelos listos, mientras Thane y George estaban lado a lado, en posturas casi tan rígidas como sus expresiones.

En lugar de vestir de negro, como sugiriera el más divertido de los panfletos de chismorreo, la novia vestía de rosa. No había habido tiempo de consultar a una modista, de modo que Laura y Diana la ayudaron a elegir de entre su muy bien surtido guardarropa un vestido de satén rosa con una sobrefalda de encaje color marfil. Para ocultar el temblor de las manos llevaba firmemente agarrado un ramillete de jacintos violeta que Cookie había cogido a toda prisa en el jardín del patio. Todavía brillaban las lágrimas de Cookie en los aterciopelados pétalos, como rocío.

Lottie casi arrugó las flores cuando apareció Hayden St. Clair en la puerta de arco. Venía acompañado por un caballero alto, esbelto, cuyo pelo rubio corto contenía más hilos de plata que de oro.

Cuando los dos ocuparon su lugar ante el hogar de mármol, que iba a hacer las veces de altar, el desconocido la examinó osadamente y le hizo un guiño. Cogida con la guardia baja por el pícaro encanto de ese gesto, ella estaba a punto de correspondérselo cuando recordó que lo sensato era mirarlo ceñuda. No le iría nada bien si su novio pensaba que estaba coqueteando con otro ante sus mismas narices;

igual no llegaba a Cornualles viva. Ya veía a su familia llorando encima de la breve nota garabateada por su marido informándolos de su trágico óbito debido a que se le enredó la cola del vestido en los radios de una rueda del coche.

Un violín sollozó una melodía, la señal para que se cogiera del brazo de su tutor, que la escoltaría hasta el lado de su novio. Hizo una inspiración profunda; si esa era en realidad su marcha hacia la horca, había llegado el momento de enfrentarse a su verdugo.

Todo vestido de negro, a excepción de la pechera y puños de la camisa, cuello y corbata, Hayden St. Clair se veía aún más alto e imponente de lo que recordaba. La conmovió observar que él se había tomado el trabajo, si bien inútil, de peinar sus rebeldes cabellos. Sin la barba de un día que le oscureciera los huecos de las mejillas y el contorno de la mandíbula se veía más cerca de la edad de George que de la de Sterling.

A medida que avanzaba, mil detallitos hasta el momento no advertidos le recordaron que él era un desconocido para ella: la casi imperceptible hendedura en el mentón, la fina cicatriz blanca debajo de la oreja izquierda, la tenue sombra sobre el labio superior que ni la más afilada de las navajas le eliminaría jamás.

Mientras se situaba a su lado casi deseó que su tía y su hermana se hubieran guardado sus consejos. Aun cuando su insaciable curiosidad la había impulsado a escuchar todas sus palabras con la mayor atención, no lograba imaginarse haciendo con ese hombre algunas de las cosas escandalosas que le habían explicado.

Ni haciéndoselas.

Bajó los ojos, con la esperanza de que él atribuyera su rubor a modestia de doncella.

Cuando el obispo le ordenó a Sterling que pusiera su mano en la de su novio, Lottie tuvo que sacar de un tirón su pequeña mano de su posesivo puño.

La agradable sonrisa que Sterling llevaba pegada a la cara no decayó en ningún momento, ni siquiera cuando se acercó a Oakleigh y le gruñó en voz audible sólo para ellos tres:

—Si la haces sufrir te romperé el cuello.

Lottie y Hayden se arrodillaron ante el obispo, ella sintió la mano de él cálida y seca, y luego su voz sonora y firme cuando juró renunciar a todas las demás y serle fiel a ella mientras vivieran. Mientras Lottie repetía esas elocuentes palabras, no pudo dejar de pensar si él estaría recordando a la otra mujer a la que le había hecho esa misma promesa y que luego le traicionó a él.

El resto de la ceremonia transcurrió en una borrosa niebla. Antes que ella se diera cuenta, el obispo estaba cerrando el libro de la liturgia anglicana y ordenándoles levantarse. Con los ojos risueños tras sus anteojos con montura metálica, le dio permiso al recién casado para que sellara sus promesas con un beso.

Simulando que le ofrecía la mejilla, Lottie le susurró:

—Siento mucho haberte metido en este horroroso aprieto.

—Estoy muy agradecido de que encontraras mis atenciones más agradables que las del rey —susurró él, calentándole con el aliento la sensible piel de la oreja—. Por lo menos no me mordiste.

Lottie apartó la cara para mirarlo, boquiabierta, tan sorprendida que se olvidó de mantener baja la voz:

—¿Quién diablos te...?

Antes que terminara la pregunta, los labios de su marido descendieron sobre los de ella, silenciándola con un beso.

Capítulo 6

¿Podía atreverme a esperar ver un asomo de ternura en esas despiadadas manos?

Cuando salió Hayden después del tenso desayuno de bodas ofrecido por sus nuevos cuñado y cuñada descubrió su coche tan cargado de baúles, cajas, maletas y bolsos que estaba casi irreconocible. Un ejército de lacayos de librea seguían yendo de un lado a otro asegurando los bultos con cuerdas y buscando huecos o grietas para meter más cajas y paquetes.

—¡Cielos! —exclamó Ned, mirando los hundidos soportes—. Se ve que tu esposa no es partidaria de viajar ligera.

—Su tutor ya envió dos carretas con equipaje por delante —repuso Hayden, moviendo la cabeza incrédulo—. Si no hubiera enviado a mis criados con ellas en otro coche habría tenido que alquilar otro equipo de caballos sólo para sacarnos de Londres.

Ned apuntó hacia un armatoste que estaba amarrado boca abajo encima de la montaña de equipaje.

—¿Eso no es un...?

Hayden miró con los ojos entrecerrados unas ruedas de madera fijadas a lo que parecía ser un caballito mecedor, vehículo muy de moda inventado por un barón inglés para pasearse por los senderos de los jardines reales.

—Sí, parece que sí.

En ese momento salió Lottie de la casa, cargada con un cesto de mimbre redondo tres veces el diámetro de ella. Al instante Hayden se le acercó para aliviarla del peso, pero ella se apresuró a poner el cesto fuera de su alcance.

—No tienes por qué molestarte. Yo puedo llevarlo muy bien, gracias —dijo, resollando y resoplando en dirección al coche.

Lo había estado mirando con desconfianza desde el momento en que él mencionó su malhadado encuentro con el rey.

Un lacayo avispado se apresuró a abrir la portezuela del coche para que ella dejara su carga en uno de los asientos del coche. Hayden asomó la cabeza por encima del hombro de ella, fascinado por unos misteriosos sonidos que parecían salir del cesto.

Aunque no veía la menor posibilidad de encontrar un hueco para meter dos dedos en el coche, le sugirió:

—Tal vez deberíamos decir a los lacayos que lo amarren arriba.

El cesto gruñó, se estremeció y pegó un saltito, como protestando.

Lottie retrocedió y cerró la puerta ante las narices de él.

—Eso no será necesario. Es mi almuerzo.

Hayden arqueó una ceja, pero pensó que llamar mentirosa descarada a su flamante esposa no sería una manera auspiciosa de iniciar un matrimonio.

Ella se había cambiado el traje de bodas por uno de viaje, un vestido azul botella con almidonado cuello de encaje blanco y una capa corta. Había desaparecido el moño alto de rizos, reemplazado por una pulcra nube de blucles y una pamela de paja coronada por crespones, cintas y diminutos botones rosa de seda. Él supuso que ella había elegido ese sofisticado atuendo para aparentar más madurez, pero más parecía una niñita disfrazada de señora con ropa de su madre. Ciertamente no se veía de edad suficiente para ser la esposa de ningún hombre.

Y mucho menos de él.

—¡Espera, Lottie! ¡Te has olvidado a Zangoloteos!

Hayden se apartó para dejar paso a la señorita Dimwinkle, que salía cojeando de la casa con los brazos extendidos sujetando a un movedizo gato negro en las manos, lo más apartado posible de ella.

Lottie aceptó la ofrenda y se enrolló el peludo animalito como si fuera un manguito viviente.

—¿No te importa que me lleve a mi gato, verdad? —le preguntó a él, y un curioso rubor se extendió por sus mejillas.

—Claro que no —le aseguró Hayden—. Seguro que se sentirá muy en su casa en Oakwylde. Los graneros están llenos de ratones.

—¿Los graneros? —repitió Lottie, con un peligroso relampagueo en los ojos.

Antes que él pudiera añadir algo más, salió el resto de la familia de la casa. El tutor de Lottie tenía cara de estar ya arrepintiéndose de confiar en manos de Hayden su preciosa pupila. La expresión de Devonbrooke no dejaba lugar a dudas de que nada le gustaría más que los recién casados pasaran su noche de bodas bajo su techo. Pero Hayden no tenía la menor intención de permanecer ni un minuto más de lo necesario bajo el dominio de ese hombre. Un solo funesto gemido escapado de los exuberantes labios de Lottie y el duque estaría pidiendo nuevamente sus pistolas de duelo.

Cuando el hermano, hermana, tía y tío de su flamante esposa se aglomeraron alrededor de ella, ahogándola en una ruidosa ronda de abrazos y besos, él fue a ponerse a la sombra de una de las columnas del pórtico. Sabía que a los ojos de ellos él jamás sería otra cosa que un intruso, el malvado ogro que se llevaba a su amadísima princesa encantada.

Cuando Hayden retrocedió, Ned avanzó. Hayden puso la mano en el hombro de su amigo.

—¿Adónde vas?

—Vaya, a besar a la novia, lógicamente. En calidad de tu padrino, lo considero un deber sagrado.

—Sobre mi cadáver —replicó Hayden—. O sobre el tuyo, si mi esposa descubre que fuiste tú el que me dio ese retazo de información sobre el rey.

Aceptando la derrota, Ned se apoyó en la columna.

—Si tiene los dientes tan afilados como su inteligencia, nuestro monarca tiene suerte de estar vivo.

Lottie no dejó de advertir la retirada de su marido, pero antes que pudiera hacer algo para atraerlo a su círculo, Harriet se abalanzó sobre ella a abrazarla, tan fuerte que el gato que quedó entre ellas emitió un chillido de protesta.

Las lágrimas empañaban las lentes de los anteojos de la muchacha.

—¡Ojalá pudiera irme a Cornualles contigo! No tengo ninguna perspectiva, ¿sabes? ¿Quién va a querer casarse con una fea y tonta hija de magistrado que no puede alardear de ninguna fortuna?

—No seas tonta —la reprendió Lottie—. Seguro que al terminar la temporada me escribirás que te han hecho muchísimas proposiciones y no sabes cuál corazón romper primero.

Pasándole el gato a su hermano, sacó su pañuelo, lo puso en la nariz de la muchacha y le ordenó sonarse.

Echando una rápida mirada a Hayden con los ojos entrecerrados, George se le acercó a susurrarle:

—Si no os lleváis bien, siempre te queda el recurso de envenenarlo, ¿sabes?

A pesar de tener los nervios de punta, a Lottie se le curvó la boca en una sonrisa. Ninguno de los dos había olvidado esa ocasión en que la celosa Lottie de diez años intentó eliminar a Sterling para sacarlo de la vida de Laura preparándole un pastel con setas venenosas.

—Dada la reputación del marqués, es más probable que él me envenene a mí —repuso, por la comisura de la boca.

George le dio una vigorosa palmada en el hombro. Si bien la relación entre ellos siempre había sido una espinosa mezcla de exasperación y afecto, él era probablemente la persona que la conocía mejor que nadie. Y la quería a pesar de eso. Aun sabiendo que lo fastidiaría, le echó los brazos al cuello. Pero ante su sorpresa, él no esquivó su beso sino que se lo correspondió dándole un fuerte apretón.

—Deberías sentirte feliz por mí —le susurró ella al oído—. No todos los días una humilde hija de párroco se convierte en la esposa de un marqués.

George le retorció uno de los bucles.

—Nunca ha habido nada humilde en ti.

—Justamente por eso no tienes por qué preocuparte. Puedo hacerme amar por él si quiero. Puedo hacerme amar por cualquiera, ¿verdad?

—Eso desde luego —le aseguró él.

La soltó de mala gana, reflejando en su sonrisa sesgada los temores de los dos.

Ya estaba ahí Cookie, poniéndole en la mano un paquete envuelto en papel manteca y cuerda. Por su temperatura y el exquisito aroma que le llegaba a la nariz, Lottie no tardó en deducir que eran panecillos de jengibre recién sacados del horno. Aunque Cookie tenía la nariz hinchada y enrojecida, su sonrisa era radiante cuando la estrechó en sus amplios brazos.

—Ese apuesto pícaro hará bien en cuidar de mi corderita, si no le hornearé una buena cantidad de mis bollos, lo juro.

Lottie se echó a reír. A Cookie los bollos le salían tan horriblemente secos que se sabía que su marido los usaba para tapar agujeros en el estucado de yeso.

Cuando Cookie se apartó, secándose los ojos con una punta del delantal, Lottie se encontró en el momento que más había temido. Aunque se las había arreglado para mantener el semblante alegre durante todas las demás despedidas, los ojos con que se volvió a mirar a Laura y Sterling estaban sospechosamente brillantes.

La responsabilidad de su pequeña familia había recaído sobre los delgados hombros de Laura cuando sólo tenía trece años, y sin embargo jamás, ni una sola vez, había hecho sentirse a Lottie ni George como una carga o molestia.

Laura le dio un abrazo rápido y fuerte con los ojos secos pero fieros.

—Si alguna vez tienes necesidad de mí, sólo tienes que enviarme una nota e iré corriendo.

—Entonces será mejor que tengas el equipaje listo —repuso Lottie—, porque siempre tendré necesidad de ti.

Cuando Laura se apartó y buscó consuelo en los brazos de Diana, Sterling le puso una mano en el hombro a Lottie. Ella lo miró con los labios curvados en una temblorosa sonrisa.

—Te prometo que seré la mejor esposa que sepa ser. Os haré sentiros orgullosos de mí a los dos, lo juro.

Sterling movió la cabeza, su sonrisa no muy firme tampoco.

—Siempre lo has hecho, cariño. Siempre.

Cuando le dio un tierno beso en la frente, el resto de la familia cayó en un incómodo silencio.

Sterling se apartó de mala gana. George le pasó el gato. A Lottie no le quedó otra cosa que hacer que dejarse ayudar a subir al coche por el lacayo que aguardaba junto a la portezuela y esperar que subiera su marido a ocupar su puesto a su lado.

Hayden hizo una seña a uno de sus mozos. El hombre se acercó tirando de un hermoso bayo. Cuando Hayden lo montó, incluso su amigo sir Ned lo miró sorprendido.

Hayden acercó su montura a la portezuela del coche abierta.

—Nunca le he tenido mucha afición a la estrechez y encierro de un coche. Espero que no te importe que cabalgue con los jinetes de escolta.

—Desde luego que no —musitó Lottie, acariciando al gato que llevaba en la falda—. Zangoloteos deberá ser toda la compañía que necesito.

Su flamante marido la despreciaba.

¿Por qué habría de insistir en viajar legua tras sacrificada legua sobre los lomos de un caballo en lugar de en la relativa comodidad del coche si no era para evitar la compañía de ella? Rodeada por los elegantes y mullidos cojines de terciopelo que amortiguaban casi todos los peores rigores del camino, se asomó a la ventanilla y alargó el cuello para mirar a su marido. Tenía que reconocer que él hacía una fina estampa a caballo, con la corta esclavina de la capa revoloteando detrás y sus cabellos agitados por el viento. En todo era la implacable y gallarda figura del personaje que daba título a su narración corta *El malvado cura de Vinfield*. Al final de esa trágica historia, la noble heroína decide arrojarse de la torre más alta de la abadía en ruinas antes que entregar su virtud al lascivo cura. Sólo le cabía esperar que no se le exigiera a ella un sacrificio así.

Los dedos le hormigueaban de ganas de coger papel y lápiz para captar la imagen de Hayden, pero no tenía a mano su maletín con las cosas para escribir. Ya tenía experiencia de los peligros de escribir en un coche en movimiento, desde aquella vez que por accidente volcó el tintero de tinta índigo sobre el cuello blanco recién estrenado de George. Su hermano dejó de hablarle más de dos semanas.

Combatiendo una oleada de melancolía, volvió a sentarse derecha en el asiento. Aunque ya estaban a muchas leguas y horas de distancia, los adioses de su familia continuaban sonando en sus oídos. Por primera vez en su vida se encontraba verdaderamente sola. Incluso en los difíciles primeros años después de la muerte de sus padres, ella, George y Laura se tenían mutuamente. Pero ahora no tenía a nadie. El gato que llevaba en la falda frotó la ancha cabeza en su palma como para recordarle que eso no era del todo cierto.

Le rascó las bigotudas mejillas, incitándolo a hacer un retumbante ronroneo.

—Eres buena compañía, ¿verdad, grandullón?, aunque no seas un gran conversador.

Apoyó la cabeza en el respaldo, pensando que una buena cabezada le acortaría un poco las largas horas de viaje que la esperaban. Pero antes de cerrar los ojos le captó la atención un brillo metálico debajo del asiento de enfrente. Se inclinó a mirar de cerca y vio un trozo de bruñido cuero fileteado por brillante latón. Era el cofre que había visto en el estudio de Hayden, el que él se apresuró a cerrar en el momento en que ella entró en la sala. Fuera cual fuera su contenido, él se había negado a confiarlo al cuidado de sus criados y a dejarlo a merced de los elementos fuera del coche.

Pensando qué podía ser tan importante para un hombre del que se rumoreaba valoraba muy pocas cosas, miró disimuladamente por la ventana. Hayden iba cabalgando bastante adelante del coche, con un tranquilo galope, sus anchos hombros algo inclinados contra el fuerte viento.

No sucumbiría a la tentación, se dijo severa, cogiéndose fuertemente las manos enguantadas sobre la falda. Era una lady, una marquesa. Y una marquesa jamás se rebajaría a fisgonear, por seductor que fuera el misterio que se le presentara.

—La virtud contiene su propia recompensa. La virtud contiene su propia recompensa —se repitió.

Tal vez si repetía muchas veces el proverbio favorito de la señorita Terwilliger empezaría a creerlo.

Como para poner a prueba su resolución, un rayo de sol perforó las nubes y entró por la ventanilla transformando el brillo metálico del cofre en atractivo brillo de oro. Lottie se mordió el labio y emitió un suave gemido. Si ella fuera Percival, el Santo Grial no podría haberle parecido más seductor.

Dejando al sobresaltado gato a un lado en el asiento, se puso a cuatro patas en el suelo y tironeando sacó de su escondite el cofre. Pasó las manos por el borde metálico de la tapa, y no le fue necesario un examen muy minucioso para comprobar que estaba cerrado con llave.

Teniendo en su haber una buena cantidad de experiencia para meterse en lugares donde no había sido invitada, sencillamente se quitó una horquilla de las que le sujetaban la pamela y se puso a manipular la cerradura. Estaba tan absorta en su trabajo que no se dio cuenta de que el coche había dejado de zangolotear ni de que habían abierto la puerta hasta que alguien se aclaró la garganta detrás de ella con un claro sonido masculino.

Se quedó inmóvil, muy consciente de que su flamante marido estaba disfrutando de una vista sin trabas de su trasero. Agradeciendo sus voluminosas faldas, dio un apresurado empujón al cofre, metiéndolo en su lugar bajo el asiento.

Levantando la mano con la horquilla, sonrió a Hayden por encima del hombro.

—Se me había caído la horquilla. Pero la encontré.

—Qué suerte —dijo él arrastrando la voz y mirando la colorida torre de cintas y flores fijada a su cabeza—. No nos convendría que perdieras ese sombrero.

Antes que él pudiera añadir algo más, le distrajo la atención el gato color melado recostado en el asiento como un gordo pachá gozando de un trayecto en carro romano.

—Qué curioso —dijo mirándolo ceñudo—. Habría jurado que tu gato era negro.

Incorporándose para sentarse en el otro asiento, ella se encogió de hombros.

—Debe de haber sido el engañoso efecto de la luz. Si fuera negro no le habría puesto Calabaza, ¿verdad?

—¿Calabaza? —preguntó Hayden, entrecerrando más los ojos—. Creí que se llamaba Zangoloteos.

—Y así se llama —repuso ella sin perder un segundo—. Calabaza Zangoloteos.

El gato se estiró lánguidamente todo lo largo que era, con una apariencia tan gorda y perezosa que era difícil imaginárselo zangoloteando alguna vez.

Exhalando un largo suspiro, Hayden se pasó los dedos bajo el cuello para frotarse la nuca.

—Hemos parado en esta posada de posta para cambiar los caballos. Pensé que tal vez te apetecería tomar algún refrigerio. —Hizo un gesto hacia el cesto que reposaba en el asiento frente a ella—. A no ser, claro, que prefieras compartir tu almuerzo conmigo.

—¡Ah, no! —exclamó Lottie saltando hacia la puerta—. Lo reservaré para el té. Cookie sólo puso cosas para uno.

Aceptó la mano que él le ofrecía, sintiendo su calidez a través del guante, y bajó. Ya estaba cerca de la puerta de la posada cuando advirtió que él no la seguía. Se giró a mirarlo.

—¿No vienes?

Él continuaba mirando dentro del coche con expresión pensativa.

—No, creo que no. Parece que se me ha quitado el apetito.

Cuando un rato después Lottie volvió al coche, decidida a sacar un momento a airear el cesto mientras Hayden estaba ocupado en el establo, vio que el cesto y Calabaza estaban exactamente donde los había dejado.

Pero el cofre había desaparecido.

Lottie trataba de no pensar en la llegada de la noche. Pero cuando empezaron a caer las sombras del ocaso sobre los setos tiñendo de lavanda y gris las praderas a su rápido paso, ya no pudo continuar simulando que el día y su inocencia durarían eternamente. Cuando llegaran a la posada de posta en donde habrían de pasar la noche, ella debería ir a la cama de su marido, tal como habían hecho antes que ella incontables recién casadas.

Enviando por delante a los criados, él había asegurado la intimidad. No habría ayuda de cámara para prepararle el baño ni doncella que la ayudara a desvestirse. Tal vez él pensaba ocuparse personalmente de esa tarea. No le costaba nada imaginárselo soltándole de las presillas la hilera de botones de madreperla que le cerraban el corpiño, abriéndolo para dejar al descubierto la delicada camisola de encaje y las blancas redondeces de sus pechos.

O tal vez esperaría a que ella ya estuviera metida en la cama, apagaría las velas y vendría a ella saliendo de la oscuridad. Podría levantarle el camisón hasta la cintura, suavemente si era un hombre paciente, bruscamente si no lo era, y entonces se montaría encima de ella y... y...

A pesar de las concienzudas enseñanzas de Diana y Laura, todavía no lograba seguir esa imagen hasta su inevitable conclusión. Cuando ellas le explicaron que sentiría mucho menos dolor y mucho más placer si su marido se tomaba el tiempo para prepararla, ella no pudo dejar de bromear diciendo que sería mejor que tuvieran esa conversación con él, no con ella.

Su tía y su hermana también se sintieron obligadas a advertirla de que habían oído hablar de hombres que eran muy primitivos en sus maneras, hombres que se montaban encima de sus mujeres y se apareaban con ellas como un carnero suelto en un corral de ovejas y después rodaban a un lado, desmoronados, y se ponían a roncar. Comprensiblemente, lo más probable era que las mujeres de esos hombres consideraran un deber desagradable la cama de matrimonio, algo que debían soportar, no disfrutar. En el caso de que Hayden resultara ser un hombre así, le habían sugerido varias maneras de conquistarlo a la ternura, de procurarle un placer tan grande que lo indujera a darle placer a ella a cambio. Un tropel de imágenes escandalosas, aunque innegablemente seductoras, pasaron bailando por su cabeza, haciendo que le doliera. Se pasó la mano por la frente, pensando qué podría hacer para recordar todo lo que le habían dicho. Tal vez debería haber tomado notas.

No tenía ningún problema, eso sí, para recordar con qué habilidad los anchos dedos de Hayden le habían acariciado la nuca, cómo su lengua se había deslizado como miel caliente por entre sus labios entreabiertos introduciéndose en su boca. Ya casi temía más que su marido el que no tuviera ninguna necesidad de instrucción, que supiera exactamente qué escandalosas cosas hacerle, qué lugares secretos acariciar para llevarla a un lugar donde no pudiera negarle nada.

Sacudida por un escalofrío, se arrebujó más la capa alrededor de los hombros. Ya estaba totalmente oscuro y el coche seguía avanzando sin dar ninguna señal de una inminente parada. Cuando la luna ya se elevaba en el cielo, pasaron junto a una posada, luego otra, sus acogedoras luces desvaneciéndose en la oscuridad con la misma rapidez con que habían aparecido.

Aunque estaba resuelta a continuar vigilante, el consolador ronroneo del gato en su falda y el incesante movimiento del coche pronto la hicieron caer en un sueño sin sueños.

Cuando brilló por entre los árboles la atractiva luz de la posada Alder Tree, de mala gana Hayden hizo un gesto al cochero y a los jinetes de escolta para que se detuvieran. Había tenido toda la intención de llevarse hasta el borde mismo del agotamiento, pero los caballos no se merecían sufrir ese mismo destino.

El coche se detuvo en el patio de la acogedora posadita. Frotándose los adormilados ojos, salieron del establo los mozos para desenganchar los caballos. Entregando las riendas a uno de ellos, Hayden desmontó, resistiendo apenas el impulso de soltar un fuerte gemido cuando sus rígidos músculos absorbieron el golpe del suelo. Mientras el cochero bajaba del pescante para abrir la portezuela, Hayden se dirigió a la posada para asegurarse alojamiento para pasar lo poco que quedaba de noche.

El cochero se aclaró tímidamente la garganta.

—¿Milord?

Hayden se volvió a mirarlo y lo vio junto a la portezuela abierta; advertido por la inequívoca manera como el hombre se contemplaba las botas, se aproximó receloso al vehículo y miró su interior.

Lottie estaba tumbada de costado sobre uno de los mullidos asientos, con la pamela ladeada, los labios entreabiertos dejando escapar un delicado ronquido, y una peluda bolita gris con babero y calcetines blancos acurrucada en el hueco de su codo.

Estuvo un instante mirando perplejo al gatito dormido, pero pronto su mirada continuó hacia abajo. Las faldas del vestido de viaje se le habían subido hasta más arriba de las pantorrillas, ofreciendo un seductor atisbo de medias de seda y de las orillas de encaje de los calzones. Acicateado por la oleada de excitación que le bajó a las ingles, Hayden se vio obligado a reconocer que todos sus esfuerzos por agotarse habían fracasado rotundamente. Podía cabalgar hasta el infierno y volver y no lograría ser insensible a esa vista.

Pero sí había tenido éxito en agotar a Lottie. La tenue luz de la lámpara del coche acentuaba el color oscuro de sus ojeras. Hayden masculló una maldición en voz baja. Había mostrado más compasión por sus caballos que por su esposa. Debería haber comprendido que el rápido paso que había impuesto se cobraría su precio en ella.

Aunque el suave rubor de su tersa piel y la mano doblada bajo el mentón la hacían parecer una niñita, el rítmico movimiento de su respiración, elevando y bajando sus redondeados pechos le recordaban que no era una niña. Era una mujer.

«Su» mujer.

Se tensó, pensando de dónde le habría venido ese traicionero pensamiento. Si sus siete años con Justine le habían enseñado algo era que nadie puede poseer verdaderamente a otro ser humano. Cuanto más intentara retenerlo, más tenía que perder.

—¿La despierto, milord?

Hayden bajó el borde de la capa de Lottie, pensando que casi había olvidado que el cochero estaba a su lado. Hacer eso sería lo prudente. Dejar que el hombre la despertara mientras él iba a ocuparse de su alojamiento.

—No será necesario —se oyó decir.

Acto seguido le pasó el gatito al cochero para inclinarse a coger a su esposa en brazos.

Capítulo 7

Al divisar el primer atisbo de su fortaleza, comprendí que me había casado con el mismísimo Amo del Infierno

Cuando Hayden iba atravesando el salón de la posada con Lottie en brazos, ella acomodó más la cabeza en su pecho y le pasó los brazos por el cuello. La esposa del posadero, que ya estaba preparada para irse a la cama con el camisón y el gorro de dormir, había subido delante de ellos para encender el hogar en su mejor habitación, mientras su sonriente marido le explicaba a él que no todas las noches tenían el privilegio de alojar a un caballero con su señora. Cuando llegó a lo alto de la escalera, la mujer estaba esperando en la puerta con una palmatoria en la mano. Él le pasó un billete de libra extra para asegurarse de que no los molestaran hasta la mañana y ella se alejó haciéndole un guiño encantadoramente juvenil pese a las blancas trenzas que le colgaban en la espalda hasta más abajo de la cintura.

Hayden cerró la puerta con el pie, le desprendió la pamela a Lottie y la depositó suavemente de espaldas en la cama que deberían compartir. Como todo lo demás en la posada, el edredón estaba desgastado pero limpio. Ella suspiró al hundirse en el colchón de plumas pero no le soltó el cuello, de modo que él tuvo que cogerle los brazos y desprendérselos con la mayor suavidad. Haciendo un gesto de disgusto, ella ladeó la cabeza para apoyar la mejilla en la almohada, y musitó algo sobre pastelillos franceses y Zangoloteos, todo esto sin abrir los ojos.

Hayden retrocedió un paso, mirando receloso su figura totalmente vestida. Tal vez no debería haberse precipitado tanto en despedir a la mujer del posadero.

Y no era que le fueran desconocidos los misteriosos encajes, botones, cintas, lazos y sedas que componían el atuendo de una mujer. Había desvestido a un buen número de ellas antes de caer bajo el hechizo de Justine.

Dejando de lado sus reparos, le sacó la capa forrada de piel y los delicados botines, luego soltó de las presillas los botones de madreperla que le cerraban el corpiño, uno a uno. Cuando metió las manos bajo la camisola para soltarle los lazos del corsé, tuvo que decirse que tenía todo el derecho a hacer eso.

Entonces ¿por qué seguía sintiéndose como el peor de los lujuriosos?

A pesar de las bravatas de Lottie, todo en ella le parecía más pequeño que él. Su vulnerabilidad le despertó un dormido deseo de protegerla. Había intentado proteger a Justine, y fracasado.

El borde de su palma le rozó la suave elevación de uno de sus blancos pechos. Le miró la cara. Mientras la liberaba de la presión del corsé con barbas de ballena, ella entreabrió los labios en un suspiro de dicha.

Se le resecó la boca. Recordó lo dulces que sabían esos labios, lo tiernos y dóciles que los había sentido bajo los de él. Deseó volver a saborearlos, introducir la lengua por entre esos maduros pétalos de coral y robarle un sorbo de néctar.

Pero no sería robo, se recordó tristemente. Tenía todo el derecho a reclamar sus besos y mucho más. No habría ningún tutor sobreprotector que se lo impidiera si decidía meter las manos bajo las faldas del vestido de viaje y buscar la rajita en los calzones de seda. Tampoco habría ningún reportero de periódico chismoso para denunciarlo por introducir su mano por esa rajita entre sedas y en su cuerpo hasta que sus dedos exploradores hicieran salir un néctar aún más ardiente y dulce que el que ofrecían sus labios, hasta que sus jadeantes suspiros se convirtieran en gemidos de placer y sus muslos se abrieran invitándolo. No habría ningún traficante de bulos que propagara rumores y mentiras acerca de él por levantarle las faldas hasta la cintura y cubrir su cuerpo estremecido de placer con el suyo.

Debería haberla convertido en su amante en lugar de su esposa. Así no habría habido ningún peligro de que ella ahondara en su pasado y en su corazón. Maldiciéndose como al peor de los tontos, se inclinó a rozar con su boca la suave piel de Lottie.

Lottie rodó hasta quedar de costado y de sus labios salió un satisfecho suspiro. Tal vez Sterling la iba a dejar dormir hasta después del mediodía otra vez, o por lo menos hasta que irrumpiera Cookie en su habitación con una bandeja de panecillos recién sacados del horno y una jarra de chocolate caliente. Hundió más la cabeza en la almohada, con la esperanza de volver a la dulce neblina de su sueño. Vagamente recordaba unos fuertes brazos levantándola como si fuera ingrávida, un ancho pecho acunándole la mejilla, unos cálidos labios rozándole primero la frente y luego sus labios entreabiertos con deliciosa ternura.

Abrió los ojos. Por el cristal alabeado de una ventana desconocida entraba la lechosa luz de la aurora. Maderos toscamente tallados cubrían las paredes sirviendo de sostén al cielo raso de yeso. Podía estar en cualquier habitación de cualquier posada de cualquier lugar entre Londres y Cornualles. Lo último que recordaba era el profundo sopor que le sobrevino mecida por los movimientos del coche. Cerrando y abriendo los ojos para despabilarse, trató de separar el sueño de la realidad.

Habría jurado que esos fuertes brazos eran los de su marido. Pero igual Hayden podía haberle ordenado al cochero o a uno de los mozos de cuadra que lo hicieran para librarse de la onerosa tarea de trasladarla a la cama.

Hizo una honda inspiración. Sentía el olor a mirica pegado a su piel. Era el aroma de él, envolviéndola, embriagándola. Marcándola como suya.

Rodó lentamente hacia el otro lado, mordiéndose el labio para no chillar si se topaba con una cabeza oscura despeinada al lado de la de ella.

Más allá la cama estaba fría y vacía. Estaba sola.

Se sentó y hundió la cara entre las manos, desgarrada entre el alivio y la humillación. Había dormido entera su noche de bodas, desperdiciando lastimosamente todas las maravillosas enseñanzas de Laura y Diana. Qué boba más rematada tenía que pensar su marido que era.

Pero ¿y el beso? ¿Era un sueño o un recuerdo? Cuando se tocó los labios con las yemas de los dedos, la asaltó un pensamiento más sobrecogedor aún.

¿Y si había dormido algo más que sólo la noche?

Tratando de dominar el terror, miró alrededor. Las mantas revueltas no revelaban nada. Siempre había sido de sueño inquieto, dada a mover las piernas y los brazos en todas direcciones y a dejar las mantas y sábanas como un mar revuelto por la tormenta. Lentamente levantó el borde del edredón y miró debajo. Aunque no tenía puestos el vestido, el corsé ni los botines, seguía llevando la camisola, los calzones y las medias.

—No sé decidir qué es más insultante —dijo una voz arrastrada, mezcla de seda y áspero hierro oxidado a partes iguales—. Que creas que yo me aprovecharía de una mujer dormida o que creas que no lo recordarías si lo hubiera hecho.

El primer impulso de Lottie fue cubrirse con el edredón hasta más arriba de la cabeza. Pero se obligó a bajar el edredón. Hayden estaba ante la puerta abierta y apoyado en el marco. Con su típica perversidad, había elegido justo ese momento para asomarse, como si acabara de salir de una página de modas para caballeros. Aunque jamás se lo podría confundir con el dandi que era sir Ned, su corbata estaba pulcramente anudada y su chaleco planchado. Unos pantalones color tostado le colgaban de sus delgadas caderas. La mandíbula estaba recién rasurada, pero su pelo húmedo recientemente mojado y peinado, dejándole libre la frente. Su repentina inclinación a esa pulcritud hacía parecer aún más vergonzoso el estado de la ropa de ella.

Estremecida porque él le había adivinado con tanta exactitud sus pensamientos, se apretó el edredón contra el pecho, mirándolo furiosa a través de una revuelta mata de pelo.

—Mi vestido parece haber desaparecido. Sólo quería ver si no habría perdido algo de valor también.

—Anoche estabas tan absolutamente agotada que le pedí a la mujer del posadero que te ayudara a desvestirte. —Hizo un gesto hacia una silla con respaldo de travesaños de la que colgaba una manta descolorida—. Yo he dormido ahí.

Lottie arrugó la nariz. Esa silla tenía que haber sido atrozmente incómoda después de todo un día en la silla de montar.

—¿Así que fuiste tú el que me trajo en brazos?

Él asintió.

—Por suerte ya era bien pasada la medianoche y en el salón había sólo unos pocos rezagados. No iría nada bien que llegara a Londres el rumor de que había estrangulado a mi esposa antes que comenzara siquiera la noche de bodas.

Ella lo miró con los ojos entrecerrados, pero no logró discernir si se burlaba de ella o de él. Y no le había contestado todas las preguntas. Bien podía ser que no le robara la virtud a una mujer dormida, pero ¿le robaría un beso? ¿O ese seductor roce de la boca de él sobre sus labios entreabiertos no había sido otra cosa que un sueño?

Él se apartó del marco de la puerta.

—Si quieres enviaré a una de las criadas para que te ayude a vestirte. Pensé que podrías desear desayunar abajo en el salón conmigo. —Arqueó una ceja—. A no ser, claro, que prefieras desayunar lo que te preparó Cookie en el cesto.

—¿El cesto? ¡El cesto! ¡Ay, no, se me olvidó el cesto!

Echó atrás las mantas, indiferente a su estado de semidesnudez.

Dando su primera muestra de alarma, Hayden llegó a la cama en dos largas zancadas y volvió a taparla.

—No tienes por qué aterrarte. Calabaza, Zangoloteos y su encantadora minina compañera de viaje están todos en la cocina lengüeteando un plato de nata fresca.

—Ah. —Mirándolo avergonzada, volvió a sentarse en la cama, rodeándose las rodillas junto al pecho—. Supongo que debería habértelo dicho antes, pero tenía miedo de que fueras el tipo de hombre al que no le gustan los gatos.

—Tonterías —dijo él tranquilamente—. Me encantan los gatos. Con su piel se hacen unos guantes suavísimos y flexibles.

Ella ahogó una exclamación. Él ya estaba llegando a la puerta cuando ella cayó en la cuenta de que le estaba tomando el pelo. Al menos esta vez. Se sentó sobre los muslos.

—Debes de creerme una asquerosa desagradecida. Todavía no te he dado las debidas gracias por casarte comigo y perdonarle la vida a Sterling.

—No hay ninguna necesidad —contestó él sin volverse—. Ya no soy partidario de los duelos. No habría aceptado nunca el reto de tu cuñado.

Mientras la pasmada Lottie volvía a recostarse en la almohada, él salió y cerró la puerta, dejándola con otro misterio más por resolver.

Hacía menos de una hora que habían reanudado la marcha por el camino a Cornualles cuando del cargado cielo comenzó a caer una fría lluvia torrencial. Lottie abrió una ventanilla y sacó la cabeza, agradeciendo las fuertes punzadas de goterones en la cara. Ahora Hayden se vería obligado a compartir el coche y explicarle sus verdaderos motivos para casarse con ella. ¿Sería posible que sintiera por ella algún tipo de afecto? ¿Que no se hubiera casado con ella por lástima o por sentido del deber, sino por deseo?

Cuando él detuvo su caballo, a ella se le elevó el ánimo. Pero él estuvo detenido el tiempo suficiente para sacar una prenda de una de las alforjas. Cuando sacudió los voluminosos pliegues y se la pasó por la cabeza, Lottie vio que era una capa de hule, destinada a proteger al usuario de los más crueles de los elementos. Aunque la capa le dejaba la cabeza al descubierto, él la sacudió para quitarse el agua del pelo y reanudó la marcha a caballo.

Al parecer su marido prefería cabalgar bajo la fría y torrencial lluvia a pasar unas pocas horas en su compañía. Lottie volvió a reclinarse en el asiento, deseando poder echarle la culpa a la lluvia del escozor que sentía en los ojos.

Avanzada la tarde, Lottie despertó de un inquieto sueño y descubrió a Calabaza echado de lado a lado todo desmadejado sobre su falda. Zangoloteos y la gatita gris con blanco, Mirabella, estaban acurrucados juntos en el asiento de enfrente. Ahora que ya no iban escondidos como contrabando francés, los gatos estaban disfrutando del trayecto en coche.

Aunque había cesado el golpeteo de la lluvia sobre el techo del coche, el cielo continuaba amenazador. Sintiéndose acalorada e incómoda, dejó al gato en el asiento y se inclinó a abrir la ventanilla. Se le quedó atascado el aliento en la garganta.

Habían desaparecido los ordenados prados y campos de cultivo bordeados por setos y en su lugar el paisaje era tan extraño como la superficie agujereada de la luna. El viento aullaba como un coro de fantasmas sobre un mar de hierba acamada y terrenos pantanosos, girando alrededor de las piedras erectas que plagaban el árido páramo. Era como si ese lugar nunca hubiera conocido el beso de la primavera, como si siempre hubiera estado dormido e inerte bajo un cielo de invierno. Sin embargo, esa misma desolación le daba una especie de adusta belleza, una conmovedora rudeza que nunca había visto en las cuidadas plazas de Londres ni en las ondulantes colinas de Hertfordshire.

Eufórica, puso la cara al viento. No era difícil entender por qué Cornualles se había convertido en tema de leyendas. Casi veía al gigantesco Cormoran caminando por las piedras levantadas como si fueran guijarros, con un inmenso garrote en la mano, y a Jack el Matador Gigante pisándole los talones. El viento traía a sus oídos el ruido del choque de espadas cuando Arturo se encontró por última vez con su hijo bastardo Mordred en el campo de batalla. ¿Y era aquello la sombra de una nube avanzando por el páramo o un ejército de repugnantes trasgos enanos que iban saliendo de un antiguo túmulo en busca de un viajero para aterrorizar o de un bebé para robar?

Divisó a Hayden cabalgando muy adelantado a los jinetes de escolta y al coche. ¡Ojalá ella pudiera ir cabalgando a su lado en lugar de encerrada dentro del coche! El olor del mar le hizo cosquillas en la nariz y entonces fue cuando vio el primer atisbo de la casa señorial Oakwylde.

Su primera impresión fue de una siniestra piedra gris silueteada sobre el telón de fondo del cielo desnudo. Con el páramo que dejaban atrás y los acantilados que se veían al frente, era como si hubieran llegado realmente al fin de la tierra.

Hayden hizo virar a su caballo, sus potentes muslos firmes sobre los flancos del animal. Con su pelo oscuro revoloteando al viento, parecía ser tan parte de ese lugar como el ancho cielo y el agitado mar. Si ese era el fin de la tierra, él era su dueño.

Como el dueño de ella también.

El coche hizo un cerrado viraje y entró en un largo camino curvo pavimentado con rugosas piedras. Al levantar la cara apareció a su vista, imponente, su nuevo hogar. Hayden podía ser el señor de esa casa, pero muy pronto ella sería su señora.

Incluso para el rasero de Sterling, la casa solariega estilo isabelino con sus extensas alas y patio central era una mansión grandiosa. Aunque su empinado tejado de dos aguas estaba salpicado por una buena cantidad de chimeneas de ladrillo, sólo de unas pocas salía una espiral de humo hacia el cielo a mezclarse con las nubes. Al no haber luz del sol para reflejarse, las largas hileras de ventanas con parteluz brillaban con el tedio de ojos medio cerrados. La casa no parecía estar muerta sino simplemente dormida bajo el mismo misterioso hechizo del cielo amoratado y el ventoso páramo.

Lottie se estremeció, pensando si alguna vez brillaría el sol en ese lugar.

Cuando el coche se detuvo con un brusco movimiento, se abrió la puerta de la casa y salieron en fila unos veinticinco criados, que fueron a ocupar sus lugares al pie de la escalinata principal para dar la bienvenida al señor y a su flamante esposa. A Lottie le extrañó el número de criados. Una casa de ese tamaño debería tener un personal de por lo menos cincuenta.

La timidez nunca había sido uno de sus defectos, pero de pronto sintió una enorme renuencia a salir del cómodo capullo que le ofrecía el coche. Ser la esposa de un marqués era una cosa, pero ocupar su lugar como su esposa era otra totalmente diferente. Se tomó su tiempo, acomodando a los gatos en el cesto, alisándose la falda y enderezándose la pamela. Finalmente se abrió la portezuela. No era el cochero ni un lacayo el que le ofrecía una mano invitándola a bajar, sino el propio Hayden.

Poniéndose una valiente sonrisa en la cara, le cogió la mano y bajó los peldaños.

El viento azotaba los delantales de las criadas haciéndolos ondear violentamente, de modo que se afirmó el sombrero con la otra mano. Mientras caminaban hacia la casa, Hayden iba paseando la vista por la hilera de criados con expresión preocupada. Aparte de su escaso número, Lottie no veía nada fuera de lugar. Desde el distinguido mayordomo a la alta y flaca ama de llaves, con el llavero colgando de la cintura, a los lacayos de librea y las sonrosadas criadas, podían formar el personal de la propiedad del campo de cualquier noble.

—Bienvenido a casa, milord —entonó el mayordomo, avanzando unos pasos—. Las carretas con equipaje ya llegaron y se han descargado.

—Muy bien, Giles —musitó Hayden, aunque su expresión preocupada no varió en nada.

Varias de las criadas miraban boquiabiertas a Lottie con no disimulada curiosidad. Ella había supuesto que Hayden habría ordenado a los criados que viajaron antes con las carretas que prepararan al resto del personal para la llegada de su esposa.

¿O no?

Antes que él pudiera presentarla formalmente, por una esquina de la casa apareció una mujer rolliza, tostada por el sol. Su aparición no habría sido tan llamativa si no hubiera traido a rastras a una niña de unos diez años, cogida de la oreja.

Hayden se tensó y Lottie no pudo dejar de mirar sorprendida. Todos los criados continuaron mirando fijamente al frente, como si eso fuera algo de lo más normal y corriente en sus vidas.

Aunque tenía las mandíbulas apretadas en hosco desafío, la niña apenas emitió un chillido de protesta cuando la mujer la hizo pasar por delante de la hilera de criados y la situó ante Hayden. Una vez situada, le plantó las manos sobre los hombros para impedirle huir.

La niña era alta aunque terriblemente delgada, de rasgos acusados que algún día se podrían considerar atractivos. Su melena de pelo negro era lo más abultado que poseía, y le enmarcaba la cara como un seto al que se ha dejado crecer libre. A Lottie le hormiguearon los dedos por tener un peine y una cinta, aunque, la verdad, un rastrillo de jardín y una cuerda podrían producir resultados más satisfactorios. Si Cookie estuviera allí, insistiría en alimentarla a la fuerza con una constante dieta de pan de jengibre y púdines de ciruelas para engordarla.

Aunque daba la impresión de que se había hecho un considerable esfuerzo por hacerla presentable, la niña llevaba una de las medias caída sobre el tobillo. Su delantal azul estaba arrugado y sucio con manchas de hierba mientras la cinta a juego se le había deslizado hasta la mitad de la espalda, liberándole el pelo para caerle sobre la cara.

Lottie detectó algo extrañamente conocido en esa cara. Algo en la tozuda tensión de la mandíbula, la recelosa expresión de sus increíbles ojos violeta, la mohína curva del labio...

Desechó sus fantasías. A juzgar por su desaliño, la niña tenía que ser la hija de uno de los criados o tal vez una huérfana adoptada en alguna aldea cercana. Sterling se había ocupado de ese tipo de niñas, manteniéndolas y procurándoles educación hasta que tenían edad para ocupar su lugar en la jerarquía del personal de servicio.

La mujer le sonrió a Hayden como si el jovial guiño de sus ojos castaños pudiera compensar de alguna manera el mal humor de la niña.

—Bienvenido a casa, señorito Hayden. Nos alegramos de que esté de vuelta. ¿He de creer que encontró todo lo que buscaba en su viaje? —Dirigió su sonrisa a Lottie, arrugando su pecosa nariz.

Aunque la familiaridad de la mujer pilló a Lottie desprevenida, no pudo dejar de corresponderle la amable sonrisa.

—Por el contrario, Martha —contestó Hayden, con un inconfundible matiz de ironía en la voz—. Encontré mucho más de lo que buscaba.

—Eso ya lo vemos —soltó la niña, quitándose el pelo de la cara con un desafiante movimiento de la cabeza—. ¿Quién es? ¿Es mi nueva institutriz?

Antes que Lottie pudiera reaccionar a esa ridícula pregunta, Hayden le cogió la mano enguantada y se la puso en el hueco del codo.

—No, Allegra, es tu nueva mamá.

Capítulo 8

¿Qué pretendía su esposa al venir desde su carcomida tumba: meterme miedo o advertirme?

Lottie habría encontrado muy difícil decir quién pareció más horrorizada por la respuesta de Hayden, si ella o la niña. Las dos se miraron boquiabiertas durante un sorprendido momento y luego trasladaron sus incrédulas miradas a Hayden. Lottie trató de retirar la mano de su brazo, pero él se apresuró a retenérselo, firme, con su perfil impenetrable.

Entre los criados se había elevado un murmullo de sorpresa. Por lo visto, su hija no era la única a la que pilló desprevenida el anuncio de las nupcias de Hayden. Una de las criadas se atrevió incluso a soltar una risita, lo que le valió una severa mirada del ama de llaves. La fulminante mirada de la mujer habría dejado inmóvil una cascada de agua.

Evitando con sumo cuidado mirar a Lottie a los ojos, Hayden dijo:

—Lottie, quiero presentarte a mi hija Allegra.

—¿Hija? —preguntó Lottie, tan estupefacta que olvidó la discreción—. No me habías mencionado a ninguna hija.

En el instante mismo en que le salieron esas palabras deseó no haberlas dicho. Aunque le habría parecido imposible, la expresión de la niña se tornó aún más pétrea.

—¿Y por qué iba a mencionarlo, si él prefiere simular que no existo?

La mandíbula de Hayden se tensó hasta llegar a ser un reflejo de la de la niña.

—Sabes que eso no es cierto, Allegra. Simplemente no me gusta exponerte a un examen innecesario.

—Porque tienes miedo de que te avergüence —replicó Allegra.

—No, porque tengo miedo de que alguien desee avergonzarte a ti —contestó él.

Lottie se sintió impulsada a intervenir antes que la discusión empeorara hasta una pelea hecha y derecha.

—Vamos, Allegra, no debes enfadarte con tu padre porque no nos advirtió de nuestras respectivas existencias. Si nuestro... mmm... noviazgo no hubiera sido tan breve, yo habría tenido tiempo para repasar mi libro de modales. —Y enterrándole las uñas en el brazo, le sonrió a Hayden de oreja a oreja—. Simplemente no querías estropear la sorpresa, ¿verdad, cariño?

Allegra cruzó sus huesudos brazos sobre el pecho, con una expresión que la hacía aún más parecida a su padre.

—Odio las sorpresas.

—Vamos, señorita, no creo que eso sea del todo cierto —dijo Hayden, suavizando la expresión.

Aunque podía encargar la tarea a alguno de sus lacayos, volvió al coche y desamarró el maletero de atrás. En lo más alto del hondo compartimiento estaba el misterioso cofre que tanta curiosidad inspirara a Lottie desde el primer momento que lo vio. Mientras Allegra esperaba su vuelta con recelosa indiferencia, Lottie se mordió el labio de expectación.

A una orden de Hayden, se adelantó uno de los lacayos a sostenerle el cofre mientras él sacaba una pequeña llave dorada del bolsillo del chaleco y la metía en la cerradura. Lottie y todos los criados estiraron los cuellos cuando abrió la tapa y le enseñó el contenido a Allegra.

Lottie no pudo reprimir una exclamación de placer. En lugar de una cabeza cortada, sobre el elegante y mullido forro de terciopelo estaba acostada la muñeca más preciosa que había visto en toda su vida. Llevaba un vestido de muselina suiza color lavanda con puntitos y florecillas color rosa, medias de seda y delicados zapatitos de cabritilla. Su exquisito pelo negro le caía sobre los hombros en brillantes rizos. Un maestro artesano le había tallado y pintado los delicados rasgos; en sus labios botón de rosa jugueteaba una sonrisa y sus ojos violeta parecían destellar de travesura bajo el tupido fleco de pestañas.

Lottie pasó lentamente la mirada de la muñeca a Allegra. Era evidente que Hayden se había tomado considerable trabajo y gastado muchísimo dinero para mandar a hacer una perfecta réplica en miniatura de su hija, no una réplica de la niña que era sino de la mujer en que podría convertirse algún día.

Hayden estaba esperando la reacción de Allegra, tan rígido que Lottie habría jurado que ni siquiera respiraba. Allegra continuó mirando el cofre con expresión inescrutable. El silencio se alargó y alargó hasta que Lottie ya no pudo soportarlo.

—Qué maravillosa obra de arte —comentó, sonriendo a Allegra y acariciándole la mejilla a la muñeca—. ¡Vamos, si es igual que tu!

—No seas tonta —exclamó la niña dirigiéndole una mirada despectiva—. No se parece en nada a mí. Es hermosa.

Dichas esas palabras, se soltó de las manos de Martha y escapó como un rayo, su pelo oscuro volando detrás. Esta vez nadie intentó detenerla. Los criados o bien se estaban contemplando los zapatos o mirando fijamente al frente.

Hayden se la quedó mirando hasta que desapareció por un lado de la casa, su cara sin la más mínima expresión.

Aunque no habría sabido decir qué se apoderó de ella para ser tan osada, Lottie le dio un consolador apretón en el brazo.

—No te tomes a pecho sus palabras, milord. Yo también fui una niña muy precoz.

—Sigues siéndolo —repuso él, cerrando la tapa del cofre y poniéndoselo en los brazos.

Antes que Lottie pudiera decir algo, él giró sobre sus talones y echó a andar hacia la casa.

—No le haga caso al señor —le dijo Martha a Lottie, cuando la llevaba por una ancha escalera curva hacia el segundo piso de la casa—. Ya de niño a veces su mal genio le dominaba la lengua.

—¿Le conoció de niño? —preguntó Lottie, pasando las yemas de los dedos por la baranda de hierro.

—Pues sí. Fui su niñera, ¿sabe? Y la de su padre también. Dios lo tenga en paz —añadió la mujer santiguándose sobre su amplio pecho—. Siendo su hijo único y heredero, el señorito Hayden era la niña de los ojos de su papá. Muchas veces he pensado que fue bueno que su padre y su madre murieran antes que él decidiera casarse con esa caprichosa muchacha francesa. Aunque probablemente el escándalo los habría matado de todos modos.

Bueno para quién, pensó Lottie, mirando de soslayo a la mujer. Para Hayden ciertamente no, pues se quedó solo para enfrentar la censura de la sociedad.

Al parecer Martha no sentía ningún escrúpulo en usurparle las funciones al ama de llaves. Funciones como la de acompañar a la nueva señora a sus aposentos después de que esta fuera insultada por el señor.

Aunque el pelo castaño claro de la anciana estaba bastante veteado de blanco, poseía abundantísima energía. Incluso cuando estaba quieta parecía bullir de actividad. Al dirigir ella la marcha, no le daba tiempo a Lottie para orientarse por el serpenteante laberinto de galerías y corredores por donde pasaban, ni para pararse a mirar con detenimiento los frisos de sólida madera tallada ni los descoloridos retratos de personajes que la miraban ceñudos desde las paredes de los rincones y rellanos. Incluso el lacayo que las seguía tenía que trotar para ir al paso y no quedarse solo con el cofre que contenía la muñeca de Allegra y el cesto de gatos enfadados.

—¿Allegra heredó el mal genio de su padre? —preguntó.

Martha soltó un bufido.

—Y el temperamento de su madre, me temo. Aunque hay quienes podrían intentarlo, nadie puede discutir que los duendes la cambiaron por otra niña.

Cuando llegaron al final de un largo corredor, la mujer abrió una puerta que daba paso a una habitación tan llena de baúles, cajas de sombreros, maletas y otros artículos diversos que había poco espacio para caminar.

Cloqueando como una gallina clueca, la anciana aprovechó sus anchas caderas para hacer espacio.

—Esto es justo lo que me temía. Cuando llegaron las carretas con el equipaje, la señora Cavendish, el ama de llaves, ordenó traer sus cosas a esta habitación, porque es la contigua a la sala de estudio. Llamaré a las criadas y haré que las trasladen a los aposentos de la marquesa inmediatamente.

—¿Y dónde están esos aposentos?

Martha le hizo un guiño.

—Vamos, al lado de los del marqués, por supuesto.

Lottie paseó la mirada por la habitación. Por lo poco que se podía ver de su cama de hierro pintada blanca, muebles viejos desechados y el papel de las paredes de descoloridas hiedras, la habitación tenía un consolador parecido con la que compartía con su hermana en Hertfordshire antes que Sterling los llevara a todos al seno del lujo.

—Eso no será necesario, Martha —dijo firmemente—. Creo que esta habitación me irá muy bien.

Esta vez le tocó a la mujer mirarla de soslayo.

—Muy bien, milady. Entonces le diré a la señora Cavendish que envíe a unas cuantas criadas a ayudarla a deshacer el equipaje.

—Eso tampoco será necesario —le aseguró Lottie. No creía que su orgullo herido fuera capaz de soportar el risueño examen de las criadas—. Estoy muy acostumbrada a cuidar de mí misma —mintió—. Sé arreglármelas muy bien sola.

—Como quiera, milady.

Aunque un asomo de reproche le oscurecía los ojos castaño oscuros, Martha salió sumisamente ordenando al lacayo que caminara delante de ella.

Tres horas después, cuando el cielo que se veía por la ventana había pasado de gris a negro y asomaba una tímida luna por entre las raudas nubes, Lottie se encontraba exactamente como había asegurado que deseaba estar: sola. Estaba sentada sobre uno de los muchos baúles que aún le faltaba por desocupar, vestida con uno de sus más elegantes trajes de noche, esperando que la llamaran a cenar.

Después de retozar un rato en la pequeña azotea jardín que Lottie había descubierto en el otro extremo del corredor, Calabaza había tomado posesión de un mullido cojín, mientras Zangoloteos se dedicaba a explorar el enredo de baúles con Mirabella mordiéndole los talones. La gatita era muy pequeña todavía para haber aprendido alguna otra modalidad de locomoción aparte de saltar, rebotar y arrojarse sobre algo. Su principal diversión consistía en saltarle encima a cualquier transeúnte desprevenido a arañarle las medias, y ese era el motivo de que Lottie mantuviera los pies en alto, apoyados en los goznes de uno de los baúles.

Se alisó la falda del vestido de muaré de seda. Ya se había cambiado vestido tres veces, hazaña nada fácil sin una doncella que la ayudara. Pero su orgullo le impidió tirar del cordón para llamar a una criada, después de haber rechazado el ofrecimiento de Martha. Finalmente se decidió por un vestido con corpiño de escote cuadrado y amplias faldas del mismo color de sus ojos. Aunque le llevó ocupar todo un papel de horquillas y soltar varias palabrotas que habrían hecho darse una vuelta en su tumba a su piadoso padre, consiguió al fin enrollarse los rizos en un moño pasable, dejando sólo unas pocas guedejas rebeldes sueltas que se le enroscaron alrededor de las mejillas.

Se pellizcó las mejillas para darles color, resuelta a parecer de la cabeza a los pies la señora de la casa cuando su marido volviera a poner los ojos en ella. Muy pronto él vería que no era ninguna niñita precoz sino una mujer a tomar en cuenta.

Le rugió el estómago. Miró el reloj suspendido de una delicada cadenilla de oro que llevaba colgada al cuello. Seguro que tenía que haber maneras más prácticas de despachar a una esposa no deseada que matarla de hambre. Apoyando el mentón en una mano, se imaginó la consternación de Laura y Sterling cuando recibieran un paquete que contendría nada más que sus huesos blanqueados con lejía y la nota de pesar de su marido. Puesto que ella jamás se había saltado por gusto una sola comida en sus veinte años de existencia, por lo menos ellos sabrían que había sido un asesinato.

Entonces sonó un golpe en la puerta que la sobresaltó tanto que casi se cayó de espaldas del baúl. Corrió a la puerta, pero antes de abrirla se detuvo a tranquilizar la respiración y alisarse el pelo, pues no quería delatar su impaciencia ante el lacayo que habían enviado a escoltarla hasta el comedor. Después de todo, no tenía por qué estar nerviosa «ella»; era Hayden el que debería estar con la cabeza gacha de vergüenza por haberle dado ese esquinazo.

Abrió la puerta. No era un lacayo el que esperaba ahí sino una joven criada pelirroja de cara pecosa cargada con una bandeja llena de platos con comida, que la miró con una sonrisa como pidiendo disculpas.

—La señorita Martha pensó que podría tener hambre después de su viaje, milady.

Con una desganada sonrisa, Lottie aceptó el ofrecimiento.

—Qué amable.

La muchacha entró en la habitación y rápidamente encendió varias velas de cera de abeja y la leña que estaba dispuesta en el hogar. Se ofreció a ayudarla a desvestirse para la cama, pero Lottie declinó amablemente la oferta y pronto volvió a quedarse sola.

Al parecer su flamante marido estaba perfectamente contento con dejar que una criada se ocupara de su comodidad. Tal vez en alguna parte de la casa, en algún comedor elegantemente amueblado, estaban él y su hija disfrutando de una opulenta cena. No dispuesta a que él le estropeara el apetito, se sentó a comer con un entusiasmo salvaje, tragándose hasta el último bocado del pan recién horneado y la deliciosa sopa de legumbres. Martha había tenido incluso la consideración de enviarle una generosa porción de arenques ahumados limpios de espinas y pollo para los gatos. Por lo menos su insensible marido todavía no había ordenado que los desterraran al granero; ni hecho venir a su sastre para que le tomara las medidas para hacerle tres pares de guantes nuevos.

Después de comer se deshizo el moño y logró quitarse el elegante vestido de noche, descosiendo por descuido una carísima cinta de encaje de Venecia del ruedo. Hurgó en los baúles, uno por uno, hasta encontrar el que contenía su ropa para dormir.

Bien dobladita encima de todo había una bata que no había visto nunca. Al levantarla para verla mejor a la luz de la vela, la diáfana seda se deslizó entre sus dedos como una cascada de agua, un verdadero placer al tacto. Era una prenda hecha para una finalidad, y una exclusiva finalidad: los placeres del amor entre un hombre y una mujer.

Abrumada por una oleada de soledad, se apretó la delicada bata contra la mejilla. Vio a Laura y Diana doblándola y poniéndola tiernamente en el baúl junto con todos sus deseos y sueños para su futuro.

Se apresuró a guardar la prenda en el fondo del baúl y sacó su camisón más viejo y raído. Envuelta en esa conocida tela, apagó las velas, excepto una, y se metió en la cama fría, desconocida. Mientras Calabaza y Zangoloteos se acurrucaban a sus pies, Mirabella se echó en la almohada, detrás de su cabeza, y se entregó a otro de sus pasatiempos favoritos: morderle el pelo. La gatita era aún tan pequeña que a veces temía ahogarla al darse una vuelta en la cama, y tan fastidiosa que a veces temía no hacerlo.

Así acostada se dedicó a contemplar la danza de luces y sombras que creaban las llamas del hogar en las paredes. El viento susurraba lúgubremente alrededor de las ventanas, golpeteando los paneles biselados.

La mirada se le desvió a la puerta sin llave.

¿Y si Hayden no se había olvidado de ella sino que estaba haciendo tiempo hasta que todos en la casa estuvieran durmiendo? Tal vez por eso se había negado a compartir su cama en la posada la noche anterior. Tal vez había esperado llegar a su reino junto al mar, donde su palabra y su voluntad eran la ley.

¿Y si ahora que por fin estaba libre de las restricciones impuestas por la sociedad venía caminando hacia su habitación en ese mismo momento, resuelto a poseerla? Se estremeció; el pensamiento le helaba la sangre al mismo tiempo que se la hacía arder. Por primera vez, comprendió en toda su magnitud hasta qué punto estaba a su merced. En esa casa no había ninguna Laura para advertirla del peligro, ningún George para correr a rescatarla, ningún Sterling para protegerla de sí misma. Dependía solamente de su propia inteligencia.

Tumbándose de costado, cerró fuertemente los ojos, rogando que le viniera el sueño.

Así estuvo un largo rato, escuchando los crujidos y suspiros de la casa. Estaba empezando a quedarse dormida cuando un alarido sobrenatural la hizo sentarse de un salto en la cama. Durante unos momentos lo único que oyó fue retumbar su corazón en los oídos. Luego volvió a sonar el misterioso lamento, tan cargado de angustia que era imposible confundirlo con un aullido del viento.

Como venida de otra vida mucho más inocente, Lottie oyó su propia voz: «*The Tatler* traía un reportaje muy enigmático que daba a entender que el espíritu de su mujer todavía ronda por los corredores de su casa señorial Oakwylde gritando lamentos por su amante muerto».

Rápidamente volvió a acostarse y se cubrió la cabeza con las mantas. Aunque la mayor parte de su vida había leído y escrito acerca de fantasmas y aparecidos, hasta ese preciso instante no sabía si realmente creía en ellos. Pero era imposible imaginarse que ese lastimero sonido pudiera salir de una garganta humana.

Presa de terror se mantuvo oculta bajo las mantas lo que le pareció una eternidad, hasta que una hilacha de vergüenza empezó a abrirse paso por en medio del terror. Eso no era comportarse como la intrépida heroína que siempre se había imaginado ser. Si eso fuera una novela gótica o incluso alguna de sus narraciones, la valiente y resuelta heroína sólo estaría impaciente por coger su palmatoria y salir a explorar las amenazadoras sombras de la casa envuelta en misterio.

Haciendo acopio hasta de la última pizca de fuerza de voluntad, echó atrás las mantas y puso los helados pies en el suelo. Harriet podía acobardarse ante la idea de encontrarse con un fantasma de carne y hueso, o sin carne y hueso, pero ella, la marquesa de Oakleigh, estaba hecha de madera más dura.

Hayden vagaba por los desiertos corredores de la casa Oakwylde como un fantasma. Ya hacía horas que había caído la oscuridad total. En esos momentos hasta el más osado de los criados ya se habría puesto a salvo en su cuarto con la puerta cerrada con llave. No se encontraría con ningún alma hasta la mañana, por lo menos no con una viva.

Ya había empezado a preguntarse qué locura se había apoderado de él para traer a su esposa a esa casa. Debería haberla dejado instalada en la casa alquilada en Mayfair, donde podría haber continuado segura y a salvo en el seno de su familia. Ciertamente no habrían sido la primera pareja de recién casados de la alta sociedad que mantenían casas separadas.

O camas separadas.

Vio brillar la desaprobación en los ojos de Martha cuando fue a informarlo de que Lottie había rechazado los lujosos aposentos de la marquesa por el humilde dormitorio cerca de la sala de estudio. Cuando le ordenó que le enviara una buena cena a su habitación junto con comida para sus gatos, casi creyó que la vieja niñera lo iba a desafiar. ¿Qué esperaba Martha que hiciera? ¿Dejar morir de hambre a su esposa? ¿O ir al ala este y arrastrarla a sus aposentos cogida de los cabellos?

Tal vez Martha no lo comprendiera, pero Lottie estaba exactamente donde debía estar. Lejos del ala oeste de la casa. Y lejos de él.

De todos modos, eso no le calmaba la tentación. La habitación de Lottie podía estar fuera del alcance de los oídos del ala oeste, pero también estaba fuera del alcance de los oídos de los cuartos de los criados. Si sentía la inclinación, podía ir allí y obtener su placer a gusto sin que se enterara nadie, ni siquiera la siempre vigilante Martha.

Se frotó la frente para limpiarla de las imágenes provocadas por ese pensamiento. Imágenes de las sonrosadas extremidades de Lottie enredadas con las suyas, sus brillantes rizos dorados esparcidos sobre su almohada, sus generosos labios entreabiertos en una exclamación de placer.

Sus fantasías las había atizado aún más el pasar la mayor parte de su noche de bodas mirándola dormir, admirando el desenfado con que ella apartó de una patada las mantas y colocó un esbelto muslo encima de la almohada, como si fuera un amante. Había tenido que recurrir a todo su pobre autodominio para no arrancar esas mantas de encima de ella y meterse a ocupar el lugar de esa almohada. No había apoyado en nada a su firme resolución saber que algunos podrían considerar que acostarse con ella era su derecho y su deber.

Pero tenía deberes más urgentes, se dijo, deteniendo sus largos pasos al llegar a la puerta de la habitación de Allegra. Por la delgada rendija de debajo de la puerta se veía luz. Desde que era muy pequeña, su hija tenía propensión a tener pesadillas. Él había ordenado que siempre se tuviera una lámpara encendida en su dormitorio, por si se despertaba durante la noche y sentía miedo. En otro tiempo ella habría salido corriendo a buscarlo. En otro tiempo se habría fiado de que él le ahuyentaría los monstruos. Pero eso era antes de que él se convirtiera en uno de esos monstruos.

Pasó las yemas de los dedos por la puerta de reluciente roble. Deseó imaginársela acurrucada en su cama con la muñeca nueva acunada en sus brazos. Pero ella había rechazado su regalo y cualquier consuelo que pudiera haberle dado. Estuvo varios minutos junto a la puerta, con el oído alerta, pero no oyó nada, ni siquiera un inquieto gemido.

Cuando se alejaba, decidido a buscar el frío consuelo de su cama, el primer salvaje alarido rompió el silencio nocturno de la casa.

Se quedó inmóvil, paralizado, el vello de la nuca erizado. ¿Era su imaginación o el grito había sonado más fuerte que de costumbre? ¿Más afligido? ¿Más furioso? ¿O tal vez sus dos semanas en Londres le habían agudizado los sentidos? ¿Le habían sintonizado más exquisitamente todas las terminaciones nerviosas a los sutiles matices de la pérdida y el sufrimiento? Cuando sonó el segundo alarido, ni siquiera se encogió, porque sabía que por desgarradores que fueran esos gritos sobrenaturales aún faltaba por venir lo peor.

Alguien estaba tocando el piano. Los pies de Lottie vacilaron cuando llegó a sus oídos la lejana melodía, lenta, conmovedora, dulce. Al principio no ubicó la pieza pero de pronto la reconoció; era el primer movimiento de una sonata de Beethoven, la que después de su muerte comenzaron a llamar *Claro de luna*.

La melodía era hermosa, pero daba la impresión de que lloraba una indecible pérdida. Sintió oprimida la garganta. Durante un desarticulado momento pensó si tal vez no se había bajado de la cama para salir en busca de un fantasma sino que había entrado en un sueño. Un sueño en el que estaba condenada a vagar eternamente por los desiertos corredores de la casa Oakwylde con sólo la parpadeante llama de una vela y esa conmovedora melodía para guiarse.

Siguiendo la música como a la canción de sirenas, bajó un tramo de escalera curva hasta la planta baja. No había vuelto a oír ni un solo lamento desde el momento en que salió de su dormitorio con la palmatoria aferrada en sus temblorosos dedos. Pasó por el vestíbulo de entrada iluminado por la luna y giró a la derecha; después de vagar durante varios minutos se encontró en un ancho corredor con una serie de puertas cerradas a ambos lados. Se detuvo con el oído aguzado, ladeando la cabeza. Las lastimeras notas parecían venir de todas partes y de ninguna al mismo tiempo. Protegiendo con una mano la parpadeante llama de la vela, echó a caminar por el corredor, probando de abrir las puertas. Todas se abrieron al instante, con sólo tocarlas, dejando ver habitaciones oscuras y silenciosas.

Justo cuando el movimiento llegaba a su apasionado crescendo, llegó a la puerta de doble batiente del otro extremo del corredor. En el instante en que sus dedos tocaron el pomo de bronce, la música se interrumpió bruscamente. Lottie retiró la mano. El silencio parecía cortar un negro agujero en la tela de la noche, dejando solamente el resollante sonido de su respiración.

Lentamente alargó otra vez la mano hacia el pomo, reteniendo el aliento cuando comenzó a girarlo. Entonces el giro se detuvo; le dio un fuerte empujón. Nada. La puerta estaba cerrada con llave. Se apoyó en la puerta, desmoronada, pensando que si fuera tan valiente como siempre se había imaginado, sentiría decepción, no alivio.

Cuando hizo su primera inspiración para tranquilizarse, comprobó que el aire estaba impregnado por la fragancia que desprenden los jazmines por la noche, fuerte, empalagosa. Sopló una ráfaga de aire frío por el corredor, apagando la llama de la vela y dejándola en la oscuridad.

Sí que había temido encontrarse sola en la oscuridad. Pero «no», estar sola era mucho peor. Percibía una presencia al acecho detrás de ella, peligrosa, tenebrosa.

Salió un gruñido de las sombras:

—¡Vete, maldita sea! ¿Por qué no puedes quedarte donde debes estar?

La palmatoria se le cayó al suelo cuando un par de manos la levantaron, la giraron y la aplastaron violentamente contra la puerta.

Capítulo 9

Si quería sobrevivir a su perfidia, tendría que tomar el asunto en mis manos.

No había nada espectral en las manos que la tenían cogida. Enterradas en sus hombros, irradiaban un calor tan vivo que le pusieron la carne de gallina en los brazos como si hubiera sido una ráfaga de viento helado.

Le llevó un aturdido momento darse cuenta de que no estaba abandonada a la oscuridad absoluta. La luz de la luna parecía tejer una gasa de claridad por los vidrios coloreados del tragaluz en forma de abanico situado en lo alto de la pared encima de la puerta de doble batiente. Pero hasta que sus ojos se adaptaron, la luz sólo era suficiente para reflejarse en los ojos furiosos de su marido.

Hayden parecía más que capaz de cometer un asesinato en ese momento. Con cada respiración resollante se le abrían las ventanillas de la nariz y su agitado pecho rozaba el de ella. Tenía flexionada la rodilla entre sus muslos, haciéndole imposible escapar e incluso luchar. Cuando su mirada bajó a sus labios, lo único que pudo hacer ella fue quedarse fláccida en sus brazos y esperar a que él la besara o la matara.

Poco a poco volvió la razón a sus ojos, ahuyentando las sombras de furia.

—¿Tú? —resolló, moviendo la cabeza.

Cuando él bajó la boca hasta su cuello, ella ladeó la cabeza, incapaz de resistirse. Él le besó y mordisqueó suavemente la sedosa piel de la garganta, aspirándola como un semental oliscando a una yegua a la que está a punto de montar.

—No lo entiendo. ¿Por qué te has puesto ese maldito perfume?

Lottie negó con la cabeza, sintiendo una creciente dificultad para respirar. Parecía que él consumía todo el aire del corredor. En lugar de apartarlo de un empujón, sus traicioneros dedos le cogieron la pechera de la camisa, atrayéndolo aún más.

—¿Qué perfume? No llevo ningún perfume.

Él la soltó bruscamente y retrocedió un paso. Sin saber por qué, ella se sintió aún más vulnerable sin el contacto de sus manos.

Él se pasó la mano temblorosa por la cara.

—¿Qué haces aquí? —le preguntó, con voz bronca—. ¿Por qué no estás en tu cama, que es donde debes estar?

Lottie alcanzó a reflexionar que tal vez ese no era el momento oportuno para recordarle que era en la cama de él donde debía estar.

—Estaba en mi cama. Pero ¿cómo iba a dormir con todo ese terrible ruido? Era como para despertar a los muertos.

Lamentó esas palabras en el instante en que salieron de su boca, pero ya era demasiado tarde para tragárselas. Aunque a ella le habría parecido imposible, la cara de Hayden se tornó más impenetrable aún.

—No sé de qué me hablas.

—¡Pues claro que lo sabes! Tienes que haberlo oído. ¿Ese terrible lamento? —Agitó una mano indicando la puerta donde estaban—. ¿Y luego a alguien tocando el piano ahí dentro como si se le estuviera rompiendo su pobre corazón?

—No he oído nada —dijo él secamente, sin siquiera mirar hacia la puerta.

—¿Y el olor a jazmín? No vas a negar que sentiste olor a jazmín.

Él se encogió de hombros.

—Una de las criadas debió de pasar por aquí con algunas flores recién recogidas en el jardín. Simplemente confundí su fragancia con tu perfume.

Lottie decidió no gastar saliva en recordarle que en ese clima ventoso y frío probablemente los jazmines sólo comenzaban a florecer en junio, si acaso.

—Y supongo que el grito que oí sólo era el viento soplando por algún agujero de una de las chimeneas.

—¿Tienes una explicación mejor? —preguntó él, mirándola con franco desafío.

Lottie se pasó la lengua por los labios resecos y soltó:

—Pensé que podría ser un fantasma.

Hayden estuvo mirándola fijamente un buen rato y al final emitió un bufido.

—No seas boba. A pesar de lo que publican los periódicos en sus páginas de escándalo para vender su basura, no existe eso que llaman fantasmas. ¿Qué creíste? ¿Que mi esposa muerta había vuelto de su tumba a aconsejarte que te alejaras de mí?

—No lo sé. Dímelo tú. ¿Era propensa a sufrir ataques de celos?

Contemplando la pagana belleza de sus gruesas cejas y la mandíbula sin afeitar, Lottie encontró difícil imaginar que alguna mujer pudiera no sentirse celosa con un hombre así.

—Cuando no se salía con la suya, Justine era propensa a todo tipo de ataques —repuso él dulcemente.

Avergonzada por su sinceridad, ella se llevó una mano a su todavía retumbante corazón.

—No fue el fantasma el que casi me mató del susto. Fuiste tú.

—Bueno, ese es un método de asesinato del que todavía nadie me ha acusado. Dudo de que hubiera divertido a tu familia, pero estoy seguro de que los traficantes de chismes lo habrían comentado como una novedad. —Se apoyó en la pared, mirándola burlón por debajo de sus tupidas pestañas—. Dime, pues, Carlotta, si yo te hubiera matado de un susto, ¿habrías vuelto de tu tumba a atormentarme?

Ella pensó la pregunta un momento, y al final asintió:

—Pues claro que sí. Pero no andaría por ahí gimiendo y ululando ni tocando una bonita pieza en el piano. Golpearía el culo de una tetera y cantaría a todo pulmón las siete estrofas de *Mi mujer es una pícara caprichosita*.

La respuesta lo hizo reír. Su franca sonrisa le transformó la cara, acentuando las arruguitas alrededor de los ojos, que lo hacían parecer un niño, y devolviéndole un travieso hoyuelo a su mejilla. Mientras él la observaba, el calor de sus ojos la hizo pensar repentinamente en su apariencia.

Él tenía un excepcional don para sorprenderla en sus momentos menos favorables. Aunque había deseado parecer la cumbre misma de la elegancia la próxima vez que se encontraran cara a cara, ahí estaba con su raído camisón de algodón, los pies descalzos y la mata de pelo caída de cualquier manera sobre los hombros, como una niñita. Pero él no la estaba mirando como si fuera una niñita. La miraba como si fuera una mujer.

—Debería darte vergüenza —le dijo—. Esta es la segunda vez en el día en que me has tendido una emboscada.

A él se le desvaneció la sonrisa, dejándola con una aguda sensación de pérdida. Él cogió un delicado jarrón de una mesita de mármol con un pie de columna y lo hizo girar entre las manos.

—Si pudiera haber enviado por adelantado la noticia de nuestras nupcias, lo habría hecho. Pero no me atreví a arriesgarme a la posibilidad de que Allegra se hubiera enterado por alguna criada de que yo había tomado esposa. Habría huido antes que llegáramos.

Lo dijo como si fuera algo de lo más normal.

—¿Por qué no me dijiste nada de su existencia? ¿Temías que yo huyera también?

—¿Habrías huido?

—No lo sé —contestó ella sinceramente—. Pero sí sé que habría llevado un poco mejor la situación si me hubieras dicho que iba a convertirme en madre además de en esposa.

—Si lo recuerdas, cuando nos conocimos yo no buscaba ni lo uno ni lo otro.

Lo que Lottie recordó fue ese momento en la casa de Mayfair cuando él estaba delante del hogar y se giró a mirarla. Lo que fuera que había estado buscando él, ella casi habría jurado que acababa de encontrarlo. Si la mujer de la señora McGowan hubiera llegado unos minutos antes que ella, ¿él la habría mirado así? ¿Le habría enmarcado la cara empolvada entre sus manos y besado los labios pintados como si fuera una parte de su alma que había perdido hacía mucho tiempo y ni siquiera sabía que le faltaba? ¿Volvería a mirarla así alguna vez?, pensó. ¿Y qué haría ella si lo hacía?

Hayden devolvió el jarrón a la mesita.

—Como ya habrás adivinado, viajé a Londres a buscar una institutriz para mi hija. Se está poniendo demasiado difícil, incluso para Martha.

Recordando la firmeza con que la mujer tenía cogida la oreja de Allegra, Lottielo lo puso en duda.

—Siempre ha sido una niña difícil, pero estos últimos meses se ha puesto absolutamente imposible.

—Me parece recordar ocasiones en que oí decir eso mismo de mí.

—Imagínate —repuso él, irónico.

—Existen buenos establecimientos especializados en hacer posible lo imposible. ¿Has considerado la posibilidad de enviarla a un colegio?

—Claro que sí. —Se pasó la mano por el pelo, en un gesto impregnado de frustración—. Nada me gustaría más que alejarla de este lugar, de esta casa... —«De mí», oyó ella, tan claro como si él lo hubiera dicho en voz alta—. Pero ella no quiere ni oír hablar de eso. Cada vez que se toca el tema, le da una pataleta tan terrible que temo por su salud. El mes pasado cuando le hablé de un colegio de Lucerna, casi dejó de respirar del todo, y tuve que llamar al doctor. Por eso decidí ir a Londres y tomar el asunto en mis manos. —Se le curvaron los labios en una amarga sonrisa—. Pero gracias a los traficantes de chismes y los periódicos de escándalo, no tuve éxito. Al fin y al cabo, ¿qué mujer respetable acompañaría a Cornualles a un hombre de mi reputación?

Lottie lo miró fijamente, mientras iba entrando lentamente la comprensión en su cabeza.

—Ninguna mujer respetable, supongo, pero ¿tal vez sí una que hubiera perdido la respetabilidad? ¿Una cuya reputación ya estaba arruinada?

Sin contestar, él desvió la mirada hacia la oscuridad.

Pasado un momento de incómodo silencio, ella le preguntó dulcemente:

—¿Para qué casarte conmigo? ¿Por qué no me contrataste sencillamente?

—Ni siquiera con una acompañante podía traer a mi casa a una joven soltera para que educara a mi hija. —La nada característica dulzura con que dijo esas palabras sólo las hicieron más dolorosas—. Mucho menos a una a la que supuestamente yo había comprometido.

Lottie se dijo que debía agradecer esa sinceridad. Por lo menos la desengañaba de toda pueril idea romántica antes que ella hiciera aún más el ridículo de lo que ya lo había hecho.

Agradeciendo que siempre le dieran el papel protagonista en las representaciones de teatro en el colegio de la señora Lyttelton, logró esbozar una frágil sonrisa:

—Me alegra saber que has ganado algo de nuestro matrimonio de inconveniencia además de una esposa no deseada. Ahora, si me disculpas, me gustaría volver a mi cama antes que el viento empiece a aullar por la chimenea otra vez o a tocar el «Aleluya» en el piano.

Cuando pasó por delante de él, él cerró la mano en su brazo, deteniéndola.

—Si esperabas algo más de nuestra unión, milady, lo lamento profundamente.

Ella le quitó la mano de su brazo, suave pero firmemente y echó atrás la cabeza para mirarlo a los ojos.

—No lo lamentes, milord. Después de todo, lo único que me prometiste fue tu apellido.

Sin una vela ni una fantasmal melodía para guiarla, a Lottie le llevó cuatro intentos erróneos encontrar el camino de vuelta a su dormitorio. Una dama de blanco aullando habría sido una bienvenida distracción, pero no se encontró con nada más temible que un ratoncito de aspecto triste que parecía sentirse tan extraviado como ella. Por primera vez se le ocurrió pensar en lo extraño que era que ningún criado hubiera salido a investigar esos misteriosos ruidos. Todos tendrían que ser sordos como una tapia o estar borrachos perdidos en sus camas para no haber oído esos desgarradores gritos.

Cuando finalmente encontró su habitación, ya se sentía bastante irritada. Tropezarse con Mirabella y luego golpearse el dedo del pie contra uno de los baúles sin abrir no le mejoró el humor. No tenía ningún derecho a sentirse furiosa, se dijo, cojeando hacia la cama. Hayden le había prometido su apellido, no su corazón.

Acariciando a Zangoloteos se acurrucó apoyada en la cabecera de la cama y se quedó contemplando las moribundas llamas del hogar. Por lo menos no tendría que desperdiciar ni un solo momento más de su precioso tiempo acostada esperando una noche de bodas que no llegaría jamás. Hayden podía afirmar todo lo que quisiera que no creía en aparecidos, pero cuando la cogió en sus brazos, con ese impío brillo en los ojos, sólo le demostró que su pasión no sería jamás por ella, sino sólo por su difunta esposa. Ella no sería jamás para él otra cosa que una institutriz con el glorioso título de marquesa.

Apareció la cara arrugada de la señorita Terwilliger en su imaginación. ¿Iba a tener el destino de la anciana después de todo? ¿Iba a desperdiciar su juventud en una mohosa sala de estudio hasta que su sangre y sus pasiones corrieran como polvo de tiza por sus venas?

Sus entusiastas palabras a su familia volvieron para atormentarla: «No tengo por qué ser esposa ni institutriz. Vamos, podría ser una escritora, como siempre he soñado. Lo único que necesitaría sería tinta, papel y una casita pequeña junto al mar en alguna parte».

Se incorporó, atenazada por un nuevo entusiasmo. ¿No era una mansión junto al mar preferible a una humilde casita?

A pesar del caos en que estaba la habitación, no le llevó mucho tiempo encontrar el maletín de cuero que buscaba. Rápidamente, incentivada por la resolución, sacó papel, pluma y un tintero aún sin estrenar. Fue a atizar el fuego del hogar, encendió otra vela, y se instaló ante el escritorio de palisandro del rincón, con Calabaza ronroneando en la falda.

Después de estar más o menos un minuto mordisqueando el extremo de la pluma, escribió en la parte superior del papel: «*La esposa de lord Muerte*, por Carlotta Anne Farleigh», terminando con una regia rúbrica bajo su nombre. Al cabo de otro momento de reflexión, tachó todo con una gruesa línea y escribió debajo: «*La flamante esposa de Lord Muerte*, por Lady Oakleigh». Si su marido no le iba a ofrecer nada más fuera de su apellido, bien podía aprovecharlo. Todos los editores de Londres estarían clamando por un manuscrito así. Ni siquiera la señorita Terwilliger podría seguir negando su talento.

Aplastando sin piedad un remordimiento de conciencia, puso una página en blanco delante de ella. No tuvo que estirar mucho la imaginación para evocar la cara de Hayden en el momento en que la aplastó contra la puerta, sus ojos y sus manos ardientes de pasión. Su pluma casi volaba por el papel mientras escribía: «Jamás olvidaré el momento en que vi por primera vez al hombre que planeaba asesinarme. Su rostro era a la vez terrible e irresistible, la negrura de su alma reflejada en su melancólica belleza...».

Capítulo 10

Si él era el Señor del Infierno, entonces yo ya era su Señora.

A la mañana siguiente Lottie decidió que si era una institutriz lo que deseaba su marido, pues tendría una institutriz. Desdeñando las relucientes popelinas rosadas y los exquisitos terciopelos azules que adoraba, desenterró de uno de sus baúles un vestido de mañana color gris plata. Arrancándole el fajín a rayas y quitándole los pequeños rosetones de seda que adornaban la orilla, dejó un vestido tan implacablemente gris y severo como el cielo que se veía por la ventana.

Se hizo un moño dolorosamente rígido, estirándose sin piedad los rizos. No dejó suelta ni una sola guedeja.

Cuando contempló su imagen en el espejo de cuerpo entero del rincón, apretó los exuberantes labios en una austera línea. Lo único que le faltaba para que la confundieran con la señorita Terwilliger eran unos anteojos con montura metálica y un gordo lunar peludo en el mentón. Se veía ancianísima, de veinticuatro años, como mínimo.

Haciendo tiempo hasta que llegara la hora para desayunar, comenzó a hurgar sus cajas y baúles. Tal vez no le resultaría tan extraña esa casa cuando estuviera rodeada por cosas conocidas. Ya había vaciado dos baúles y llenado todos los recovecos de la cómoda de nogal del rincón cuando tomó conciencia de una sensación de lo más curiosa. Aunque había leído sobre ella en numerosas novelas góticas e incluso escrito una o dos veces acerca de ella en sus relatos, jamás la había experimentado en carne viva.

Tenía erizado el vello de la nuca.

La media que tenía en la mano se le escapó de los dedos al girarse lentamente, pensando si estaría a punto de encontrarse cara a cara con el fantasma de la primera mujer de Hayden.

A juzgar por el pelo que le caía sobre los ojos y el polvo que le manchaba la delgada nariz, la criatura asomada por el marco de la puerta era claramente mortal. Presintiendo que su visitante estaba a sólo una sonrisa amistosa de echar a correr, se apresuró a volver la atención al baúl.

—Buenos días, Allegra —dijo tranquilamente—. ¿Te apetecería entrar?

Por el rabillo del ojo vio entrar a la niña, arrastrando los pies con las botas sin atar. Agradeció que el primer capítulo de su manuscrito, acabado poco antes del alba, estuviera escondido debajo del fondo falso de su maletín, a salvo de ojos curiosos.

Pasado un momento de incómodo silencio, Allegra preguntó a bocajarro:

—¿Amas a mi padre?

Lottie no habría sabido decir por qué la pregunta le dio que pensar. Después de todo, apenas conocía al padre de la niña.

Mientras trataba de formular una respuesta apropiada, Allegra rascó el suelo con la punta de una bota.

—Lo comprendería si no lo quisieras. Es bastante insufrible.

En ese instante Mirabella salió saltando de debajo de la cama como un rabioso conejito polvoriento, salvando a Lottie de contestar. La gatita se precipitó sobre los cordones de las botas de Allegra con una alegría diabólica.

Lottie se imaginó que la niña se agacharía a acariciar y arrullar a la gatita como habría hecho cualquier otra niña, pero Allegra tenía los ojos fijos en el objeto que ella acababa de sacar del baúl.

Le enseñó la aporreada muñeca, con una cariñosa sonrisa en los labios:

—Mi hermana me la compró en su primer viaje a Londres, cuando yo tenía más o menos tu edad. Laura pensó que se parecía a mí.

¿Te creerías que la pobrecita era en ese tiempo casi tan hermosa como la muñeca que mandó hacer tu padre para ti?

Cuando Laura se la regaló, la muñeca tenía un moño alto de largos rizos dorados, pero ella le quemó la mitad en una demasiado entusiasta sesión de rizárselos con tenazas calientes. El color rosa de las mejillas se había desvanecido. Los volantes de la falda estaban rotos y sucios, la nariz respingona descascarada. Y llevaba un parche de seda negra en un ojo.

—Cuando perdió un ojo en un trágico accidente de tiro al arco, mi hermano George y yo jugamos a los piratas con ella —explicó Lottie—. Le poníamos el castigo de arrojarse al mar desde el tablón, tirándola desde el altillo del granero, por eso tiene la nariz descascarada.

Allegra continuó mirando la muñeca, con una expresión pensativa en su seria carita.

—Me gusta —dijo al fin—. ¿Podría jugar con ella?

A Lottie la desconcertó la osada petición. Pero era imposible resistir la inflexible mirada de Allegra. Pese a lo que le dijera Hayden acerca de sus pataletas, tuvo la clara impresión de que la niña pedía poco y esperaba menos aún.

Alisándole la falda a la muñeca, se la pasó a regañadientes.

—Supongo que no se le puede hacer más daño que el que ya le he hecho.

—Gracias.

Sin añadir ni una sola palabra más, Allegra se metió la muñeca bajo el brazo y salió de la habitación.

Cuando Lottie llegó a desayunar se encontró con Hayden esperándola sentado a la cabecera de una monstruosa mesa de caoba tan larga como para celebrar un campeonato de criket sobre su reluciente superficie. En la casa Devonbrooke había una mesa igual, pero cuando estaban en familia, Sterling insistía en que se sentaran todos juntos en un extremo o el otro, para disfrutar mejor de la compañía y la conversación. Cuando se le acercó un lacayo para acompañarla a la solitaria silla situada en la otra cabecera de la mesa, sólo pudo suponer que Hayden no tenía interés en su compañía ni en su conversación.

Pero sí tenía modales, pues se levantó cuando ella entró en la sala.

—Buenos días, milord —lo saludó remilgadamente, tomando asiento.

—Milady —contestó él, mirando su severo atuendo con los ojos entornados.

Volvió a sentarse y sacó un reloj del bolsillo de su chaleco. Lottie pensó que con ese gesto quería reprocharle el retraso, pero entonces vio que había otro puesto preparado en la mesa.

Exactamente a medio camino entre los dos.

Hayden tuvo escasamente tiempo para cerrar su reloj cuando apareció Allegra. En lugar de arrastrar los pies, venía prácticamente saltando. Se había arreglado para el desayuno subiéndose una sucia media y extendiendo el polvo desde la nariz a la mejilla. Canturreando en voz baja hizo todo un espectáculo arrastrando una de las pesadas sillas hasta ponerla junto a la de ella y depositando su carga allí con la tierna consideración sólo reservada para los ancianos o enfermos.

Hayden miró ceñudo la silla, sin poder ocultar su consternación.

—¿Qué es eso?

—Es mi nueva muñeca. Mamá me la regaló —repuso Allegra.

Se giró a mirar a Lottie y le sonrió de oreja a oreja. La radiante sonrisa le transformó la cara; por un esquivo instante, no era simplemente llamativa, era hermosa.

El monstruito.

Cuando Hayden pasó su mirada a ella, Lottie sintió bajar el estómago a las cercanías de sus rodillas.

—Qué generosa la mamá —dijo él tranquilamente, levantando su taza de café en un gesto de falso brindis por ella.

Pues sí que era generosidad por su parte darle su muy estropeada y muy querida muñeca a la niña para que la mimara, mientras la preciosa y cara muñeca que le regalara su padre se enmohecía en su elegante cofre ataúd.

—Sólo es uno de mis juguetes viejos —se apresuró a explicar—. Allegra entró en mi habitación cuando yo estaba ordenando mis cosas y le gustó.

La niña dobló su servilleta formando un improvisado babero y lo metió en el corpiño de volantes de la muñeca.

—Mamá dice que la muñeca se parece a ella cuando tenía mi edad.

Hayden miró pensativo los chamuscados rizos, la nariz descascarada y el parche de pirata de la muñeca. A pesar de sus muchos sufrimientos, el ojo azul que le quedaba no había perdido del todo su pícaro guiño ni sus labios botón de rosa su sonrisa satisfecha.

—Yo, por mi parte —dijo—, todavía veo un notable parecido.

Afortunadamente para él, en ese instante entró la misma criada pelirroja que le había llevado la cena la noche anterior trayendo una sopera humeante de avena con leche, bloqueando su indignada mirada. Mientras comían, el tenso silencio sólo era interrumpido por el canturreo de Allegra mientras llevaba su cuchara hasta los labios de la muñeca para darle de su avena con leche. Lottie se bebió el chocolate caliente de un solo trago, deseando que fuera estricnina.

Mientras Allegra se pulía lo que le quedaba de avena con una satisfecha sorbida, su mirada viajó entre Hayden y Lottie.

—¿Cómo os conocisteis?

Lottie se atragantó con un bocado de arenque ahumado.

—Creo que dejaré que mamá conteste a esa pregunta.

Hayden se echó atrás en la silla, y la pícara chispa que vio en sus ojos le dijo a Lottie que estaba casi tan interesado como Allegra en su respuesta. Sabiendo que de ninguna manera podía decir «Resulta que yo estaba fisgoneando por una puerta de cristal de la casa de tu padre cuando él me confundió con una ramera», se limpió los labios con la servilleta para hacer tiempo:

—Bueno... aunque pueda parecer que nuestra boda fue precipitada, yo sabía de la existencia de tu padre antes que nos conociéramos.

—¿Es famoso? —preguntó Allegra, pestañeando con toda inocencia.

—Notorio —musitó Hayden, tomando un trago de café.

La sonrisa de Lottie continuó fija en su lugar.

—Digamos que es bastante célebre en ciertos círculos, y por eso yo estaba muy deseosa de conocerlo personalmente.

—¿Y era todo lo que esperabas que fuera?

—Y más —repuso Lottie, dirigiéndole a él una sonrisa rebosante de ácida dulzura.

—¿Y dónde os conocisteis?

—En realidad, nos conocimos durante mi presentación en sociedad —le explicó Lottie a la niña, esforzándose por no mentir—. Justo antes del primer vals.

Bajó los hombros aliviada cuando la ávida atención de Allegra pasó a su padre:

—¿Cómo supiste que deseabas casarte con ella?

Incluso a todo lo largo de la mesa, la mirada que dirigió Hayden a Lottie fue tan íntima como una caricia.

—Como sin duda puedes ver, los encantos de tu madrastra son tantos que no necesité mucha persuasión.

Y eso era cierto, pensó Lottie. A no ser que se contara como método persuasivo la pistola de duelo que Sterling le apuntara al corazón. Desvió la mirada de la de él, estremecida por su descarada mentira y por el perturbador efecto que tenía en ella. Tendría que protegerse con más cuidado en el futuro. Un hombre capaz de mentirle a una niña, en especial siendo su hija, era aún más peligroso de lo que había creído.

Para su inmenso alivio, en ese momento reapareció la criada a retirar los platos.

Allegra le limpió la boca a la muñeca y se levantó.

—¿Nos haces el favor de disculparnos, padre?

—Sí, cómo no —contestó él tranquilamente.

Cuando la niña iba saliendo, acunando a la muñeca apretada contra el hombro como si fuera un mimado bebé, la criada se la quedó observando boquiabierta, tan absorta que no se dio cuenta de que se derramaba un chorrito de chocolate de una taza cayendo en la falda a Lottie.

—¡Meggie! —exclamó Hayden.

La muchacha pegó un salto, saliendo de su aturdimiento.

—Ay, milady, lo siento tanto.

Cogió una servilleta y manchó más de chocolate la cara tela de la falda.

—No pasa nada —la tranquilizó Lottie, tratando de arrancarle la servilleta de la mano.

Cuando la criada hubo terminado de despejar la mesa y salido, Hayden se echó hacia atrás en la silla con una sonrisa irónica jugueteando en los labios.

—Tendrás que perdonar a Meggie. No está acostumbrada a oír a mi hija pedir permiso para nada, y mucho menos a mí.

—Una vez que comencemos nuestras clases, haré lo que pueda para pulirle los modales.

—Me importan una higa sus modales —dijo Hayden, poniendo la taza en la mesa con tanta vehemencia que sobresaltó a Lottie—. No te he traído aquí para que le llenes la cabeza con todas esas bobadas y tonterías. Quiero que le enseñes idiomas, historia, geografía y matemáticas. Quiero que le des los conocimientos que podrían serle beneficiosos si alguna vez tuviera que abrirse camino en este mundo sola.

—La mayoría de la sociedad considera que la elegancia para hacer una venia y la capacidad para llenar correctamente una tarjeta de baile son los únicos conocimientos necesarios para cazar un marido rico.

—Esas habilidades serán inútiles para Allegra. Jamás podrá ocupar su legítimo lugar en la sociedad ni hacer un matrimonio ventajoso. Su madre y yo nos encargamos de eso —añadió con amargura.

—Aún faltan unos cuantos años para su presentación en sociedad. Tal vez con el paso del tiempo...

La lastimosa mirada de él la silenció.

—Podría tenerla encerrada aquí los próximos treinta años, pero cuando salga a la sociedad, seguirá siendo conocida como la hija de un despiadado asesino.

Lottie tragó saliva, sin saber muy bien si él se refería al duelo en que mató a su mejor amigo.

—Lo que deseo es que le desarrolles la mente. —Una extraña sombra pasó por su rostro—. Quiero que la hagas fuerte. Irrompible.

—Eso no tendría que ser una tarea muy difícil —musitó Lottie, recordando la astucia que acababa de exhibir la niña mimando a la maltrecha muñeca.

—Sólo necesito saber que cuando yo no esté, Allegra será capaz de cuidar de sí misma. Mientras yo viva, no le faltará de nada. —Le miró la cara, el verde de sus ojos cálido como un claro del bosque iluminado por el sol—. Si me ayudas a protegerla, milady, nunca te faltará nada a ti tampoco.

Igual esa era una promesa que no podría cumplir, pensó ella después que él le hizo una venia y salió del comedor. Ya estaba empezando a necesitar algo que nunca podría tener.

Después de un prolijo recorrido por toda la casa en una inútil búsqueda de su joven pupila, Lottie se dirigió a la cocina del semisótano, con la esperanza de que alguna criada supiera dónde podía encontrar a Allegra. Mientras se alejaba de la escalera para dar la vuelta a la esquina, divisó a Martha y a la señora Cavendish enzarzadas en una acalorada discusión. Aunque sus siseados susurros tal vez no llegaban a los oídos de las nerviosas criadas que rondaban la cocina de leña, Lottie sólo tuvo que acercarse sigilosamente lo suficiente para verles los movimientos de los labios.

El ama de llaves tenía la piel blanca tan estirada sobre los prominentes pómulos que le daba un aspecto chupado. Si hubiera sido una de las profesoras del colegio de la señora Lyttelton, seguro que ella y Harriet la habrían apodado cruelmente «señora Cadáver».

—Creo que no deberíamos haber contratado a esa muchacha —estaba diciendo—. Después de todo, ¿qué sabemos de la muchachita aparte de que se presentó a la puerta del señor esta mañana suplicando que le diéramos un puesto?

—Bueno, yo digo que no podemos permitirnos no contratarla —dijo Martha—. El mes pasado perdimos tres criadas, y anoche otras dos. Escaparon antes del alba, sin siquiera molestarse en llevarse sus pertenencias. Si esto continúa así, el próximo verano estaremos solas tú y yo para encargarnos de toda la casa.

—Pero esta muchacha no tiene ninguna carta de recomendación ni experiencia, y es más ciega que un murciélago. Cuando Giles le abrió la puerta esta mañana casi lo estranguló con su propia corbata, porque creyó que seguía moviendo la aldaba. ¿Y viste cómo movía la escoba? Bueno, levantaba más polvo que el que recogía. Cuando le pasé el plumero me lo devolvió al instante alegando que las plumas y el polvo la hacen estornudar.

—No tardará en aprender si desea comer. Si no, le meteré razón por las orejas.

La señora Cavendish se irguió en toda su estatura, con las ventanillas de la nariz agitadas.

—Bueno, sigo pensando que es un error.

Con aspecto de tener muchísimas ganas de tirarle las orejas a la señora Cavendish también, Martha siseó:

—Pues es un error que debemos cometer. ¿Qué otra cosa podemos hacer? Seguro que esto va a empeorar, ahora que ha traído a otra mujer a esta casa. Incluso los hombres tienen miedo de salir de sus habitaciones por la noche. Nadie quiere correr el riesgo de toparse con esa terrible...

Lottie debió hacer algún ruido involuntario porque las dos mujeres se giraron bruscamente a mirarla. Sus expresiones no podrían haber delatado más culpabilidad si las hubiera sorprendido bebiendo de la botella de jerez para cocinar.

La señora Cavendish fue la primera en precipitarse hacia ella, haciendo tintinear las llaves que colgaban de su cintura, sus delgados labios apretados en una solícita sonrisa.

—Ah, milady, ¿qué ha venido a hacer aquí? Si necesitaba algo sólo tenía que llamar.

—Tiene razón, querida —corroboró Martha acercándose—. No debe olvidar que ahora es marquesa y que la vieja Martha está aquí a su disposición para servirla.

Antes que Lottie lograra recuperar el aliento, las dos mujeres la tenían rodeada. Cloqueando y reprendiéndola, la sacaron rápidamente de la cocina, sin darle tiempo para pensar en la nueva criada miope en cuyo penoso futuro sólo la aguardaban ataques de estornudos y tirones de orejas.

Puesto que tanto Martha como la señora Cavendish alegaron no tener el menor conocimiento acerca del paradero de Allegra, Lottie decidió arrostrar un recorrido por el terreno de la propiedad. Cuando salió por la puerta principal el frío viento le hizo arder las mejillas e hizo que su chal de cachemira pareciera una prenda ridícula. Le resultaba difícil creer que en algún lugar de Inglaterra una suave brisa estuviera animando a los brotes de los árboles a convertirse en hojas mientras los tiernos pétalos de los tulipanes tardíos se abrían paso por el suelo calentado por el sol. Ahí sólo había páramo, viento, mar y cielo, todos batallando por ver cuál se hacía con el dominio de ese árido reino.

Aunque su primer impulso fue volver a meterse en la casa, echó a andar a paso enérgico, pensando en la conversación que acababa de oír. A pesar de lo que asegurara Hayden, ella no era la única a la que había perturbado el doliente lamento de esa noche. Tampoco era la primera vez que ocurría. Se prometió que si volvía a ocurrir, no saldría huyendo antes del amanecer como esas aterradas criadas. De alguna manera encontraría el valor para volver al lugar de donde salía esa fantasmal música, aunque eso significara arriesgarse a otro enfrentamiento con su marido.

Después de una infructuosa búsqueda por el patio desierto y los descuidados jardines, finalmente encontró a Allegra instalada en una retorcida rama alta de un manzano de la orilla de un agonizante huerto. La vieja muñeca estaba tirada al pie del árbol boca abajo sobre la tierra.

Moviendo la cabeza tristemente, Lottie cogió la muñeca, le limpió la nariz descascarada y la puso sentada con la espalda apoyada en el tronco.

—¡Hola! —le gritó a Allegra—. ¿No querrías bajar a hablar conmigo?

La alegre actitud de la niña se había desvanecido.

—No, gracias —gritó, y continuó mirando hacia el lejano horizonte—. Estoy muy bien donde estoy.

Lottie consideró un momento esa información.

—Muy bien, entonces. Si tú no quieres bajar, subiré yo.

Aprendida ya la lección la noche de su presentación en sociedad, se tomó el tiempo para quitarse el chal y anudarse las faldas entre las piernas, haciendo un improvisado par de pantalones, y luego procedió a subir al árbol.

Cuando llegó a la rama donde estaba Allegra, con las medias arañadas y ligeramente resollante, vio que la niña la estaba mirando con desconfianza.

—Creí que a las damas no les estaba permitido trepar a los árboles.

—A las damas les está permitido hacer todo lo que quieran —la informó Lottie. Se le acercó más y le dijo en voz más baja, en tono de complicidad—. Siempre que no haya nadie por ahí que las vea.

Se acomodó entre dos ramas, incapaz de decidir si quedarse mirando hacia el curvo litoral por un lado o a la inmensa extensión pantanosa cubierta de hierbas por el otro. Aun cuando el viento le arrancaba cada inspiración antes que pudiera hacerla, tuvo que reconocer que la vista era magnífica.

Allegra seguía mirándola enfurruñada.

—¿Qué haces aquí? ¿No deberías estar con mi padre?

—La verdad es que fue tu padre el que me envió a buscarte. Pensó que yo podría ayudarte en tus estudios.

—No estudio.

Desconcertada por la brusquedad de la niña, Lottie le dijo:

—Bueno, pues, tal vez ya sea hora de que aprendas algo. Traje algunos libros maravillosos de Londres, *La historia del mundo* de Raleigh, los *Fundamentos de la botánica* de Linneo, la *Historia de la ley romana en la Edad Media* de Savigny.

—No me gustan los libros.

Le tocó a Lottie mirarla con desconfianza. No se fiaba de nadie a quien no le gustaran los libros.

—Si no te gustan los libros, quiere decir que nunca has leído *El castillo de Wolfenbach* de la señora Parsons. Es tan aterrador que después de terminarlo estuve una semana sin poder dormir sin una vela encendida junto a mi cama.

Allegra sorbió por la nariz, desdeñosa.

—Martha dice que los libros son un desperdicio de papel y tiempo, y que me serviría más aprender a plantar patatas.

Horrorizada, Lottie estuvo un rato sin poder hablar.

—Bueno, si Martha hubiera leído *La campana de medianoche, El aviso misterioso* o *El monje asesino*, no se apresuraría tanto a despreciar todos los libros como un desperdicio de papel y tiempo. —Recordando a tiempo que debía ser un ejemplo de decoro para la niña, procuró dominar su pronto de genio—. Puesto que no he tenido ninguna experiencia en plantar patatas, ¿qué tal si nos encontramos en el aula esta tarde antes del té para nuestra primera clase?

—Muy bien. Y no es que tenga mucha opción, ¿verdad, mamá? —dijo la niña pronunciando la palabra «mamá» con aplastante desprecio.

—No soy tu mamá, Allegra —le dijo Lottie tranquilamente—, y no tienes por qué fingir que lo soy.

—Entonces tú no tienes por qué fingir que me quieres —dijo la niña, cogiéndose una pierna doblada entre los brazos, junto al pecho, y mirando hacia el mar—. Nadie me quiere.

—Yo diría que eso no es del todo cierto. Tu padre parece quererte muchísimo.

—¡Ja! No me quiere. Sólo me compra regalos caros, como esa tonta muñeca, porque me tiene lástima.

Lottie frunció el ceño, perturbada por la absoluta convicción que detectó en la voz de la niña.

—Eres su hija. ¿Por qué demonios habría de tenerte lástima?

Allegra giró la cara para mirarla, su pelo oscuro volando al viento.

—¿Sabes guardar un secreto?

—No —contestó Lottie francamente.

Allegra puso los ojos en blanco y se volvió a mirar los escarpados acantilados que bordeaban el litoral.

—Me tiene lástima porque mi madre estaba loca y yo voy a volverme loca también.

Aunque era ella la que debía dar las clases, súbitamente Lottie comprendió que podría recabar muchísima información de esa niña. No la sorprendía del todo enterarse de que la primera esposa de Hayden había sufrido de locura. Ciertamente, sólo una loca le pondría los cuernos a un hombre que sabía besar como ese.

—¿Tu padre te dijo que te ibas a volver loca?

—No, desde luego que no —repuso Allegra en tono despectivo—. Nunca habla de eso. Nunca habla de nada que importe. Pero todo el tiempo se lo oigo decir a los criados, cuando creen que yo no estoy cerca para oírlos. Pobre niña, dicen en voz baja, es igual que su mamá, y me miran y sacuden la cabeza, como si yo fuera ciega además de loca.

—¿Y tú piensas que estás loca? —le preguntó Lottie, mirándole la carita mohína.

Allegra pareció desconcertada por la pregunta, como si nunca se le hubiera ocurrido pensarlo.

—No —contestó finalmente, pestañeando, como si la sorprendiera su respuesta—. Pero me siento furiosa gran parte del tiempo.

Lottie se echó a reír, pasó a la rama de abajo y comenzó el descenso al suelo.

—Yo también me sentía así cuando tenía tu edad. No te preocupes. Se te pasará.

Al llegar al suelo se sacudió las faldas. Al mirar la muñeca pensó que sería mejor llevársela con ella, pero después de pensarlo un momento decidió dejarla al dudoso cuidado de Allegra. Envolviéndose los hombros con el chal, echó a andar hacia la casa.

—Nunca te amará, ¿sabes? —le llegó a los oídos la voz de Allegra, llevada por el viento—. Nunca amará a nadie más que a ella.

Lottie tropezó con un montículo de hierbas. Con la esperanza de que la niña no la hubiera visto, reanudó su enérgico paso, mascullando:

—Pues eso ya lo veremos, ¿verdad?

Capítulo 11

Pronto me enteré de que en este mundo había más horrores espantosos que damas blancas gimientes.

25 de mayo de 1825

Querida señorita Terwilliger:

Le escribo para expresarle mi pesar por los desconciertos y molestias que pude haberle causado durante nuestros años juntas en el colegio de la señora Lyttleton. Después de un serio examen de conciencia y penosa reflexión, he llegado a comprender que no era ni la mitad de inteligente de lo que me creía.

Si bien se produce una cierta cantidad de vulgar diversión y prestigio social entre las compañeras a causa de dejar un animal en un dormitorio durante un periodo indeterminado de tiempo, el precio de esto en pertenencias y dignidad personales es demasiado alto para soportarlo. (En realidad debería estar agradecida de que yo sólo haya dejado un poni en su habitación. Puedo asegurarle que una cabra tiene muchísimo más apetito, sobre todo en lo relativo a ropa interior de seda y cualquier florecilla o cinta que pudiera adornar un sombrero favorito.)

También puedo asegurarle que encontrarse los dedos de los guantes cosidos juntos no es tan desagradable como encontrar las costuras de los calzones tan ceñidas que al primer intento de sentarse se pro-

duce un ruido tan odioso y humillante que no se puede mencionar en compañía educada (o mal educada).

En mis esfuerzos por emular su inalterable serenidad, he comenzado a valorar muchísimo más su pozo sin fondo de autodominio. Cuando siento burbujear un chillido de indignación en mi garganta, o cuando me sorprendo con los dedos doblados en la forma exacta de un delicado cuellito femenino, pienso en usted y convierto mi rechinar de dientes en una indulgente sonrisa. Cuando me sorprendo comprobando el filo de mi cuchillo para la mantequilla en el pulgar con más atención que la debidamente necesaria, recuerdo su infinita paciencia y encuentro la fuerza para seguir adelante sin arrearle un cachete ni a una sola alma.

Me agrada pensar que se sentirá orgullosa del modelo de virtud y madurez en que me he convertido. Sepa, se lo ruego, que siempre seré

Su humilde servidora
Carlotta Oakleigh

P.D. ¿Podría recomendarme algo que elimine las manchas de frambuesa de las botas de cuero?

30 de mayo de 1825

Querida tía Diana:

Aunque estamos separadas, sé que no has olvidado que este verano tengo un cumpleaños. Tenía la esperanza de que me pudieras enviar una papalina nueva, ¿y unos bonitos innominables? (Ah, y un encantador par de botines de caqui no serían en absoluto desdeñados.)

Tu sobrina que te adora
Lottie

P.D. Dale todo mi cariño a tío Thane y a los mellizos, pero por favor, no menciones los innominables.

4 de junio de 1825

Querido George:

Cómo te habrás reído cuando te enteraste de que tu hermanita bebé se había convertido en, uy, casi no soporto imaginármelo, ¡madre! Tú, que siempre decías que yo nunca querría a ningún niño a excepción de mí misma. (Aunque los dos sabemos que eso no es del todo cierto, porque siempre le he tenido mucho cariño a los mellizos y a mi sobrinita y sobrinito, Nicholas y Ellie. Y contrariamente a lo que siempre has dicho, a Ellie no sólo la adoro porque es la imagen de mí misma a esa edad. Tiene muchas otras encantadoras cualidades, entre las cuales no es la menos importante su inquebrantable fe en su inteligencia y belleza.)

Me imagino que también te sorprenderá saber que me estoy conduciendo con los maduros refinamiento y decoro que se espera de una mujer de mi posición. Me esfuerzo en dar un ejemplo positivo a mi impresionable y joven hijastra, guiándola con mano firme pero amorosa.

Así pues, retiene en tu corazón esa imagen de la despreocupada muchacha a la que llamabas «hermana» (entre otras cosas), porque las tiernas alegrías de «la maternidad» han hecho por fin de ella una mujer.

Maduramente
Carlotta

P.D. Estabas equivocado respecto a las arañas marrones. Su mordedura no es fatal. Ni siquiera cuando inadvertidamente se te meten en el zapato.

8 de junio de 1825

Queridos Laura y Sterling:

Hacedme el favor de perdonarme el no haber escrito antes, pero he estado ocupadísima disfrutando de los tiernos afectos de mi marido e hijastra. Son una dicha tan grande para mí que me resulta difícil separarme de ellos para hacer incluso la tarea más sencilla.

Sé muy bien que teníais vuestras dudas respecto a este matrimonio, pero quiero aseguraros que no sólo he adquirido un marido ado-

rable sino también una amorosa hija. No sufráis por favor ni un solo instante de remordimientos ni de pesar por mí. ¡No podría soportarlo!

Prometo escribir otro poco muy pronto. Mientras tanto, imaginadme rodeada por la dicha que sólo puede dar una unión feliz entre marido, mujer e hija.

Os adora eternamente
Lottie

P.D. ¿Podríais hacerme el favor de enviarme otro quitasol amarillo? Parece que me senté en el que tenía y se le rompieron todas las varillas.

10 de junio de 1825

Ay, mi queridísima Harriet:

Disculpa mi letra apretada y torcida, pero estoy escribiendo esta misiva en la relativa intimidad de un armario para escobas. (Imagínate a tu otrora elegante amiga reducida a sentarse en la penumbra sobre un balde vuelto del revés, balanceando el papel sobre una rodilla con el palo de un fregasuelos enterrado en las regiones que más vale no nombrar.) ¿Por qué estoy metida en el armario para escobas, preguntarás? Ten paciencia, amiga mía querida, porque todo se irá revelando.

Me apené bastante cuando George me contó en su carta que habías decidido volver al seno de tu familia inmediatamente después de mi partida para Cornualles. Sterling y Laura habrían estado encantados de tenerte de huésped hasta que terminara la temporada. Encontraba inmenso solaz en imaginarte haciendo las rondas de los tés de la tarde, paseando en faetón por Hyde Park, pasando las noches coqueteando y bailando en todos los bailes y fiestas a los que yo podría haber asistido si no hubiera malvendido mi temporada por el precio de un beso (aunque he de admitir que fue un muy maravilloso beso).

Para que no te imagines que estoy refugiada en este armario para escapar de un pesado bruto de marido, permíteme que te asegure que el marqués ha sido el modelo perfecto de solicitud conmigo. A veces me gustaría que me gritara y regañara aunque sólo fuera para demostrar que está enterado de mi existencia. Aunque representa al caballero con inagotable cortesía, tiende a mirar a través de mí, no a mí (y como sabes muy bien, nunca me he distinguido en tolerar que no me hagan el menor caso).

No, es de su hija de la que quiero escapar, la mocosa hijastra de diez años que amarga todos los momentos de vigilia de mi existencia. Sé que no puedo seguir escondida aquí para siempre, ya que nuestras «clases» han de comenzar dentro de una hora. La mayoría de los días, esas clases las pasamos, yo conjugando los verbos franceses mientras la astuta diablilla bosteza, golpea el suelo con el pie y mira por la ventana, tramando su próxima nefanda trastada. Ayer, sin ir más lejos, cuando llegué a mi dormitorio descubrí que había cambiado toda la preciosa tinta de mis tinteros ¡por betún líquido! Aunque mi primer impulso fue salir a buscarla y vaciárselos todos en su presumida cabecita, me negué a darle esa satisfacción.

¿Qué le parecen al marqués las diabluras de su hija, preguntarás? Aunque sospecho que nuestros choquecitos de voluntades es un secreto manantial de diversión para él, la única indicación de que lo nota es una ceja enarcada o una imperceptible curva en sus labios antes de esconderse detrás de la edición más reciente de The Times. Parece estar perfectamente satisfecho con dejarnos batallar a las dos, y que todo el botín vaya a la vencedora.

Mi único solaz está en instalarme cada noche ante mi escritorio y escribir unos cuantos fragmentos más de brillante prosa para mi novela (¿te hablé de mi novela, verdad?). Afortunadamente las noches han estado tranquilas, pues el fantasma aún no ha hecho otra aparición (¿te conté lo del fantasma, verdad?).

¡Un momento! ¿Qué es lo que oigo? ¿Unos pasos sigilosos en la escalera? Un estremecimiento de terror baja por mi espinazo al entreabrir un pelín la puerta del armario para echar una mirada al corredor. ¡Ah, dulce alivio! No es la hijastra demonio, sino sólo la nueva criada, escapando de la ira de Martha. Aún no le he echado una buena mirada a esta pobre y torpe criatura. Se pasa todo su tiempo corriendo como un cangrejo miope de un desastre doméstico a otro. Puedes seguirle la pista por la casa simplemente poniendo oído al ruido de porcelana rota y los gritos de Martha.

Es muchísimo más lo que deseo decirte, pero sólo es cuestión de tiempo que me descubran aquí. Ay, mi querida y dulce Harriet, mi amiga y confidente, ¡cuánto me gustaría que estuvieras aquí!

Eternamente tuya
Lottie

P.D. ¡Si vuelvo a encontrar un solo bicho más en mis zapatos, creo que mi marido no será el único culpable de asesinato en esta casa!

Dos días después de que Lottie enviara la carta a Harriet, el sol de última hora de la tarde asomó por entre las nubes en un excepcional acto de presencia. Ansiando un sorbito de primavera, Lottie decidió escapar de la casa y de Allegra por un rato. Iba paseando cerca del establo cuando sintió un ya conocido hormigueo en la nuca. Harta de que jugaran con ella, se giró bruscamente, con toda la intención de enviar de un cachete a la hosca y fisgona hija de Hayden a la próxima semana.

Entonces vio un gatito amarillo que venía tras ella sobre patitas inestables. Empezó a retroceder como si el animalito fuera un tigre de Bengala.

—¡Ah, no, no, de ninguna manera! Lo último que necesito en este momento es más gatos atiborrándome la vida. Vete, vuélvete por donde viniste.

Continuó retrocediendo, echándolo con movimientos de las manos.

Sin inmutarse por su rechazo, el gatito sencillamente aceleró el paso hasta la carrera y le cogió un tobillo. Gimiendo, Lottie se agachó a cogerlo y se lo puso en la palma. Con su ronco maullido y su suave mata de pelaje amarillo, el animalito más parecía un patito bebé que un gatito bebé.

Del establo salió corriendo un desgarbado muchacho con un grueso mechón de pelo negro sobre la frente. Cuando la vio acunando al gatito, frenó de un patinazo y se quitó la aporreada gorra.

—Perdone la molestia, milady. Su mamá desapareció. Abandonó a este pequeñín y a otros tres iguales para que se las arreglen solos.

Lottie consiguió a duras penas resistir el deseo de volver a gemir.

—¿Otros tres, dices, Jem?

—Pues sí —dijo el muchacho, moviendo tristemente la cabeza—. Y los pobres son muy pequeños todavía para alimentarse solos.

Como para recalcar esas palabras, salieron del establo anadeando otros tres gatitos de diversas formas y colores, dando la impresión de un colorido conjunto de ratones demasiado crecidos.

Cuando el gatito amarillo le subió por el brazo hasta el hombro, Lottie exhaló un suspiro de derrota.

—¿Supongo que también tendréis un cesto ahí?

Con la intención de llevar a los gatitos hasta su dormitorio sin que nadie la viera, Lottie entró por una puerta cristalera abierta del lado de la casa que daba al mar. A golpes de brazo consiguió abrirse paso por entre las pesadas y sofocantes cortinas de terciopelo y al salir al otro lado se encontró frente a un imponente escritorio de caoba cargado por pilas de libros de cuentas encuadernados en piel.

Y daba la casualidad de que detrás de ese escritorio estaba sentado su marido.

Él la estaba mirando con indiferente interés, como si ella fuera una especie de gusano exótico que acababa de salir de un túnel abierto por él en la madera.

Se puso el cesto pegado al pecho, agradeciendo haber tenido la ocurrencia de ponerle un pañuelo encima.

—¡Vaya, hola! —gritó, por si gritando ahogaba los esporádicos gruñidos de los gatos—. Hace un día precioso, ¿verdad? He estado por ahí recogiendo... —a ver, ¿qué tipo de fruta o verdura podría crecer en ese terreno tan pedregoso e inhóspito?— nueces. Estuve cogiendo nueces.

Sonriendo agradablemente, Hayden alargó la mano para coger el cordón de llamar que estaba detrás del escritorio.

—Será mejor que llame a Martha, ¿verdad? Tal vez ella le pida a la cocinera que las hornee para hacer un pastel.

Lottie no pudo ocultar su horror.

—¡Uy, no! No la llames, por favor. Prefiero comérmelas recién sacadas de la cáscara.

—Como quieras —musitó él volviendo la atención a sus cuentas.
Ella se dirigió a la puerta.

—¿Carlotta?

—¿Sí?

—Van a tener hambre —dijo él sin levantar la vista—. Bien podrías pasar por la cocina para que te den unos pocos arenques y nata.

Lottie paró en seco. Allegra tenía razón, pensó; aquel hombre era francamente insufrible. Miró el ondulante pañuelo que cubría el cesto. ¿Qué fue lo que le dijeron Laura y Diana la noche anterior a la boda? ¿Que no era infrecuente que los amantes se hicieran solícitos regalitos entre ellos para cortejarse fuera del dormitorio?

—Deberías avergonzarte, milord —dijo, volviéndose a mirarlo.
Al menos él le hizo el honor de levantar la vista de su trabajo.

—¿Sí?

—Sí. Porque has ido y estropeado mi sorpresa. —Caminó hasta el escritorio, desmesuradamente complacida por haber despertado una emoción en él, aunque solo fuera de sospecha—. Pensaba atar una bonita cinta alrededor de mi regalo antes de ofrecértelo.

Poniendo el cesto sobre el escritorio, le quitó el pañuelo con ademán triunfal. Los gatitos salieron y empezaron a anadear sobre el escritorio, desparramándose en todas direcciones. Hayden no podría haber parecido más horrorizado si le hubiera arrojado un nido de víboras venenosas sobre el papel secante. Un gatito a manchas blancas y rojizas empezó a morderle el extremo de la pluma mientras uno negro se precipitaba sobre un tintero abierto.

Él cogió el tintero justo a tiempo. El gatito rodó por el borde del escritorio y fue a caer dentro de una papelera de madera, donde procedió a soltar un agudo maullido.

—¡Uuuy, mira! —exclamó Lottie, apuntando hacia el gatito amarillo.

Este había saltado al regazo de Hayden y estaba encantado chupando uno de los botones forrados de su chaleco, ahogando con su ronroneo los suplicantes chillidos del que estaba en la papelera para que lo rescataran.

—¿No es precioso? —comentó Lottie—. Cree que eres su madre.

Arrugando la nariz, Hayden desprendió con sumo cuidado al gatito de su botón y lo sostuvo a la distancia del brazo.

—Bueno, pues no lo soy. —Pasó su indignada mirada del gatito a Lottie—. Agradezco tu generosidad, milady, pero ¿qué debo hacer con estos... estos... animalitos?

Lottie retrocedió hasta la puerta, sintiéndose como si acabara de lamerse un plato de nata fresca.

—Ah, no sé. Tal vez deberías llamar a Martha y pedirle que los ase al horno.

—No me tientes —gruñó él, moviendo la pierna para desprenderse el gatito negro, que por fin había logrado volcar la papelera y en ese momento iba enterrando sus uñitas subiendo por la pernera de su pantalón de ante.

—No lo soñaría —repuso ella, mirándolo con una coquetona sonrisa.

Y acto seguido, salió de la sala.

Lottie seguía sonriendo cuando pasó por el vestíbulo de entrada en dirección a la cocina. Por lo menos tenía que colaborar gorreando unos pocos arenques y nata, aunque no habría sabido decir si eso lo hacía por compasión por Hayden o por los gatitos. Tal vez debería ver la posibilidad de poner por obra algunas de las otras sugerencias de su tía y hermana. Si no otra cosa, por fin había logrado tener la atención indivisa de su marido.

Cuando tomó por el corredor que llevaba a la escalera al semisótano, Meggie venía caminando en dirección opuesta, sus trenzas cobrizas asomadas bajo la cofia. En lugar de detenerse a hacerle una deferente venia como hacía normalmente, la joven criada pasó por su lado mascullando un casi inaudible «perdón», su cara roja desviada hacia otro lado.

Lottie se giró a mirarla un momento, perpleja, y luego reanudó la marcha.

Antes que llegara al pie de la escalera llegó a sus oídos el zumbido de voces alborotadas y alegres risas. Pasando por debajo de la hilera de cazos de cobre que colgaban del cielo raso estucado en yeso, asomó la cabeza y vio a un grupo de criados reunidos alrededor de una aporreada mesa de pino, todos mirando algo que había extendido sobre su superficie. Por ningún lado se veía a Giles, ni a Martha ni a la señora Cavendish.

—Lea eso otra vez —pidió una de las fregonas a la cocinera, apuntando por encima del hombro de un corpulento lacayo.

—Léelo tú —gruñó la cocinera, inclinándose hasta que su huesuda nariz casi tocó la mesa—. Todavía no he terminado este.

—No sabe —dijo el lacayo—. Su mamá no le enseñó a leer.

La criada le dio un buen pellizco en el trasero por encima de la librea.

—Pero me enseñó otras cosas, ¿no, Mac?

Mientras los dos se desternillaban de risa cogidos por los hombros, la cocinera les enseñó por encima del hombro un panfleto de los baratos que se vendían en los muelles.

—Este, coged este. Trae dibujos.

—¡Oohhh!

Lanzando exclamaciones al unísono, le arrancaron la hoja de la mano, casi rompiéndola en dos por la impaciencia. Lottie se acercó otro poco más, dominada por la curiosidad. Ladeó la cabeza a un lado y al otro, pero sólo pudo ver una grosera caricatura de un hombre y una mujer.

—¿Queréis oír esto? —dijo una de las criadas que sí sabía leer levantando la arrugada hoja con los ojos brillantes de entusiasmo—. «Antes de atraparlo para que se casara con ella, se rumoreaba que había disfrutado de un buen número de aventuras amorosas con otros hombres, entre ellas una breve diversión con el rey. —Varios criados ahogaron exclamaciones—. Sus ex amantes aseguran que a su enorme apetito sólo lo superaba su ambición».

Lottie hizo un gesto de compasión. En otro tiempo tal vez ella se habría lanzado a leer esa hoja con una avidez morbosa mayor que la de ellos, pero en ese momento sólo sentía compasión por esa maltratada víctima. Ninguna mujer, por impura que fuera, se merecía que mancharan su reputación con un alquitrán tan negro.

—¡Noviazgo brevísimo, y un cuerno! —bufó la cocinera—. Más se parece a una araña tejiendo una tela para cazar la mosca más gorda y jugosa.

Alguien metió otro panfleto en la refriega.

—¡Ja! ¡Escuchad esto! «Después de una tórrida noche de pecado, la ingeniosa hija de párroco descubrió que el cachondo noble era la respuesta a todas sus oraciones.»

—¡No parece estar rezando en este dibujo!

El lacayo levantó la hoja dejándola claramente a la vista. El dibujo era el de una joven de inmensos ojos y abultados pechos arrodillada ante un caballero de sonrisa satisfecha. El lacayo tenía razón. La muchacha ciertamente no estaba rezando.

Lottie se llevó la mano al estómago, sintiéndose súbitamente enferma. Su precipitado matrimonio podía haber aplacado a los diarios más respetables, pero no a esas vulgares basuras. Eso era exactamente de lo que había querido protegerla Sterling. Había estado dispuesto a matar o a arriesgarse a que lo mataran para silenciar esas horribles voces.

—No me extraña que el amo no se dé ninguna prisa en darle la bienvenida en su cama —dijo uno de los jardineros—. Probablemente tiene miedo de que le contagie la sífilis.

—O tal vez está esperando estar seguro de que no lleva algo de otro caballero en el vientre.

Todos se echaron a reír, pero el cacareo de la fregona acabó en un chillido agudo cuando giró la cara. El color le abandonó las rubicundas mejillas, que le quedaron blancas como la tiza. Lottie pensó que ella había causado esa violenta reacción, pero la horrorizada mirada de la mujer no estaba fija en ella sino en algo que había encima de su hombro izquierdo. Uno a uno los criados se fueron haciendo callar entre ellos a codazos.

—¿Alguien querría explicarme qué significa esto?

Las comedidas palabras de Hayden sonaron como un cañonazo en el repentino silencio.

Lottie debió comenzar a caerse sin darse cuenta, porque las manos de su marido se cerraron sobre sus hombros, afirmándola. Aunque su primer impulso fue apoyarse en él, para absorber su calor y su fuerza, se obligó a continuar bien derecha. Al lado de él estaban Martha, muy enfurruñada, y la señora Cavendish, muy pálida.

Rápidamente empezaron a desaparecer bajo la mesa los diarios y panfletos.

—Sólo nos estábamos divirtiendo un poco, milord —gimoteó la cocinera—. No pretendíamos hacer ningún daño.

Cuando el lacayo trató de esconder la hoja a la espalda, Hayden alargó la mano para cogerla.

—¡No! —exclamó Lottie, arrebatándola del gordo puño del lacayo y haciendo una bola con ella antes que Hayden pudiera verla.

Hayden le cogió la muñeca y arrancó la hoja de sus rígidos dedos. Mientras la alisaba ella sintió la tentación de cerrar los ojos antes que él viera lo que tenía en las manos, pero su orgullo le mantuvo los ardientes ojos firmemente fijos en su cara.

Mientras Hayden miraba el grosero dibujo le fue subiendo un intenso rubor por la garganta. Levantó sus oscuras pestañas para mirarla, arrugando el papel en el puño. Pese a la violencia del gesto, su voz fue dulce al decir:

—Lo siento mucho. Había esperado ahorrarte esto.

Todo asomo de esa dulzura desapareció cuando volvió la atención a su personal.

—¿Quién trajo esta basura a mi casa?

Nadie se atrevió ni a respirar.

Dando un paso hacia la cocinera, Hayden estiró la mano. Pasado un instante de vacilación, ella sacó el amarillento diario de debajo de la mesa y se lo puso en la palma. Él lo arrojó al fuego de la cocina sin tomarse la molestia de mirarlo. Sin pérdida de tiempo los demás criados fueron pasando en fila tirando a las llamas diarios, panfletos y hojas hasta que el olor a papel impreso quemado impregnaba totalmente el aire.

Hayden se dio media vuelta, con ojos implacables:

—Señora Cavendish, la considero personalmente responsable de su personal. ¿Le importaría identificar a la persona culpable de introducir est... esta basura en mi casa?

El ama de llaves retrocedió un paso.

—Pe-pero, milord, yo no sabía nada de esto hasta que Meggie me fue a buscar tal como le fue a buscar a usted. ¿Cómo puedo encontrar al culpable?

Martha estaba mirando uno a uno a los alicaídos criados con los ojos entrecerrados.

—Dejádmelo a mí —mascullό, y desapareció por el oscuro corredor que llevaba a las habitaciones de los criados.

Cuando el penoso silencio ya se alargaba mucho, el lacayo bajó la cabeza y movió el pulgar hacia el fuego de la cocina.

—Todo el mundo sabe que se inventan la mitad de esas tonterías, milord. No era nuestra intención faltarle el respeto a ella.

Hayden dio un paso hacia él, la tensión enroscada en todos sus músculos. Por un negro instante, Lottie pensó que le iba a poner las manos encima al hombre.

—¿A ella? ¿Te refieres a «mi esposa» por casualidad? —El posesivo brillo de sus ojos le produjo un delicioso estremecimiento a Lottie—. ¿A tu «señora»? ¿A la marquesa? —Su glacial mirada pasó revista al resto de los criados—. ¿A la señora que tiene el poder de despediros a todos sin recomendación ni salario?

Todos quedaron tan abatidos que Lottie estaba a punto de tranquilizarlos diciéndoles que no tenía ninguna intención de hacer eso, cuando entró Martha en la cocina arrastrando a una llorosa criada. La cofia demasiado grande para la muchacha se le había caído sobre los ojos y lo único que se veía de su cara eran los labios temblorosos y la nariz muy roja.

—¡Encontré a la culpable! —anunció la vieja niñera en tono triunfal—. Bastó un buen pellizco para que confesara que tenía escondidas esas asquerosas páginas de chismes en su maleta. Bueno, muchacha malvada, ¿tienes algo que decirle a tu señora antes que te envíe a hacer tu equipaje?

Diciendo eso le dio un empujón hacia Lottie, quitándole la cofia.

La muchacha miró a Lottie pestañeando sobre los ojos empañados, su lacio pelo aplastado a la cabeza y su redonda cara toda mojada por las lágrimas.

Lottie la miró boquiabierta.

—¿Harriet?

—¡Lottie! —sollozó Harriet y corrió a echarse en sus brazos, con tanta fuerza que casi la tiró al suelo.

Capítulo 12

Su cruel aunque hermoso semblante comenzó a acosar mis sueños, y también mis horas de vigilia.

Martha estaba absolutamente pasmada.

—Milady, ¿qué hace? No puede ser que conozca a esta criatura.

—Pues sí que la conozco. —Todavía aturdida por la conmoción, rodeó con un brazo protector a la llorosa muchacha y clavó la mirada en la niñera—. Esta «criatura» es mi mejor amiga, la que más quiero en el mundo, la señorita Harriet Dimwinkle. Su padre es magistrado en Kent.

—¿Magistrado? —repitió Martha, retrocediendo tambaleante.

La cocinera le acercó una silla. La anciana se dejó caer pesadamente en ella. A juzgar por los moretones que adornaban los brazos de Harriet, algunos medio desvanecidos, otros frescos, no era la primera vez que la pellizcaban por una u otra infracción. Y a juzgar por los ojos velados de Martha, ya estaba visualizando imágenes de ella encadenada en la prisión de algún idílico pueblo inglés.

Aunque la señora Cavendish cloqueó desaprobadora, en sus ojos brillaba un destello de triunfo:

—Deberías haberme hecho caso. Te advertí que sólo nos traería problemas contratar a esta tonta... —al advertir la expresión con que la miraba Lottie, sonrió con los dientes apretados— esta querida muchacha.

No tardaron en aparecer dos sillas, para Lottie y Harriet. Lottie llevó suavemente a su amiga a sentarse en una y ella se sentó al frente. Le frotó las manos temblorosas entre las suyas.

—Creí que habías vuelto a Kent. ¿Cómo demonios acabaste aquí?

—Me interesa muchísimo oír la respuesta a esa pregunta —dijo Hayden.

Acto seguido sacó un pañuelo del bolsillo de su chaleco y se lo pasó a Harriet. Después fue a apoyarse en el hogar de piedra, con un aspecto aún más enfurecedoramente masculino que de costumbre en ese dominio femenino.

—Huí —contestó Harriet en medio de una hipada—. Hice creer al duque y la duquesa que volvía con mi familia, pero no me atreví a llegar hasta allí. Sabía lo desilusionados que se sentirían mis padres si me veían de vuelta en su puerta. Tenían tantas esperanzas de que encontrara un marido en Londres para librarse de mí.

—Pero ¿cómo hiciste todo el camino hasta Cornualles sin siquiera un criado que cuidara de ti?

—Tu hermana me dejó en el coche de línea para Kent, pero yo me bajé por la otra puerta y troqué mi mejor broche por un pasaje en el coche correo que viaja a Cornualles. —Harriet se sonó sonoramente en el pañuelo de Hayden—. Sabía que nadie me echaría de menos.

Lottie le apartó un mechón de pelo del ojo.

—Pobrecilla. ¿Qué les ocurrió a tus anteojos?

—Me los saqué en el coche para limpiarlos y un corpulento caballero que subió se sentó justo encima. En lugar de pedir disculpas por rompérmelos, me chilló llamándome estúpida y descuidada.

Nuevas lágrimas le brotaron de los ojos. Lottie le apretó las manos antes que le diera otro ataque de llanto.

—¿Por qué no acudiste a mí inmediatamente? ¿Por qué pensaste que tenías que hacerte pasar por una criada?

Harriet echó una furtiva mirada a Hayden.

—Tenía miedo de que me devolviera a mi familia. —Se le acercó más y añadió en un susurro teatral que oyeron claramente todos—: O que me hiciera desaparecer.

Hayden miró al cielo poniendo los ojos en blanco.

—Con todo lo fascinantes que han sido sus aventuras, señorita Dimwinkle, todavía no nos ha explicado cómo llegaron a su posesión esos panfletos y periódicos de chismes.

Harriet levantó sus mojados ojos hacia él.

—Estaban vendiendo esas horrendas cosas en la calle, delante de la posada donde yo estaba esperando el coche. Gasté mi último chelín en comprar todas las que pude para que nadie más las viera. Las iba a quemar a la primera oportunidad que tuviera.

—Pero no las quemó —le recordó Hayden amablemente.

—Para ser franca, se me olvidó hacerlo. Entre quitar el polvo, barrer, los gritos...

—Y los pellizcos —añadió Lottie, mirando a Martha, reprobadora.

Harriet se encogió de hombros.

—No sé quién los robó de mi maleta y los dejó fuera para que las encontraran los demás criados. ¿Quién podría hacer algo tan cruel y malvado?

—¿Quién, si no? —musitó Lottie, sintiendo tensa la boca.

Demasiado tarde cayó en la cuenta de que Hayden tenía fijos los ojos en ella, con expresión pensativa. Al verlo apartarse del hogar y salir de la cocina sin decir palabra, no tuvo otra opción que seguirlo.

Encontraron a Allegra en la sala de estudio, sentada ante su pequeño escritorio de madera en medio de un pozo de sol. Estaba copiando números de su libro de texto elemental en un cuaderno en blanco, en ordenaditas columnas. Tenía subidas sus dos sucias medias y una cinta color lavanda desteñida le impedía al pelo caerle sobre la cara. La muñeca de Lottie estaba sentada a su lado, sus rizos amarillos chamuscados atados con una cinta del mismo color.

Cuando entró Lottie, Allegra le sonrió de oreja a oreja.

—Buenas tardes, mamá. ¿Es la hora de mi clase?

—¿Cómo puedes decir eso? —dijo Hayden, entrando por el lado de Lottie.

Cuando la imponente figura le hizo sombra sobre el escritorio, a Allegra se le desvaneció la sonrisa.

—¿Tienes algo que decir en tu defensa, señorita?

Allegra cerró lentamente el libro de texto antes de levantarse a enfrentar a su padre. No gastó saliva en negar su tácita acusación.

—No diré que lo siento porque no lo siento. Pensé que debían saberlo. Pensé que todo el mundo debería saber con qué clase de mujer te has casado.

Lottie procuró dominar la rabia.

—Es posible que seas demasiado pequeña e ingenua para comprenderlo, pero las historias que publican ese tipo de periódicos no sólo son crueles sino también falsas. La única manera de lucrarse es propagar mentiras acerca de personas inocentes.

Allegra metió la mano debajo del libro de texto y sacó otro panfleto. A juzgar por lo arrugado que estaba y las manchas de dedos sucios, lo había leído más de una vez.

—¿Y esto? ¿También es mentira? —Empezó a leer, con la voz y las manos temblorosas—: «Muchos recuerdan todavía cuando Oakleigh empleó sus letales encantos para cortejar y conquistar el corazón de la exquisita Justine du Lac. Vale más que su nueva esposa tenga cuidado. Parece que enamorarse del Marqués Asesino está sólo a un corto paso de distancia de caerse por un acantilado. O de que la empujen».

Por un terrible momento, Lottie no pudo ni siquiera mirar a Hayden. Lo único que pudo hacer fue retener el aliento y esperar que él se echara a reír, que le revolviera el pelo a su hija y la retara por hacer caso de toda esa disparatada basura. Le bastó una sola mirada a los afligidos ojos de la niña para saber que esta estaba esperando lo mismo. Y que llevaba esperando más tiempo que ella.

No teniendo la paciencia de la niña, se volvió osadamente a mirarlo.

—Vete a tu habitación, Allegra —ordenó él, su cara tan impresionante e impasible como una máscara—. Y quédate ahí hasta que yo te mande llamar.

Un ahogado sollozo salió de la garganta de Allegra. Arrojando el panfleto al suelo, pasó corriendo junto a ellos y salió de la sala. Después de mirar a Lottie con una extraña expresión imposible de interpretar, Hayden giró sobre sus talones y salió detrás de la niña.

Hayden iba a galope tendido en su caballo por el páramo bajo la creciente oscuridad. Sabía que podía cabalgar hasta que los dos estuvieran cubiertos de sudor, pero no tendría forma de escapar de ese momento en la sala de estudio cuando Lottie se giró a mirarlo. En los años transcurridos desde la muerte de Justine, se había acostumbrado a todo tipo de miradas, miradas curiosas, miradas disimuladas, miradas desconfiadas. Incluso había logrado rodearse el corazón de un muro de defensa para soportar la sombra de duda que nublaba los ojos de su hija cada vez que lo miraba a la cara.

Pero cuando Lottie volvió hacia él sus ojos azules implacables, suplicándole, no, exigiéndole que contestara la única pregunta que nadie más se había atrevido a hacerle, sintió estremecerse sus defensas como si hubieran recibido un terrible golpe.

Cambiando el peso y tirando de las riendas, hizo virar al bayo al borde de un terreno pantanoso y lo puso a galope tendido en dirección a la casa. Podía estar dispuesto a arriesgar su cuello galopando por el terreno pantanoso, pero no estaba dispuesto a arriesgar el del caballo.

Debería haber sabido que Lottie no se arredraría ante ningún desafío. Para un hombre que había pasado los cuatro últimos años midiendo hasta su respiración por lo que le costaría, el intrépido valor de ella era enfurecedor e irresistible a la vez.

Casi deseaba haber visto alguna condenadora sombra de miedo u odio en sus ojos. Tal vez entonces podría dejarla de lado con la misma tranquilidad con que dejaba de lado el resto de sus emociones. Pero la posibilidad de que ella le creyera lo que fuera que le dijera, la posibilidad de que creyera «en» él, le ponía una tentación que no había previsto. Una tentación aún más dulce y más peligrosa que las exuberantes curvas de su cuerpo.

Inclinándose sobre el cuello del caballo, lo dirigió más allá de la casa, hacia los acantilados, con el fin de recordarse lo elevado que sería el precio de su rendición.

Estaba en el borde mismo del acantilado, contemplando el mar agitado como una hirviente caldera. Abajo las olas se estrellaban una tras otra contra las rocas dentadas, elevándose rociadas de espuma en el aire. Se levantó una fresca nube de niebla que la envolvió, pegándole la delgadísima seda del camisón a los contornos de sus pechos y caderas. Aunque se estremeció, no retrocedió. Toda su vida había soñado con esa desatada braveza. Mientras una parte de ella ansiaba escapar de la noche oscura y ventosa, otra parte ansiaba abrir los brazos para acogerla, para entregarse a su omniabarcador abrazo.

Se giró lentamente. Él estaba ahí, como sabía que estaría, una silueta más oscura en la negrura del cielo. Cuando él le tendió los brazos, ella dio otro paso hacia el borde del acantilado. Pero los dos sabían que ella no huiría. No podía resistirse a él más de lo que podían resistirse las mareas a la implacable atracción de la luna. Fundiéndose en sus brazos, levantó la cara para recibir su beso.

Él se apoderó de su boca, suave y tiernamente al principio y luego fuerte y apasionado, violento, su lengua saqueándole su ansiosa dulzura. Se aferró a él correspondiéndole la pasión con frenética entrega, sabiendo que jamás tendría suficiente mientras no se unieran hasta la última pulgada de sus cuerpos, mientras ella no se rindiera a su voluntad y lo introdujera en lo más profundo de ella. Ardía por él en todos los lugares que la acariciaba, sus labios, sus pechos, el caliente y mojado lugar de la entrepierna. En otro tiempo él podría haberse contentado con saber que poseía su cuerpo y su corazón, pero esa noche su beso le exigía nada menos que el alma.

El viento sopló más fuerte aún, tratando de arrancarla de sus brazos. Pero ella sabía que no tenía nada que temer porque él jamás la soltaría. Al menos eso fue lo que creyó hasta que él apartó bruscamente su boca de la de ella y le dio un suave empujón. Cuando estaba oscilando en el borde del precipicio, lo último que vio fue su cara, hermosa y escalofriante en su absoluta ausencia de remordimiento.

Y entonces fue cayendo, cayendo, cayendo en el vasto abismo de la nada, su propio angustiado grito resonando en sus oídos.

Lottie levantó bruscamente la cabeza del escritorio, con la piel mojada por un sudor helado.

Todavía temblorosa, hizo a un lado las arrugadas páginas del manuscrito, y con los codos sobre el escritorio apoyó la cara en las manos. El sueño debía ser un castigo por quedarse escribiendo hasta tan tarde, y dormirse a mitad de un capítulo. Después de ayudar a Harriet a trasladar sus magras pertenencias desde las dependencias de los criados al dormitorio de enfrente, se había ido a instalar en su escritorio a poner todas sus dudas y sospechas en otra escena de su novela. Una escena en que la heroína comienza a sospechar que el hombre al que le ha entregado el corazón es un insensible asesino.

Pero el sueño había sido más gráfico, más vivo que todas sus descripciones escritas. Aunque en ningún momento le vio claramente la cara al amante, todavía tenía el sabor de su beso en los labios, seguía sintiendo esa rara sensación en la entrepierna.

Se presionó las sienes con las yemas de los dedos, tratando de encontrarle sentido a todo eso. ¿Era ella la mujer que estaba al borde del acantilado en su sueño, o era la pobre Justine, traicionada por un beso desleal? ¿Era ese sueño una visión del pasado o una premonición del futuro? También era posible que sólo fuera el producto de su perturbada imaginación, alimentada por ese desastroso enfrentamiento entre Hayden y Allegra en la sala de estudio.

Pegó un salto cuando se abrió la puerta y entró Harriet corriendo, con el gorro de dormir caído sobre un ojo legañoso.

—¿Es que no oyes esos terribles gritos? ¿Quién demonios podría hacer ese ruido tan espantoso? —Se dejó caer en el medio de la cama, a un pelo de aplastar a Zangoloteos, y metió los pies descalzos debajo del camisón—. ¿Podría ser el fantasma del que tanto hablan los criados en susurros? ¿Es cierto que hay un fantasma en esta casa?

Sólo entonces Lottie cayó en la cuenta de que no había soñado el espeluznante grito que la despertara. Ladeando la cabeza para escuchar, notó que el distante grito iba pasando a chillidos agudos intercalados por ruidos de rotura de cristales.

Negó con la cabeza.

—Eso, mi querida Harriet, no es ningún fantasma.

Harriet la miró con los ojos agrandados como un búho asustado.

—¿Qué es, entonces? ¿Serán contrabandistas que vienen a atacarnos? Esto es Cornualles, ¿sabes? ¿Es que nos van a violar en nuestras camas?

—Mucha suerte necesitaríamos para eso —masculló Lottie, todavía bajo los febriles efectos del sueño.

Pero sabía muy bien que ningún fantasma ni contrabandista armaría un alboroto tan ruidoso. Los horrorosos gritos continuaron y a medida que los oía le fue aumentando la irritación. Se había pasado las tres últimas semanas controlándola, tratando de ser una esposa amable, una madrastra paciente, una muy sufrida institutriz. ¿Y de qué le había servido? Se había visto desafiada en toda ocasión por una tirana de diez años, había sufrido las mofas e insultos de sus propios criados y tenido que reprimir las ansias de la caricia de un hombre que ni siquiera era capaz de negar que podría haber empujado a su anterior esposa por un acantilado en un ataque de celos. Por lo que a ella se refería, la virtud todavía no había revelado ninguna de sus recompensas.

Se levantó, metió las páginas de su manuscrito en el maletín y lo cerró de un golpe. Cogiendo su bata de una silla, se dirigió rápidamente a la puerta.

—¿Adónde vas? —le preguntó Harriet.

Lottie se volvió a mirarla con una expresión que su amiga conocía muy bien.

—Voy a demostrarle a cierta señorita por qué me llaman la Diablilla de Hertfordshire.

Mientras Lottie iba bajando a toda prisa la escalera hacia la primera planta, amarrándose el cinturón de la bata, el reloj de pared del rellano comenzó a dar las doce. A esas horas de la noche normalmente no se encontraba a ningún criado fuera de sus habitaciones, pero esa noche había criadas y lacayos yendo y viniendo por los corredores como ratones asustados. Varios le dirigieron miradas curiosas al verla pasar, claramente sorprendidos al encontrarse con su señora caminando por la casa en camisón de dormir y los cabellos sueltos a la espalda.

Al dar la vuelta a una esquina estuvo a punto de chocar con el corpulento lacayo que encontrara tan divertida esa cruel caricatura.

Cuando él retrocedió tambaleante, con las anchas mejillas coloradas, ella agitó los rizos:

—Si me perdonas, voy de camino a una cita romántica con el rey. —Se llevó un dedo a los labios y añadió en un susurro—: Pero por favor, hagas lo que hagas, no se lo digas al señor.

Dejándolo apoyado en la pared con la boca abierta, continuó su camino. Esa noche no tenía ninguna necesidad de vela ni de melodía fantasmal para guiarse. Los corredores estaban resplandecientes de luz, como si hubieran encendido todas las lámparas de la casa para mantener a raya un terror más escalofriante que el de un espíritu del más allá de la tumba. Fuera del dormitorio de Allegra estaban congregados varios criados, todos con las caras blancas de inquietud. A sus pies, el suelo estaba sembrado de trozos de porcelana rota. Jem, el joven mozo del establo, estaba apoyado en la pared sosteniendo un trapo ensangrentado en la cabeza. La puerta del dormitorio estaba cerrada, pero dentro continuaba la feroz tempestad de gritos y chillidos.

Antes que Lottie llegara a la puerta, la menuda Meggie se arrojó sobre la puerta, interceptándole el paso y haciéndole una torpe venia al mismo tiempo. Tuvo que gritar para hacerse oír por encima de los chillidos:

—¡No, milady, no nos atrevemos a volverla a abrir! —Se encogió cuando algo golpeó la puerta por el otro lado—. Ya le ha dejado un ojo negro a Girt y al pobre Jem le ha causado un terrible dolor de cabeza.

El mozo del establo asintió, haciendo un gesto de dolor por el movimiento.

—Sé que sólo quieres protegerme, pero sé cuidar de mí misma. Hazte a un lado, por favor —le ordenó Lottie.

Meggie miró desesperada al ensangrentado Jem.

—Ve a buscar al señor, Jem, y date prisa.

Gimiendo, Jem se apartó de la pared y echó a cojear por el corredor.

—Te agradezco lo que tratas de hacer, Meggie, de verdad —le aseguró Lottie—, pero como tu señora, insisto en que te hagas a un lado y me dejes entrar en esa habitación.

Seguía discutiendo con la muchacha cuando apareció Hayden avanzando por el corredor. Con el pelo despeinado y los ojos brillantes de resolución, se parecía tanto al amante de su sueño que Lottie sintió arder la piel y el corazón comenzó a latirle más rápido. Ni siquiera los dos gatitos que trotaban pegados a sus talones lo hacían parecer menos formidable.

—¿Qué demonios pretendes hacer?

Aunque él estaba imponente y amenazador ante ella, se mantuvo firme:

—Tu hija está perturbando el sueño de todos, incluido el mío. Simplemente quiero tener una pequeña charla con ella.

Dirigiendo una severa mirada a los criados, él le cogió la muñeca y la llevó al dormitorio desocupado de enfrente. La habitación sólo estaba iluminada por la luz de la luna, tal como lo estaba ese acantilado azotado por el viento en su sueño.

Esperando el tiempo suficiente para que entraran los gatitos y no hacerles daño, Hayden cerró la puerta, apagando el ruido a un volumen que hacía posible oír.

—Puedes «charlar» con ella hasta ponerte morada, pero te aseguro que lo único que conseguirás será gastar saliva. No hay manera de razonar con Allegra cuando se pone así. Ya envié a Martha al pueblo a buscar al doctor.

—¿Y qué esperas que haga él?

—Impedirle que se haga daño. O lo haga a otra persona. —Se pasó el pulgar por la delgada cicatriz de debajo de la oreja, tal vez sin darse cuenta de que lo hacía—. Si él logra meterle un poco de láudano por la garganta, es posible que duerma hasta mañana.

Lottie pensó de qué manera habría recibido la herida que le dejó esa cicatriz, y cuántas noches habría pasado sin dormir esperando que llegara el doctor para meterle láudano por la garganta a un ser querido.

Haciéndose fuerte para resistir la oleada de compasión que sintió, dijo:

—A mí me parece que lo que necesita Allegra no es tanto una dosis de láudano como una buena paliza.

Él la hizo retroceder hasta dejarle la espalda apoyada en la puerta, y ella tuvo la impresión de que era muy capaz de cometer un acto de violencia.

—He de decirte que nunca jamás le he puesto una mano encima a mi hija.

Al mirarlo, corpulento, enfadado y peligroso a la luz de la luna, Lottie se sorprendió al comprender que deseaba angustiosamente que le pusiera una mano encima a ella. Deseaba que le pusiera la mano en el pecho, que se lo acunara tiernamente en el hueco de su palma mientras lentamente bajaba su boca hacia la de ella y...

Un horroroso grito perforó la maciza madera de la puerta, haciendo trizas su escandalosa fantasía.

—Sí, eso es evidente, ¿no? —replicó, tratando de recuperar la serenidad—. Tal vez si lo hubieras hecho, todos estaríamos en la cama durmiendo en este momento. Así pues, ¿podrías decirme qué le provocó la pataleta esta vez? Me imagino que no fue bien la entrevista cuando la llamaste.

—No particularmente. —Apartándose de ella, Hayden se friccionó la nuca, su renuencia a confiar en ella, palpable—. Le dije que si no te pedía disculpas delante de los criados, la enviaría a un colegio. Y le dije que esta vez iba en serio.

Un zarcillo de afecto se desenroscó en el vientre de Lottie. Lo último que había esperado era que él la defendiera. Pero entonces le vino otro pensamiento a la cabeza: si él enviaba a Allegra al colegio, ya no tendría necesidad de ella. Aunque no habría sabido decir por qué, esa idea la invadió de una emoción peligrosamente cercana al pánico.

Se giró y cerró la mano sobre el pomo de la puerta.

—Te lo advierto —dijo Hayden—, no podrás razonar con ella. Es imposible cuando está atrapada en las garras de esta locura.

Lottie lo miró exasperada por encima del hombro.

—Ah, sí que está loca, absolutamente loca de rabia.

Abrió la puerta y salió con paso firme al corredor. Meggie la miró acercarse con los ojos agrandados de alarma.

Hayden salió pisándole los talones y ladró:

—Déjala entrar.

Aunque la criada abrió aún más los ojos, estaba claro que no tenía la menor intención de desafiar a su amo. Abrió la puerta de Allegra y corrió a buscar refugio en los brazos de Jem.

Lottie no vaciló ni un instante en su avance, ni siquiera cuando una jofaina de porcelana pasó volando cerca de su cabeza y fue a estrellarse en la pared del corredor, pasando a unos dedos de Hayden, que estaba cerca de la puerta. Sencillamente echó la mano hacia atrás y cerró la puerta en la cara de él. Una rápida mirada al desastre que reinaba en la habitación le dijo que a Allegra se le estaban acabando las cosas para arrojar.

La niña estaba acurrucada en medio de una enorme cama de cuatro postes, con las manos aferradas a las desordenadas mantas. Tenía la cara roja de rabia, y las largas pestañas oscuras pegadas por las lágrimas. Mientras Lottie la contemplaba tranquilamente, Allegra alargó la mano para coger el único objeto que quedaba sobre la cama, que era justamente la muñeca de Lottie. Cogiéndola de un pie la levantó por encima de la cabeza.

—Yo de ti no lo haría —le dijo Lottie.

Lo dijo en voz baja, pero en tono tan amenazador que la niña pareció pensarlo mejor, sobre todo cuando la vio mover nuevamente la mano hacia atrás y girar la llave en la cerradura.

Lentamente Allegra bajó la muñeca, mirándola con ojos feroces, y el pecho agitado.

—¿No te lo han dicho? No debes acercarte cuando estoy así. Estoy absolutamente loca, ¿sabes? N-no puedo controlarme. Podría golpearte, patearte, arañarte o... o... —Le enseñó los dientecitos de perla—. Vamos, ¡incluso podría morderte!

—Si me muerdes, yo te morderé también. Tengo experiencia, ¿sabes? Una vez mordí al rey.

Allegra la miró boquiabierta.

—¿De Inglaterra?

—El mismo. Fueron necesarios seis guardias para sacar mis dientes de su brazo. ¿O fueron ocho?

En realidad sólo habían sido tres, pero Lottie era de la opinión que una cierta exageración nunca estaba mal, ya fuera en literatura o en la vida real.

Avanzó hacia la cama. Allegra fue arrastrándose hacia atrás hasta que los hombros le quedaron tocando la cabecera de la cama.

—Te lo advierto. No te acerques. Si te acercas más, voy a... voy a dejar de respirar hasta ponerme morada.

Lottie se sentó al pie de la cama, sonriéndole amablemente.

—Adelante. No te sientas estorbada por mí.

Con aspecto más de irritación que de furia, Allegra hizo una honda inspiración, apretó los labios e hinchó las mejillas. Mientras los ojos de la niña se le iban desorbitando y el color de la cara iba pasando de sonrosado a morado, Lottie fue contando en silencio.

Sólo había llegado a treinta y cinco cuando Allegra se derrumbó en la almohada inspirando bocanadas de aire.

—No ha sido muy impresionante, la verdad —comentó, moviendo la cabeza—. Una vez que mi hermana le dio la última galleta para el té a mi hermano, yo retuve la respiración casi dos minutos. Cuando no pude más, mi hermana estaba llorando y George estaba arrodillado a mi lado suplicándome que me comiera la galleta.

Allegra se sentó y bajó la cabeza como un toro a punto de embestir. Era evidente que había reservado para el final la amenaza más terrible.

—Si no sales de mi habitación inmediatamente, voy a gritar.

Lottie se limitó a sonreír.

Allegra abrió la boca.

Lottie gritó.

Era un magistral grito operístico, a pleno pulmón, destinado a romper todos los tímpanos que se encontraran dentro de un radio de cincuenta leguas. Si hubiera quedado alguna pieza de porcelana intacta en la habitación se habría roto en mil pedazos.

Sólo cuando el volumen del grito fue disminuyendo, Lottie captó el ruido de unos puños golpeando la puerta frenéticos y una voz masculina gritando su nombre. La puerta saltó hacia dentro, desprendida de los goznes. Inmediatamente detrás de la puerta entró Hayden, que se detuvo tambaleante y absolutamente asombrado al ver a Lottie sentada al pie de la cama con una serena sonrisa en los labios, mientras Allegra estaba acurrucada contra la cabecera con las manos ocupadas en taparse los oídos.

Detrás de Hayden entraron Martha y un caballero de barba blanca que Lottie supuso que era el médico del pueblo. Los dos parecían estar igualmente perplejos.

Sollozando roncamente, Allegra se bajó de la cama de un salto, pasó corriendo junto a su padre y fue a arrojarse a los brazos de Martha.

—¡Ay, Martha, llévatela, por favor! Me portaré bien, lo juro, lo juro. Haré todo lo que desee mi padre. Pero por favor no la dejes que me muerda ni que vuelva a hacer ese horrible ruido.

Mientras Allegra escondía la cara en el pecho de Martha, sin dejar de sollozar, Lottie se incorporó. Hayden la estaba mirando como si fuera Atila el Huno y Juana de Arco combinados en una persona.

—Creo que ahora dormirá —le dijo Lottie. Miró intencionadamente al doctor—. «Sin» láudano.

Rehaciéndose el lazo del cinturón de la bata, pasó por el lado de ellos en dirección a la puerta. Al salir al corredor vio que Meggie, Jem y el resto de los criados la miraban de otra manera, con una mezcla de turbación y respeto.

—Ay, milady —le dijo Meggie—, pensamos que la señorita la estaba asesinando, eso pensamos. Nunca había visto al amo en ese estado. Vamos, empujó a Jem hacia un lado y echó abajo la puerta él solo.

Mientras Lottie pasaba, reprimiendo una sonrisa al imaginarse a Hayden echando abajo esa puerta como un caballero al rescate de su hermosa dama, cada uno de los criados fue haciéndole una venia o una profunda reverencia. Sabía que la disculpa de Allegra podía esperar hasta mañana. Ahora que estaban libres para irse a dormir en paz, a los criados ya no les importaba que se rumoreara que ella había sido la amante de todos los nobles de Londres.

Sencillamente estaban agradecidos de que ahora ella fuera su señora.

Capítulo 13

¿Cómo podría descubrir qué terribles secretos acechaban detrás de las muy cerradas puertas de su corazón?

A partir de esa noche, Allegra se convirtió en una alumna ejemplar. Cada mañana se presentaba a las diez en punto en la sala de estudio, con su delantal limpio y almidonado y las medias bien sujetas con sus ligas. De pie ante el escritorio, con las manos juntas delante, declinaba los sustantivos en latín uno tras otro y recitaba las tablas de multiplicar sin ninguna dificultad. Sabía localizar Marraquech en el globo terráqueo y hacía un relato oral de la historia de los ostrogodos y los visigodos que habría hecho llorar de envidia a los romanos.

Lottie ya no tenía que sacudir cuidadosamente sus zapatos cada mañana antes de ponérselos ni esconder sus sombreros y papalinas por si alguna cabra extraviada se le metía en el dormitorio. Con el silencio mantenido por Allegra y por el fantasma, ya todos habían podido disfrutar de varias apacibles noches de sueño tranquilo. Daba la impresión de que se hubiera declarado una especie de tregua en la casa Oakwylde, aunque sólo fuera una precaria.

Pero sin el reto de frustrar las jugarretas de Allegra, muy pronto Lottie se sintió atacada por otro mal: el aburrimiento. Además, Hayden se mostraba más reservado que nunca, tratándola con esa distante cortesía con que uno podría tratar a una prima de tercer grado.

Y si bien agradecía muchísimo la compañía de su amiga, Harriet nunca había sido lo que se dice muy interesante ni ingeniosa. Normalmente su principal tema de conversación era lo que se habían servido para acompañar el té el día anterior.

Un oscuro martes por la mañana en que se encontraba con Allegra en la sala de estudio, las dos mirando por la ventana, observando caer la lluvia sobre los paneles biselados, Lottie comenzó a sentir los párpados cada vez más pesados mientras una gota de lluvia se fundía con otra; un bostezo de Allegra era seguido al instante por otro de ella.

Despabilándose a tiempo de no caer dormida sobre el escritorio, cerró el libro con ademán decidido.

Allegra pegó un salto y con expresión culpable se puso a escribir como loca en su cuaderno.

Lottie se levantó.

—Llevamos una semana estudiando a Magallanes y a De Soto. Bueno, digo yo, ¿qué mejor manera de entender la mente de un gran explorador que salir a explorar?

Aunque Allegra no parecía menos recelosa que de costumbre, una chispa de interés le iluminó los ojos.

—¿Explorar?

—Reza el rumor que esta casa tiene más de cincuenta habitaciones, y a mí me parece que sólo he visto la mitad. ¿Qué te parece si empezamos la exploración por el ático y de ahí vamos bajando? Igual podríamos descubrir alguno de esos escondrijos para sacerdotes y pasajes secretos de los que siempre oigo susurrar a Meggie y Jem.

—Pero ¿y mi padre? Si no acabo mis lecciones de hoy, no estará complacido, ¿verdad?

Lottie sintió curvarse sus labios en una pícara sonrisa.

—También dice el rumor que esta mañana tu padre salió a caballo hacia Boscastle con su administrador y que no estará de vuelta hasta última hora de la tarde. Incluso Martha fue al pueblo hoy, a visitar a su hermana, para pasar el día con ella. —Aunque vio que Allegra seguía dudosa, extendió el brazo y le dijo—: Vamos, mi pequeña conquistadora, nos esperan nuevos mundos para conquistar.

En un día como ese, oscuro y ventoso, amenizado por el ruido de la lluvia al golpear el tejado de dos aguas, no había lugar mejor ni más acogedor que un desparramado ático. Las laberínticas habitaciones interconectadas, con arcones llenos de ropa apolillada y juguetes abandonados, mantuvieron ocupadas a Lottie y Allegra la mayor parte de la mañana. En un rincón Lottie descubrió un caballo mecedor moteado. Le pasó suavemente la mano por el cuello toscamente labrado, pensando si alguna vez habría pertenecido a Hayden.

Cerca del mediodía salieron finalmente del ático, con las medias polvorientas y el pelo lleno de telarañas. Aunque Allegra se aferraba a su pétrea reserva, Lottie mantenía viva la amable conversación por las dos.

Durante un rato vagaron por las plantas segunda y primera, encontrando solamente dormitorios y salas de estar polvorientas por falta de uso. Habían llegado al final de una larga galería de retratos cuando oyeron pasos aproximándose.

Lottie cogió la mano de Allegra y echó a correr hacia una escalera de atrás. Lógicamente, los pasos tenían que ser de alguna criada, tal vez Meggie, que llevaría una carga de ropa de cama recién planchada, pero siseó:

—¡Escapemos, De Soto! ¡Seguro que son esos malditos ingleses que pretenden atacar nuestros barcos para robarnos el botín!

Cuando llegaron a la planta baja, Lottie estaba sin aliento de tanto reír, e incluso Allegra parecía estar haciendo ímprobos esfuerzos por reprimir una sonrisa. Cuando salieron del hueco de la escalera se encontraron en el medio de un ancho corredor con hileras de puertas por ambos lados.

Allegra echó a andar hacia un extremo del corredor, con expresión sombría.

—No deberíamos estar aquí. No está permitido.

Lottie se giró lentamente y reconoció la puerta de doble batiente del otro extremo del corredor. Estaban en el ala oeste, exactamente en el lugar donde oyera la fantasmal música de piano su primera noche en la casa.

Allegra miró también la puerta por encima del hombro, con expresion culpable, y dijo en tono más urgente:

—Tendríamos que irnos, de verdad. No tengo permiso para jugar aquí.

Pero la mirada de Lottie volvió hacia esas misteriosas puertas. Las puertas contra las que la aplastó Hayden con sus manos ardientes, ávidas. Las puertas que él ni siquiera se dignó mirar cuando ella le mencionó la música de piano.

Echó a andar hacia ellas con pasos mesurados.

—¿Qué clase de exploradoras seríamos si huyéramos a la primera señal de peligro? —preguntó dulcemente.

Alargó la mano hacia uno de los pomos, con los dedos ligeramente temblorosos.

—No sirven de nada —dijo Allegra, acercándose también, como si no pudiera evitarlo—. Ha estado cerrada con llave más de cuatro años. Martha es la única que tiene permiso para tener una llave.

Lottie sabía muy bien que estaba mal alentar a Allegra a desobedecer a su padre. Pero su curiosidad ya estaba dominando rápidamente a su conciencia. Si él no tenía nada que ocultar, ¿por qué insistía en que se mantuvieran cerradas con llave esas puertas?

Notó que Allegra se acercaba más cuando ella se tocó el moño para sacar una horquilla. Puesto que no llevaba papalina, tendría que arreglárselas con una horquilla para el pelo. Después de varios minutos de hurgar, mover así y asá la horquilla, y mascullar, de pronto sintió rendirse la cerradura.

Se enderezó. Allegra estaba tan cerca de ella que le oía cada respiración, rápida y superficial. Echó atrás la mano y cogió la mano helada de la niña, sin saber si hacía eso para tranquilizarla o para tranquilizarse ella.

Cuando abrió la puerta, se le escapó un involuntario suspiro. La sala de forma octogonal era maravillosa: espaciosa, ventilada, alegre, femenina, sin un asomo de la caoba oscura que oscurecía el resto de la casa. Estaba decorada en el estilo griego renacentista que se puso tan de moda entre la crema de la sociedad sólo hacía unos años. Las paredes estaban recubiertas por paneles de madera blanca, adornados por hojas doradas. Los frisos y molduras estaban adornados por flores pintadas a mano. A intervalos a todo lo largo del perímetro se elevaban delgadas columnas que subían hasta un tragaluz en forma de cúpula, que desafiaba a la oscuridad captando hasta la última gota de luz del lluvioso cielo. Los paneles de la base de la cúpula estaban pintados de color azul cielo con esponjosas nubes blancas aquí y allá.

—Siempre me he imaginado que el cielo tiene que ser parecido a esto —comentó en un susurro, no queriendo perturbar el silencio.

El único sonido que se oía aparte del suave golpeteo de la lluvia en el tragaluz era el de los zapatos de ellas al caminar sobre el suelo de parqué cogidas de la mano.

Si eso era el cielo, la mujer del retrato que colgaba sobre la repisa de mármol blanco del hogar tenía que ser un ángel. Tan pronto como Lottie tuvo edad para bajarse de su cuna y caminar hasta un espejo, se había autoapodado la Beldad Incomparable. Pero esa criatura divina, de negra melena rizada y risueños ojos color violeta, era absolutamente incomparable.

«Por lo menos Ned tuvo el buen criterio de no enviarme una morena.»

Mientras esas pesarosas palabras de Hayden sonaban en su memoria, Lottie se pasó distraídamente una mano por el pelo. Por primera vez en su vida, su pelo le parecía desteñido, deslavado, una pálida sombra de un color más vibrante.

La mujer del retrato no tenía la piel blanca alabastro de una rosa inglesa sino de un atractivo color galo más vivo. Estaba mirando a alguien situado a la izquierda del pintor, a alguien que la invitaba a hacer un seductor morro en sus exuberantes labios y le hacía chispear los ojos con tácitas promesas. Era difícil creer que un espíritu como ese pudiera haber sido arrancado de la existencia. Incluso inmovilizada para siempre sobre el óleo, Justine estaba más viva de lo que la mayoría de las mujeres podían esperar estar alguna vez.

Era el tipo de mujer por la que podría morir un hombre. El tipo de mujer por la que un hombre podría matar.

Estaba tan impresionada que no notó que Allegra fue deslizando los dedos por los de ella hasta que ya no tenía su mano en la de ella. La miró y vio que la niña estaba mirando el retrato con una indiferencia casi espeluznante.

—Tu madre era hermosísima —dijo, tratando de ocultar su perturbación.

Allegra se encogió de hombros.

—Supongo. En realidad no la recuerdo.

Con la intención de romper el seductor hechizo del retrato, le volvió la espalda, y entonces cayó en la cuenta de que la habitación no era un salón sino una sala de música. En un rincón había un arpa, junto a un divan bajo. En el rincón opuesto había un clavicordio que tal vez se habría sentido más a gusto en una sala de música del siglo anterior. Pero el principal instrumento de la sala era un piano de mecanismo vienés que habían pintado de blanco para que hiciera juego con los paneles de las paredes. La tapa en forma de hoja estaba abierta y las graciosas patas talladas en curva eran el súmmum de la elegancia.

Fue a ponerse delante del instrumento y pasó suavemente la yema de un dedo por el brillante teclado de hueso y marfil. No había ni una mota de polvo sobre él. Si Martha era la única que tenía permiso para tener una llave de esa sala, quería decir que era una guardiana muy diligente del recuerdo de su ex señora.

Al captar un movimiento por el rabillo del ojo, le preguntó a Allegra:

—¿Tocas?

La niña retiró bruscamente la mano de las teclas y la escondió a la espalda.

—Noo, desde luego que no. Mi padre no lo permitiría jamás.

Lottie frunció el ceño. Había varias partituras amarillentas abiertas sobre el atril del piano, casi como si su dueña simplemente se hubiera tomado un tiempo para ir a tomar el té de la tarde y fuera a volver en cualquier momento. Se sentó en la banqueta, sintiéndose como si estuviera profanando un altar sagrado.

Flexionó los dedos, ensayó torpemente unos cuantos acordes y comenzó a tocar. El piano tenía un hermoso sonido: vibrante, dulce, majestuoso. Siempre le había encantado aporrear cualquier instrumento. Mucho antes que Sterling le contratara a su primer profesor de música, había pasado muchas veladas felices con George y Laura reunidos alrededor del piano del salón de lady Eleanor.

Después de un comienzo a tropezones, sus dedos empezaron a volar ágilmente por el teclado en un animado movimiento de la *Música acuática* de Haendel, que siempre había sido uno de sus favoritos. Miró de soslayo a Allegra por encima del hombro.

La niña estaba mirando las teclas con una intensa avidez que ella nunca había visto en sus ojos. Cambiando de ritmo, se lanzó a tocar una alegre giga escocesa. Sonriéndole a Allegra por encima del hombro, empezó a cantar con un exagerado acento escocés:

Mi mujer es una pícara caprichosita,
no se deja llevar por mí.
Vende su chaqueta y se la bebe,
vende su chaqueta y se la bebe,
se enrolla en una manta
y no se deja llevar por mí.

Muy pronto Allegra estaba tarareando y golpeando el pie al alegre ritmo de la música. Después de la tercera estrofa, cantó también el estribillo, tímidamente al principio, pero fue adquiriendo confianza. Su llena voz de contralto era el complemento perfecto para la voz soprano de Lottie.

Sin tener muy claro por qué, Lottie no soportaba la idea de que Allegra volviera a replegarse en su caparazón de recelo. Cuando terminaron de cantar todas las estrofas de la canción, empezó a inventar otras por su cuenta. Muy pronto las dos estaban riéndose tan fuerte de las absurdas improvisaciones que no les salían las palabras del estribillo. Ninguna de las dos se dio cuenta de que habían dejado entreabierta la puerta de la sala.

Música y risas.

Dos sonidos que Hayden nunca se imaginó que volvería a oír en la casa Oakwylde. Sin embargo, cuando obligadamente llegó temprano a casa debido a que un puente arrasado por el río les impidió llegar a Boscastle, oyó esos dos sonidos.

Se quedó inmóvil en el vestíbulo, con el agua chorreándole del ala del sombrero, y puso atención a esos sonidos fantasmales. Aturdido, por un momento creyó que el tiempo había retrocedido al pasado durante su ausencia.

Se vio caminando por el corredor en dirección a la sala de música, con pasos no pesados por el miedo sino ligeros e impacientes.

Abrió las puertas y allí estaba Allegra, no alta ni desgarbada, sino pequeña y regordeta, sentada en la falda de su madre.

Sus cabezas morenas unidas parecían una sola. Justine estaba presionando pacientemente los deditos de Allegra sobre las teclas del piano al tiempo que cantaba una alegre canción infantil con su dulce voz de contralto. Él estuvo un buen rato apoyado en el marco de la puerta, contentándose con contemplarlas a las dos juntas. Con gran alivio observó que bajo los ojos de su mujer no había ninguna sombra que indicara que las cosas estaban mal a su regreso a casa.

—¡Papá! —gritó Allegra al verlo, sus ojos iluminados por la alegría.

Se bajó de la falda de su madre y se fue hacia él con sus torpes e inseguros pasitos, para que la cogiera en brazos. Cuando apretó su regordeta mejilla contra la de él, cerró los ojos y aspiró el dulce aroma de su bebé.

Cuando abrió los ojos, seguía de pie en el ventoso vestíbulo, con los brazos vacíos y el corazón apenado por la pérdida.

—¿Milord? —le dijo Giles, perplejo—. Está totalmente empapado. ¿Le quito la chaqueta y el sombrero?

Hayden no le contestó. Simplemente lo hizo a un lado y echó a andar hacia la sala de música.

Lottie y Allegra estaban tan inmersas en su diversión que no oyeron sus pasos por la sala, y sólo se dieron cuenta de que ya no estaban solas cuando la tapa del piano se cerró con un fuerte golpe y lo vieron a él detrás.

Capítulo 14

Ay de mí, cada palabra que salía de sus labios era una bonita mentira destinada a seducirme.

Lottie se levantó de la banqueta y miró a Hayden a través de la tapa brillante, con el golpe todavía zumbando en los oídos.

Él ni siquiera se había tomado el tiempo para quitarse la chaqueta ni el sombrero. El agua caía al suelo de parqué desde los hombros de la corta esclavina de la capa, y el ala del sombrero le dejaba en sombra los ojos. Por el rabillo del ojo, Lottie vio que Allegra estaba encogida, con los hombros hundidos y los labios apretados y pálidos. Al verla así sintió el intenso deseo de dar un fuerte golpe en el suelo con el pie.

—¿Quién os dejó entrar? —preguntó Hayden.

—Nadie —repuso Lottie, veraz y desafiante a la vez.

Él pasó su acusadora mirada a Allegra.

—¿Allegra?

La niña negó enérgicamente con la cabeza.

—Yo no tengo la llave.

Él se quitó el sombrero. Al ver el primer atisbo de sus ojos, Lottie casi deseó que no se lo hubiera quitado.

—Entonces ¿cómo demonios habéis entrado aquí? Sabéis que está prohibido.

—Estábamos jugando a exploradores —confesó Lottie, con la esperanza de desviar su atención de la niña.

Su estratagema le salió demasiado bien. Hayden dio la vuelta al piano y fue a colocarse delante de ella, mirándola con los ojos entornados y retándola a continuar.

Ella se encogió de hombros como pidiendo disculpas.

—Y como sin duda sabes muy bien, no hay nada que seduzca tanto a un explorador como el atractivo de lo prohibido.

Por un breve instante destelló algo en los humosos ojos verdes de él, algo peligroso y seductor.

—¿Qué hiciste, pues? ¿Robarle la llave a Martha?

—¡Claro que no! Jamás alentaría a Allegra a robar —repuso, juntando remilgadamente las manos—. Simplemente forcé la cerradura con una de mis horquillas.

—Ah, ¡qué gracia! No quieres alentar a mi hija a robar, pero no tienes ningún escrúpulo en enseñarle a forzar una cerradura.

Allegra dio la vuelta al piano y le tiró la manga de la chaqueta, pero él estaba tan ocupado mirando a Lottie furioso que no se enteró.

—¿Qué piensas hacer para tu próxima clase? ¿Enseñarle a detener un coche a punta de pistola?

Antes que Lottie pudiera replicar, Allegra le dio otro tirón a la manga de su padre, y esta vez consiguió captar su atención.

—No me enseñó a forzar la cerradura. Lo hizo ella sola. ¿Y sabes por qué? —preguntó en voz más alta—. Porque vio que yo me sentía sola, aburrida y desgraciada, y fue la única persona de esta casa que se preocupó de hacer algo por mí.

Hayden y Lottie la miraron boquiabiertos, atónitos por ese apasionado estallido. Jamás, ni en un millón de años, habría soñado Lottie que la niña acudiría en su defensa. Observando la feroz carita de la niña, sintió una inesperada oleada de ternura.

Pero al parecer Hayden no experimentó ninguna oleada ni punzada de sentimentalismo.

—Puede que tu madrastra no esté muy al tanto de las normas de esta casa, señorita, pero tú sí. No tienes la más mínima disculpa para tu desobediencia. —Movió la cabeza con expresión grave—. Me siento profundamente decepcionado de ti.

—Bueno, eso no es nada nuevo, ¿verdad, padre? Siempre te has sentido decepcionado.

En cierto modo, habría sido menos condenador si Allegra se hubiera echado a llorar y salido corriendo de la sala. Pero la niña se dio media vuelta y salió muy rígida de la sala, con las manos apretadas en puños.

Tragándose una maldición, Hayden dio la espalda al piano y se encontró cara a cara con el retrato de su primera mujer. Lottie casi agradeció el no poder verle la expresión en ese momento. Con una intuición que hasta el momento ignoraba poseer, súbitamente comprendió quién era la persona que estaba a la izquierda del pintor cuando estaba haciendo el retrato. Los risueños ojos y el encantador morro de Justine eran para Hayden, y sólo para él.

—Después que ella murió —dijo él finalmente, con la voz seca y rasposa como el polvo de una tumba—, pasé más de dos semanas en esta sala, negándome a comer, negándome a dormir y negándome a ver a mi hija. El día que por fin pude salir por esas puertas juré que nunca volvería a poner los pies aquí mientras viviera.

Rígidamente dio la espalda al retrato y a Lottie, como si ya no pudiera soportar mirar a ninguna de sus dos esposas.

—Lo lamento —susurró Lottie, sufriendo por primera vez todas las consecuencias de su travesura.

—¿Qué lamentas? —preguntó él, haciendo girar el sombrero entre las manos—. ¿Haberte burlado de mis deseos? ¿Animar intencionadamente a mi hija a desobedecerme? ¿Poner otra barrera más entre los dos con tu intromisión?

—Si crees que soy una influencia tan terrible para tu hija, no entiendo por qué me trajiste a Oakwylde, para empezar.

Él dejó caer el puño sobre el piano.

—¡Porque quería que fuera como tú!

Lottie lo miró sorprendida por esas palabras.

—Deseaba que usara su mente para pensar en la manera de salir de las situaciones en lugar de ser una esclava de sus estados de ánimo. Deseaba que fuera inteligente, fuerte, ingeniosa y segura de sí misma.

Mirando sus ojos fieros, bordeados por pestañas oscuras, Lottie sintió una extraña sensación de derretimiento en el vientre, como si hubiera comido un bocado del púdin de especias caliente de Cookie. Dio la vuelta al piano y se acercó a él lo más que se atrevió.

—Te juro que no era mi intención hacer ningún daño cuando la traje aquí. ¿No la oíste cuando entraste? Estaba cantando y riendo igual que cualquier niña normal de diez años. Por unos cortos minutos fue feliz.

—A su madre también le gustaba cantar y reír. Por desgracia, la felicidad de Justine siempre precedía a la desgracia de alguien, incluso la suya.

—¿Y a la tuya? —se atrevió a preguntar ella.

Hayden no contestó.

Ella exhaló un suspiro.

—Entonces ¿me vas a castigar por mi transgresión? ¿Me vas a enviar a la cama sin cenar?

—No seas ridícula. Aunque continúes portándote como una niña, no lo eres.

—Tampoco soy una criada —replicó ella—. Aunque tú insistas en tratarme como si lo fuera.

Cuando él se giró y se dirigió a la puerta, descartando fríamente su desafío, de pronto ella deseó tener una pataleta de la magnitud de las de Allegra. Deseó coger una de las preciosas pastoras de porcelana que le sonreían desde la repisa del hogar y arrojársela a la nuca.

—Tal vez no fue locura lo que llevó a tu mujer a la cama de otro hombre —le gritó—. Podría haber sido tu insufrible indiferencia.

Hayden se quedó inmóvil, concediéndole más o menos medio segundo de remordimiento. Entonces con un brusco movimiento se giró y volvió hacia ella, con un fuego en los ojos que derritió el hielo. A ella no la habría sorprendido ver salir vapor de la lana mojada de su chaqueta. Él la hizo retroceder con su cuerpo duro y musculoso hasta que quedó apoyada en el piano y con los potentes dedos de una mano le rodeó la nuca.

Pero en lugar de estrangularla, bajó la cabeza y posó la boca en la de ella. Ella supuso que quería castigarla con un beso, no darle placer. Y por eso la afectó aún más cuando moderó la violencia del beso con el seductor torbellino de su lengua por su boca. La besó como si ella le perteneciera, como si siempre le hubiera pertenecido y jamás dejaría de pertenecerle. Él era el amante de su sueño y el misterioso poder de su beso la hizo oscilar en el borde de un peligroso precipicio, a punto de caer en un abismo que ciertamente sería fatal para su cuerpo y su corazón.

Seguía aferrada a él, impotente, cuando repentinamente separó la boca de la de ella. Introduciendo los dedos en su desmoronado moño, la miró, con los ojos entornados y brillantes de deseo.

—Puedo asegurarte, milady, que no es la indiferencia la que me mantiene alejado de tu cama.

La soltó con la misma brusquedad con la que la había cogido, y salió de la sala cerrando la puerta con un golpe tan atronador que las cuerdas del arpa hicieron sonar su protesta.

Cuando Lottie se apoyó en el piano, desmoronada, estremecida hasta el fondo de su ser, tuvo la impresión de que Justine la miraba con expresión de complicidad, sus ojos chispeantes de diversión.

Esa noche Lottie estaba acurrucada en su cama con los nervios hormigueantes de tensión. Un apacible silencio había caído sobre la casa dormida, pero esa quietud, perversamente, sólo la hacía sentirse más desasosegada. Incluso uno de los berrinches de Allegra habría sido una bienvenida distracción. Por un momento consideró la posibilidad de atravesar el corredor para ir al cuarto de Harriet, pero la última vez que se asomó por allí su amiga estaba durmiendo como un corderito.

Se acomodó de costado, apartando de una patada la manta y de paso sobresaltando a Zangoloteos. Estiró el brazo para coger al gato, pero ya era demasiado tarde; este había saltado de la cama emitiendo un fiero bufido felino, con la cola levantada en el aire. El gato metió el hocico en la rendija de la puerta, la abrió y salió del dormitorio, claramente en busca de mejor compañía.

Lottie volvió a hundir la cabeza en la almohada.

—Parece que no soy capaz de hacer feliz a nadie últimamente —masculló, hablándole a Mirabella, que estaba enroscada sobre la almohada a su lado—. Sobre todo a los de sexo masculino.

Cerró los ojos y al instante volvió a abrirlos. La verdad, tenía más miedo de quedarse dormida que de seguir despierta. Porque dormir le traería sueños, y en esos sueños igual podría encontrarse nuevamente en el borde de ese acantilado azotado por el viento en los brazos de un desconocido. Un desconocido cuyo beso sabía exactamente igual al de su marido.

Estuvo un rato contemplando las sombras que se movían en el cielo raso. Tal vez debería añadir otra escena a su novela. Una escena en que la resuelta heroína trata de mantener a raya las insinuaciones carnales del sinvergüenza que la ha llevado al matrimonio con engaño. Una escena en que altivamente lo informa que prefiere morir antes que soportar sus besos. Porque claro, una muerte noble sería preferible a soportar las indignidades de su ávida boca sobre la de ella, el delicioso embite de su lengua, la caricia de sus dedos en el cuello, instándola a abrir más la boca, introducirlo más profundo...

Mordiéndose el labio para borrar su traicionero hormigueo, se dio la vuelta hasta quedar acostada de vientre. Ya comenzaba a conciliar un inquieto sueño cuando, sin siquiera un quejumbroso lamento para anunciarlas, llegaron a sus oídos las primeras notas de una pieza de piano.

Abrió los ojos. Su primer impulso fue meterse debajo de las mantas. Pero lo único que pudo hacer fue retener el aliento y escuchar.

La música que sonaba en la distancia era hermosa y terrible al mismo tiempo, un incontrolable diluvio de pasión, cada nota ensombrecida por la locura.

—Justine —susurró.

Haber visto el retrato de la mujer le hacía imposible pensar en ella como simplemente «el fantasma».

¿Qué fuerza podía ser tan poderosa para obligar a una mujer a regresar de su tumba? ¿Es que Justine deseaba ahuyentarla porque la creía una rival en el afecto de Hayden? ¿O tal vez quería advertirla para que no cometiera el mismo error que cometiera ella, el de entregar su corazón y su vida a las manos de Hayden?

Se cubrió la cabeza con la almohada y la presionó contra los oídos. Pero no había manera de escapar a la implacable furia de la música. No podía dejar de escucharla, esa música no aceptaba pasar inadvertida.

Cuando la pieza llegó a un enérgico crescendo, tiró a un lado la almohada, se levantó, fue hasta la cómoda y empezó a hurgar entre el enredo de cintas y ligas hasta que encontró lo que buscaba: una horquilla de plata para sujetar sombreros de aspecto particularmente letal.

La puso a la luz de la vela, admirando su brillo. Al parecer, Justine se había olvidado de una cosa; ella ahora poseía las llaves del reino. Y si ese reino resultaba ser el infierno, pues la posibilidad de encontrarse cara a cara con el demonio era un riesgo que tendría que correr.

Hayden se encontraba de un humor de perros. Iba vagando por los solitarios corredores maldiciéndose por ser tan estúpido. Tal vez había pretendido castigar a Lottie con ese beso, pero lo único que había conseguido era castigarse a sí mismo. Incluso su cama se había convertido en un instrumento de tortura, su frío abrazo en amargo contraste con el seductor agrado de los brazos de Lottie.

Ella había liberado a esos demonios cuando se atrevió a abrir la puerta de la sala de música. Era casi como si una parte de él hubiera estado encerrada en esa sala, como en una tumba, junto con el recuerdo de Justine. Pero Lottie no se había conformado con dejarlo pudrirse ahí en la oscuridad con el resto de sus fantasmas. Había entrado, inundando la sala con sus tontas canciones y alegre risa, arrastrándolo a él a la luz.

Incluso Justine había huido ante su osada resolución. En ese momento en que se besaron, allí sólo estaba Lottie, su boca una llama bajo la de él, ardiente, dulce, irresistible. Cuando le cogió las solapas de la chaqueta con sus pequeñas manos, instándolo a acercarse más, en lugar de apartarlo de un empujón, él sintió la peligrosa turbulencia del despertar a la vida, no sólo en su cuerpo sino también en lo más profundo de su alma.

Y más terrible aún que el beso fue el momento en que le confesó que deseaba que Allegra fuera como ella, que él admiraba su valor, su inteligencia, su resistencia a atenerse a las sofocantes reglas de la sociedad. Igual podría haberle soltado que se estaba enamorando de ella.

Se detuvo en seco ante esa idea, que era mucho más aterradora que cualquier espectro gimiente del pasado. La última vez que entregó su corazón casi perdió la razón junto con él.

Como para recordarle el precio de esa locura, un salvaje torrente de música de piano llegó hasta él avanzando veloz por el corredor, su vivo poder nacido de su belleza y locura al mismo tiempo.

Avanzó inexorable hacia el sonido, temiendo que Lottie hubiera liberado sin saberlo una fuerza capaz de destruirlos a los dos.

Lottie avanzaba por los corredores de la oscura casa con la falda del camisón inflada detrás de ella. Sabiendo que los criados ya estarían todos refugiados en sus camas, ni siquiera se había tomado la molestia de ponerse la bata. La música aumentaba de volumen con cada paso que la iba acercando al ala oeste. Pero se resistió a abandonar su misión. Ya no la impulsaba ni el valor ni la curiosidad, sino un fuerte deseo de enfrentar a la mujer que se negaba a renunciar a su derecho sobre el corazón de Hayden.

En realidad, se sentía más aterrada que nunca en su vida. Cuando llegó al largo y solitario corredor, ni siquiera la música ahogaba el ruido del castañeteo de sus dientes. Y mientras se iba acercando a las puertas del final del corredor, medio esperó a que se abrieran solas, como una trampa disfrazada de invitación.

El giro del pomo con sus dedos temblorosos no abrió la puerta. Estaba cerrada con llave, tal como la encontraran antes con Allegra. Las manos le sudaban tan copiosamente que se le cayó la horquilla dos veces antes de conseguir forzar la cerradura.

Pero entonces vaciló. Si abría la puerta sin aviso, ¿se encontraría ante un maligno vapor cerniéndose sobre el piano? ¿O sencillamente las teclas seguirían tocando solas guiadas por manos invisibles?

Absolutamente amilanada por esa imagen, giró lentamente el pomo, medio deseando que la música cesara tan bruscamente como en aquella ocasión en que tocó el pomo la primera noche que pasó en la casa. Pero cuando abrió la puerta la música pasó por encima de ella en una ola tan atronadora que sintió hasta el corazón avasallado por su ritmo.

La sala estaba toda cubierta por las sombras. La lluvia había cesado hacía horas, pero el círculo de cielo que se veía por el tragaluz en forma de cúpula estaba cubierto de nubes que velaban la cara blanca alabastro de la luna y dejaban en la oscuridad el retrato de Justine.

La tapa del piano estaba levantada, impidiéndole ver el teclado.

Lentamente avanzó, dando la vuelta al instrumento, prometiéndose que no chillaría fuera quien fuera la persona, o fuera lo que fuera el objeto que encontrara al otro lado. La embriagadora fragancia a jazmín la avasalló, mareándola un poco, como si estuviera ligeramente borracha.

Cuando terminó de dar la vuelta, se encontró ante una mujer toda cubierta por una vaporosa túnica blanca, sus largos cabellos negros una cascada ondulante sobre la espalda.

Justine.

Lottie no habría podido chillar ni aunque hubiera querido. Tenía la garganta paralizada de terror.

Una ráfaga de viento dispersó las nubes y la luz de la luna entró a raudales por la claraboya, iluminando no a un mujer sino a una niña envuelta en un camisón el doble de su talla.

Allegra.

Pasmada por la belleza y potencia de la ejecución de la niña, Lottie tuvo que agarrarse del borde del piano para no caerse.

Los deditos de Allegra volaban sobre el teclado, expresando una letanía de furia y pena que ninguna niña de su edad debería conocer. Le corrían las lágrimas por sus pálidas mejillas, pero en ningún momento se desvió su intensa atención de la partitura que tenía delante, ni siquiera cuando Lottie se le puso a la vista, sin poder evitar acercarse más a la fuente de esa impresionante música.

Las manos de Allegra golpearon las teclas llevando al nocturno a su enérgica conclusión triunfal.

—¿Cómo? —susurró Lottie en el vibrante silencio que siguió.

Allegra entrelazó las manos en la falda. De pronto estas volvían a ser las manos de una niña, torpes, inseguras.

—Hay un pasaje secreto detrás de la chimenea que sube hasta el primer piso. Con mamá jugábamos al escondite ahí todo el tiempo. Papá... —Se le cortó la voz pero se recuperó al instante—. Mi padre nunca nos encontraba cuando nos escondíamos ahí.

—Quería decir cómo aprendiste a tocar el piano —dijo Lottie, haciendo un gesto hacia las teclas, despojada de su elocuencia por la impresión—. ¿Así?

—Mamá me estaba enseñando cuando murió —repuso la niña encogiendo sus flacos hombros—. Nunca fue difícil para mí como lo es para otras personas.

Lottie movió la cabeza. La niña era un prodigio y ni siquiera lo sabía.

—Creí entender que no recordabas a tu madre.

—¡Ah, sí que la recuerdo! —La mirada de Allegra recuperó su fiereza—. Él no quiere que la recuerde, pero la recuerdo. Era buena y divertida, siempre estaba riendo y cantando. Se pasaba horas sentada en el suelo conmigo, dibujando o enseñándome alguna canción nueva. Me dejaba ponerme todos sus sombreros y juntas les servíamos el té a mis muñecas.

Lottie sonrió tristemente, deseando tener esos recuerdos de su madre.

—Debes de echarla muchísimo de menos.

Allegra se levantó de la banqueta. Empezó a pasearse de aquí para allá por el suelo de parqué con las manos llenas del fino lino para no tropezarse con la orilla del largo camisón.

—Nunca fue mi intención convertirme en un fantasma, ¿sabes? Siempre que mi padre salía yo me venía aquí a hurtadillas a tocar el piano. No me daba cuenta de que los criados me oían, hasta que una mañana oí a Meggie y Martha hablando en voz baja, diciendo que había un fantasma en la casa.

—Pero no paraste.

—No —reconoció Allegra, con la mirada desafiante—. No paré. Pasado un tiempo empecé a tocar incluso cuando mi padre estaba en casa. Él estaba en Yorkshire en un viaje de negocios cuando descubrí el baúl en el ático donde había guardado las cosas de mamá. Me pongo su camisón porque huele a ella.

Lottie asintió. Eso explicaba el olor a jazmín, aunque, curiosamente, la fragancia se sentía mucho más débil que hacía sólo unos minutos.

—No tenía nada de ella —dijo Allegra, mirándola suplicante—. Él lo había escondido todo. Y no quería hablar de ella, nunca. Era como si ella nunca hubiera existido, ¡y yo no podía soportarlo! —Se le quebró la voz y le corrieron nuevas lágrimas por las mejillas—. ¡Lo odio! ¡Lo odio con todo mi corazón!

Lottie sólo se dio cuenta de que había abierto los brazos cuando la niña corrió a echarse en ellos. Allegra le rodeó la cintura con los brazos, sollozando como si se le estuviera rompiendo nuevamente el corazón. Cuando le estaba acariciando suavemente el sedoso pelo a Allegra, Lottie levantó la cabeza y vio a Hayden en la puerta, su cara blanca a la luz de la luna. Antes que pudiera levantar una mano para hacerle un gesto, él desapareció nuevamente en la oscuridad.

Lottie arregló las mantas sobre la niña dormida. Aunque Allegra todavía tenía la cara mojada de lágrimas, dormía profundamente, con la boca abierta, como una niñita pequeña. Era probable que no despertara hasta la mañana, pero de todos modos Lottie se resistía a dejarla totalmente sola. Paseó la vista por la habitación hasta que vio a su vieja muñeca sentada en el alféizar de la ventana, sonriéndoles amablemente a las dos. La cogió y la puso en el hueco del brazo de Allegra. Dejando encendida la lámpara, salió en silencio y cerró la puerta.

Encontró a Hayden exactamente donde pensaba que estaría, de pie en medio de la sala de música, mirando el retrato de Justine. La luna había cambiado de lugar en el cielo y en ese momento bañaba el retrato en un luminoso brillo.

—¿Por qué no habría de odiarme mi hija? —dijo él cuando oyó sus pasos vacilantes detrás de él—. Después de todo le quité a su madre.

Por un breve instante, Lottie habría jurado que se le paró el corazón.

—Observa toda la casa —continuó él—. Fuera de esta sala no hay nigún retrato de ella, ninguno de sus bordados, ninguna de las acuarelas que pintaba, ni el más pequeño recuerdo de que ella anduvo por estos corredores alguna vez. Allegra era muy pequeña cuando murió su madre. Supongo que pensé que sería mejor que... simplemente la olvidara.

A Lottie comenzó a latirle nuevamente el corazón, aunque con un ritmo desordenado. Se sentó en el borde del diván, porque la traicionaron las rodillas.

—¿Cómo podías esperar que Allegra la olvidara? Tú no la has olvidado, eso está claro.

Dándole la espalda al retrato, él se acercó al piano. Con un dedo tocó las primeras notas del segundo movimiento de la *Patética* de Beethoven.

—Incluso le negué el piano después que murió su madre. Supongo que, en cierto modo, siempre creí que la música y la locura iban cogidas de la mano, que no podía existir la una sin la otra. Justine era una pianista brillante. Si hubiera sido hombre, la habrían invitado a tocar para el rey. Adoraba la música.

—Y tú la adorabas a ella —afirmó Lottie, negándose a insultarlo a él e insultarse a ella simulando que era una pregunta.

Hayden se equivocó al tocar una nota y retiró la mano del teclado.

—Éramos muy jóvenes cuando nos casamos. Yo aún no había cumplido los veintiún años y ella tenía diecisiete. Al principio encontraba que sus cambiantes estados de ánimo eran parte de su encanto. Después de todo era francesa, y mucho menos reservada que las mujeres a las que estaba acostumbrado. Un instante se estaba riendo y al siguiente estaba enfadada por algún desaire imaginario, y al siguiente incitándote a una pelea a gritos. Después se echaba a llorar y te rogaba que la perdonaras, con palabras muy bonitas. —Movió la cabeza, con expresión irónica—. Era imposible estar enfadado con ella más de unos minutos.

Lottie miró disimuladamente el retrato y casi deseó no haberlo hecho.

Hayden se sentó a horcajadas en la banqueta del piano, de cara a ella.

—Sólo fue después del nacimiento de Allegra cuando los estados anímicos de Justine tomaron un giro más negro. Se pasaba días sin dormir, y luego se pasaba semanas enteras en la cama.

—Tuvo que ser muy difícil para ti.

Él negó con la cabeza, rechazando su compasión.

—Había días negros, pero también había días buenos. Cuando Justine estaba bien, todos éramos felices. Adoraba a Allegra. Ser madre le daba una inmensa alegría. Aunque a veces volvía su ira contra mí, jamás la vi levantarle la mano a nuestra niña.

Se le ensombreció tanto la cara que Lottie miró hacia la claraboya pensando que una nube había tapado la luna.

—Cuando Allegra tenía seis años —continuó él—, Justine cayó en uno de sus estados de negra depresión. Pensé que tal vez una temporada en Londres le levantaría el ánimo. Nos casamos tan jóvenes que yo me sentía un poco culpable por privarla del torbellino social que a ella le encantaba. —Una amarga sonrisa le curvó los labios—. Mis queridos amigos Ned y Phillipe la habían cortejado antes que nos casáramos. En la boda los dos se rieron y juraron que jamás me perdonarían el haberles robado su tesoro.

Un tesoro deslustrado, pensó Lottie, pero consiguió morderse la lengua.

Hayden se levantó de la banqueta y comenzó a pasearse más o menos igual que hiciera su hija antes.

—Al principio, Londres pareció ser la respuesta a todas mis oraciones. Durante dos semanas Justine fue muy celebrada en la ciudad, la reina de todos los bailes. Después comenzaron a ir mal las cosas. Yo conocía muy bien las señales. Dejó de dormir, los ojos se le ponían demasiado brillantes, la risa demasiado chillona. Se peleaba conmigo por cualquier cosa, o por nada. Comenzamos a tener unas riñas terribles. Los dos nos decíamos cosas... imperdonables. Empezó a quedarse fuera hasta altas horas de la madrugada, demasiado empolvada y pintada, coqueteando descaradamente con otros hombres en mi presencia.

—¿Qué hiciste? —le preguntó Lottie, resistiendo el fuerte deseo de cogerle la mano cuando pasó cerca.

—¿Qué podía hacer? —Se giró a mirarla—. Cuando uno de mis compasivos amigos envió a su médico particular, un médico de muy buena reputación que trató a nuestro anterior rey durante sus peores días..., el hombre se limitó a mover la cabeza y recomendó enviarla al manicomio, ¡al manicomio! —Hincó una rodilla en el suelo delante de ella y cerró las manos en sus hombros—. ¿Sabes lo que les hacen a los internos en el hospital Bethlem, Lottie? Los encadenan a la pared en celdas pequeñísimas. Los encargados cobran una entrada al público para que vayan a mirarlos. ¿Te imaginas? Justine no habría sobrevivido ni una noche allí.

Lottie no pudo mirarlo a él ni mirar el retrato. No soportaba imaginarse a esa vibrante joven encadenada a una pared como una fiera mientras los espectadores pasaban desfilando, riéndose y apuntando. No se dio cuenta de que estaba llorando hasta que Hayden le quitó suavemente una lágrima de la mejilla con la yema del pulgar.

—Después que se marchó el médico le anuncié a Justine que a la mañana siguiente volveríamos a Cornualles. —Se pasó un dedo por la cicatriz bajo la oreja izquierda, logrando hacer una pesarosa sonrisa—. No se tomó nada bien la noticia. Temiendo que pudiera hacerse daño, le di una generosa dosis de láudano. Su médico de aquí me había dado un frasco, simplemente por precaución. Muy pronto estaba durmiendo como un bebé. Yo tenía que hacer los preparativos, despedirme de amigos. Así que la dejé al cuidado de una criada.

Hayden se puso de pie. En otro tiempo Lottie habría rogado para oír el final de esa historia. Pero de pronto deseó ponerle los dedos en los labios, deseó suplicarle que no dijera ni una sola palabra más acerca de esa noche.

Cuando él volvió a hablar, se había agotado toda la pasión de su voz, dejándola tan remota como la luna.

—Cuando volví, la encontré con Phillipe. —Su implacable mirada la clavó en el diván—. ¿Quieres saber qué fue lo peor de todo?

—No —susurró ella.

Pero ya era demasiado tarde, y los dos lo sabían.

—Él la hizo creer que era yo. Ella estaba enferma, drogada y confusa, y creyó que yo había vuelto para resolver nuestra riña y hacer las paces. Si ella no hubiera estado mirando, medio inconsciente, cuando lo saqué de su cama, no habría esperado el duelo. Lo habría matado allí mismo con mis manos.

Flexionó esas manos, recordándole a Lottie su fuerza.

—Si lo hubieras hecho ahora estarías pudriéndote en Newgate y Allegra estaría sin padre.

Pero ¿estaría sin madre de todos modos? Esa fue la única pregunta que no logró atreverse a hacer.

Hayden se pasó la mano por el pelo, moviendo la cabeza.

—Después que Phillipe salió huyendo, lo veía todo borroso, estaba medio loco. Recuerdo que cogí a Justine en brazos y la llevé por toda la casa. Lo único que se me ocurría pensar era que tenía que alejarla de esa cama donde había... donde habían... —Cerró las manos en puños—. Ella todavía no comprendía lo que había ocurrido. Recuerdo la sensación de ella acurrucada contra mi pecho, cómo me echó los brazos al cuello, tal como lo había hecho cientos de veces antes. Me miró a los ojos y me dijo cuánto lamentaba las cosas crueles que me había dicho, la cosas hirientes que había hecho. Me dijo lo mucho que me amaba, lo agradecida que me estaba por haberle dado la oportunidad de demostrarme ese amor.

Abrió las manos y se las miró como si pertenecieran a un desconocido.

—Por un fugaz instante, mientras miraba sus hermosos ojos, deseé estrangularla, quitarle la vida, aunque sólo fuera para evitarle saber lo que había hecho, lo que nos había hecho.

—Pero no lo hiciste —dijo Lottie enérgicamente, levantándose del diván.

Él la observó aproximarse con ojos recelosos.

—No tengo ninguna necesidad de tu compasión, milady, y ciertamente no me merezco tu absolución.

—No te compadezco —repuso ella tranquilamente—. Te envidio.

—¿Me envidias? —bufó él, incrédulo—. ¿Estás loca también?

Ella negó con la cabeza.

—La mayoría de las personas viven sus vidas enteras sin conocer jamás un amor como el que disfrutabais tú y Justine.

Hayden elevó los ojos hacia el tragaluz poniéndolos en blanco.

—Dios de los cielos, líbrame de las románticas ideas de niñas escolares. Si eso era «amor» —casi escupió—, no quiero volver a tener ni una pizca de él jamás. No hace otra cosa que destruir todo lo que se encuentra a su paso.

—No os ha destruido ni a ti ni a tu hija. Todavía.

—¿Estás segura de eso? Ya oíste a Allegra esta noche. Me detesta.

Lottie se puso las manos en las caderas.

—¿Ah, sí? ¿Por eso coge un berrinche ante la sola mención de que la vas a enviar a un colegio, lejos de ti? ¿Por eso se metió a escondidas en esta sala para hacerse pasar por un fantasma, deseando desesperada que fueras tú el que entrara por esas puertas, y no yo? Vamos, sabía que la única manera de captar tu atención era vistiéndose como su madre muerta.

Durante un buen rato Hayden sólo pudo mirarla con los ojos agrandados de incredulidad.

—¡Eso es ridículo! —exclamó por fin—. Siempre que trato de darle mi atención, me la tira a la cara, tal como hizo con la muñeca que le mandé hacer.

—Eso se debe a que no desea muñecas ni juguetes caros de ti. ¡Desea que la mires! Desea que la mires de verdad, una vez, ¡sin ver a Justine!

Lottie no podría haber dicho en qué momento elevó la voz a un grito. Sólo sabía que de pronto estaban tocándose las puntas de los pies, tan cerca que sentía salir el calor de su cuerpo y olía el fresco y exquisito aroma de su jabón de mirica.

Hayden le cogió uno de sus largos rizos dorados y se lo enrolló en el dedo.

—¿Y tú Carlotta? —le preguntó, con una voz peligrosamente dulce—. ¿Qué deseas tú?

Ella deseaba que él la mirara, una vez, sin ver a Justine.

Deseaba que él le asegurara que no se estaba enamorando de un asesino.

Pero por encima de todo, deseaba besarlo. Deseaba ponerse de puntillas y reclamar para ella esa boca recelosa. Deseaba besarlo hasta que todos los fantasmas, el de Justine y el de él, más joven, se hubieran marchado de la sala. Deseaba rodearle el cuello con los brazos, apretarse contra él y recordarle lo agradable y generoso que podía ser un cuerpo vivo.

Y eso hizo.

Capítulo 15

¿Cómo podía mi traicionero cuerpo ansiar las caricias de un asesino?

Hayden se puso rígido por la sorpresa cuando los labios de Lottie le tocaron la mandíbula dejándole una estela de suaves besos a todo lo largo de su rígida curva. Cerró los ojos, con un músculo agitado en la garganta, cuando los labios de ella buscaron la comisura de su boca. Pero fue el osado contacto de su lengua sobre ese vulnerable punto lo que lo hizo gemir, obligando a su boca a fundirse con la de ella, ya incapaz de resistirse a la carnal inocencia de ese beso.

Estrechándola en sus brazos, posó la boca sesgada sobre los labios de ella, e introdujo la lengua en el sedoso calor de su boca. La lengua de ella se enroscó en la de él, enloqueciéndolo con su tácita promesa de placer. Placer que se había negado demasiado tiempo. En algún lugar de su mente, el amor y la pérdida se habían entrelazado inextricablemente. Pero Lottie deseaba dar, no tomar, y él fue impotente para resistirse a ese generoso ofrecimiento.

Hasta que levantó la vista y vio a Justine riéndose de él, burlándose de él por haber sucumbido a la misma tentación que otrora resultara en su ruina.

Se apartó de Lottie, tratando de recuperar el aliento. Sabía que si se atrevía a mirarla a la luz de la luna, con el oro batido de su pelo cayéndole a la espalda, sus exuberantes labios mojados e hinchados por sus besos, sus empañados ojos azules suplicantes, estarían perdidos los dos. La tendría debajo de él en el diván con el camisón levantado hasta la cintura antes que ella pudiera hacer otra inspiración.

—Ya te lo dije una vez —dijo, con la voz tan dura que casi no se la reconoció—, no necesito ni me merezco tu lástima.

—¿Es eso todo lo que crees que tengo para ofrecerte? ¿Lástima?

Hayden cerró los ojos, acerándose para no ablandarse por el tono ronco de su voz.

—No me cabe duda de que tienes mucho para ofrecer, milady. Pero yo no tengo nada para darte a cambio.

—Porque se lo diste todo a ella.

Aun cuando su silencio lo condenaba a los ojos de ella, no pudo resistir el deseo de mirarla una última vez.

Aunque a ella le brillaban los ojos con lágrimas no derramadas, esa tozuda barbilla de ella no había perdido nada de su vigor.

—Entonces espero que seáis muy felices juntos. Estoy comenzando a creer que os merecéis mutuamente.

Dicho eso, su esposa se dio media vuelta y salió rígidamente de la sala, más o menos igual como había salido su hija poco antes.

Tragándose una maldición, Hayden cogió una de las pastoras de porcelana de la repisa del hogar y la arrojó al retrato de Justine con toda su fuerza. La figura se estrelló en el óleo sin dejar ni una sola marca sobre esa angelical cara.

A la mañana siguiente, Lottie estaba sentada sobre una roca cerca del borde del acantilado, las orillas de las faldas agitadas por el viento. Deseaba llorar, pero sabía que el viento le secaría las lágrimas antes que pudieran caer. Así que se limitó a contemplar el mar, con el corazón apenado y los ojos ardiendo por las lágrimas sin derramar. Pensó si alguna vez Justine se habría sentado en ese mismo lugar a mirar las puntiagudas rocas que acabaron con su vida.

Estaba empezando a comprender lo tonta que había sido desde que llegó a Oakwylde. Había pensado expulsar a todos los fantasmas de la casa sin tener en cuenta que no era la casa de Hayden la habitada por fantasmas sino su corazón. A pesar de todas sus bravatas, no sabía luchar contra una enemiga a la que no podía ver.

Observando girar las olas rompientes alrededor de las rocas, pensó cómo sería ser amada con esa pasión tan absoluta. ¿Cómo podía un hombre destruir algo que amaba tanto? Pero la pasión y la rabia de los celos iban muchas veces cogidos de la mano, se dijo. El deseo de poseer iba muchas veces emparejado con el impulso de destruir lo que se negaba a ser poseído.

—Justine —musitó amargamente, mirando el cielo cubierto de nubes—, ¿por qué tuviste que llevarte todos sus secretos a tu tumba?

Cerró los ojos, pensando si se estaría imaginando el sutil olor a jazmin que perfumaba el aire.

Cuando los abrió, vio a Allegra de pie ahí, con la muñeca en sus brazos. Como era su costumbre, la niña no perdió el tiempo en saludos ni fruslerías, simplemente soltó:

—Ha dicho mi padre que tengo permiso para entrar en la sala de música a practicar en el piano siempre que quiera.

Aunque su expresión no era menos severa de lo normal, la niña se las arreglaba para parecer más feliz de lo que la había visto nunca. Perversamente, fue esa amabilidad de Hayden, no su rechazo, la que consiguió llenarle los ojos de lágrimas.

—Eso es maravilloso —dijo, limpiándose una lágrima antes que la viera Allegra—. Me alegro muchísimo por ti.

—Entonces ¿por qué lloras? —le preguntó Allegra, acercándose más.

—No estoy llorando. Es que el viento me ha metido una mota de polvo en el ojo.

Pero ante su consternación, las lágrimas empezaron a correrle por las mejillas más rápido de lo que podía limpiárselas.

—No es una mota de polvo —dijo Allegra en tono acusador—. Estás llorando.

Sin poder discutir lo evidente, Lottie se cubrió la cara con las manos para ahogar sus sollozos.

La sorprendió sentir el peso de una mano pequeña en el hombro.

—¿Por qué lloras? —le preguntó Allegra, en tono de verdadero interés—. ¿Alguien te ha tratado mal? ¿Alguien aparte de mí?

Eso le ganó un ahogado hipo de risa. Lottie levantó la cabeza y la miró con los ojos acuosos.

—Nadie me ha tratado mal. Simplemente hoy me siento triste.

—Toma —dijo Allegra tendiéndole la muñeca—. Cuando yo estoy triste, a veces la abrazo bien fuerte y eso me hace sentir mejor.

Cogida con la guardia baja por ese inesperado gesto de generosidad de la niña, Lottie cogió su vieja muñeca y le dio un receloso abrazo. Sorprendentemente, se sintió un poco mejor. Pero la sensación no fue ni de cerca tan agradable como cuando sintió la pequeña mano de Allegra en la de ella.

—Estábamos a punto de tomar el desayuno —la informó Allegra—. ¿Por qué no vienes a tomarlo con nosotros? A no ser, claro, que estés tan triste que no tengas apetito.

Lottie miró las manos de las dos, unidas. Sí, era posible que Hayden no tuviera ninguna necesidad de ella, pero tal vez su hija sí.

Limpiándose las últimas lágrimas se dejó tironear por Allegra y se puso de pie.

—No seas tonta —le dijo a la niña, echando a caminar hacia la casa, sin soltarle la mano—. No hay nada en este mundo que me quite el apetito.

Hayden St. Clair era un hombre atormentado por un fantasma.

Este espíritu era mucho más tenaz que cualquiera que pudiera encontrarse en las páginas de una terrorífica novela gótica. No aullaba como un hada agorera ni hacía brillar luces misteriosas en la ventana de una habitación desocupada. Jamás arrastraba cadenas pasada la medianoche ni caminaba por los corredores de la casa a la luz de la luna con su cabeza cortada bajo el brazo. Tampoco tocaba fantasmales melodías en el piano de la sala de música ni lo despertaba de un profundo sueño con una bocanada de fragancia que debería haberse disipado hacía años.

Por el contrario, este espíritu lo acosaba en sus horas de vigilia, apoderándose osadamente de todas las habitaciones de su casa hasta que llegó un momento que no tenía dónde refugiarse para escapar de él.

Tuvo el primer atisbo de su presencia pocos días después de su encuentro con Lottie en la sala de música. Acababa de pasar junto a la puerta del salón cuando oyó un sonido de lo más asombroso. Se detuvo en seco y ladeó la cabeza para escuchar. El sonido no le era del todo desconocido. Lo había oído muchas veces antes, pero de eso hacía tanto tiempo que era como una canción recordada de un sueño.

Su hija se estaba riendo.

Sin poder resistirse al atractivo de ese sonido, como el canto de sirenas, desanduvo sus pasos y asomó discretamente la cabeza por la puerta en arco del salón.

Lottie, Harriet, Allegra y la destartalada muñeca de Lottie estaban reunidas alrededor de una mesa de teca puesta para el té, conversando. Todas lucían unos aparatosos sombreros adornados con un colorido surtido de plumas, cintas, flores y telarañas. Hayden se quedó atónito al ver el loro de peluche en el hombro de la muñeca de Lottie. El roñoso pájaro le complementaba a la perfección el parche en el ojo y su satisfecha sonrisa. Con sólo meterle un alfanje en la delicada manita, la muñeca parecería lista para hacerse a la mar.

Incluso Mirabella llevaba sombrero, un gorro de bebé de encaje, su cinta de satén atada debajo de su peluda barbilla. Allegra sostenía a la inquieta gatita en la falda para impedirle que se escapara, y se reía cada vez que el animalito golpeaba con sus patitas las cintas que le colgaban del gorro.

Al parecer él era el único que no había recibido una invitación formal al festivo té. Tres de los gatitos que le regalara Lottie estaban encima de la mesa lamiendo leche con nata en un plato de porcelana, mientras el hermanito amarillo perseguía su propia cola alrededor de una pata de la mesa.

Cuando Allegra añadió una falda con volantes al elegante atuendo de Mirabella, Calabaza y Zangoloteos salieron por la puerta pasando junto a él, claramente huyendo del peligro de ser sometidos a indignidades similares. Hayden comprendió que sería prudente seguirlos, pero se quedó, renuente a abandonar el encantador caos de la escena.

No había contado con que el gatito amarillo lo vería. Antes de que pudiera alejarse sigilosamente sin ser detectado, el gatito llegó trotando hasta él, maullando a todo pulmoncito rosado.

—Traidor —mascculló, apartándolo con el pie.

Pero era demasiado tarde. Se desvanecieron las sonrisas. Cesó la alegre cháchara. La señorita Dimwinkle parecía a punto de ahogarse con un bocado de pan atascado en la garganta. Si lo lograba, supuso Hayden, tendría que añadir el peso de otra prematura muerte a su conciencia.

Lottie se quitó de un soplo una pluma rebelde que le caía en el ojo y lo miró tranquilamente, toda ella la señora de la casa con su sombrero adornado con tul de telarañas y sus guantes de encaje sin dedos.

—Buenas tardes, milord. ¿Te apetecería acompañarnos?

Allegra escondió su cara hosca en el pelaje de Mirabella, como si no pudiera importarle menos si él aceptaba o no la invitación de Lottie. Él era el único que sabía que esta no había sido una invitación sino un franco desafío, el que evidentemente Lottie suponía que él declinaría.

Le correspondió la burlona mirada con una propia.

—¿No me haréis ponerme una papalina, verdad?

—No, a menos que quieras.

Lottie acercó a la mesa la única banqueta que quedaba y se puso a servirle té en una taza. Hayden se sentó obedientemente pero se levantó de un salto cuando la banqueta soltó un chillido de protesta. Apretando los dientes, sacó al gatito amarillo de debajo de la pata y lo dejó en la alfombra, pero al instante este empezó a subirle por la pierna, arañándole el pantalón de ante hasta echarse enrollado en su regazo, ronroneando como un loco. Hayden lo cubrió con una servilleta y simuló que no estaba ahí.

La banqueta era demasiado baja para él. Cada intento de meter las piernas debajo resultó un lamentable fracaso. Finalmente tuvo que contentarse con estirarlas hacia un lado, lo cual las dejó en peligrosa proximidad a los esbeltos tobillos de Lottie. Sus bien formadas piernas podían estar ocultas bajo capas de faldas, calzones y medias, pero eso no le impedía a él imaginarse lo suaves y agradables que las sentiría rodeándole la cintura.

—¿Te apetece un poco de crema? —le preguntó Lottie.

Desviando la mirada de la curva de su pantorrilla, él miró de soslayo el jarro con leche. El gatito negro estaba balanceándose en el borde. En el momento en que él estaba mirándolo, el gato perdió el equilibrio y cayó dentro del jarro, sumergiéndose en la lechosa espuma. Antes que Allegra se precipitara a sacarlo, el gatito salió solo y se sacudió, medio aturdido, salpicándole gotas de crema por toda la delantera del chaleco.

—No, gracias —musitó, observando al minino limpiarse escrupulosamente los bigotes—. Creo que paso.

Lottie le pasó la taza de té.

—Cogimos los sombreros del ático —le explicó en tono altivo, como desafiándolo a protestar—. Espero que no te importe. Allegra dijo que pertenecieron a tu madre.

—No todos —repuso él, apuntando el gorro adornado con encaje que enmarcaba la irritada carita de Mirabella—. Si no me falla la memoria, ese era mío.

Allegra se cubrió la boca con una mano ahuecada, para ahogar una risita.

—¿Usabas cofia?

—Pues claro que sí. Pero no habría sido tan humillante si tu abuela no hubiera insistido en que me pintaran un retrato con la cofia puesta mientras ella me balanceaba en sus rodillas. He de confesar que en ese tiempo yo tenía unos rizos que rivalizarían con los tuyos.

—Nunca he visto ese retrato —dijo Allegra, con expresión dudosa.

—Ni lo verás —le aseguró Hayden—. Un día, cuando tenía más o menos tu edad, se me cayó por casualidad un poco de aceite de lámpara encima, y el odioso retrato se incendió.

—Eso fue muy ingenioso —comentó Allegra.

Bajando la cabeza para que el pelo le ocultara la cara, volvió su atención a meter las patas traseras de Mirabella en un par de calzones de muñeca.

—¿Tienes alguna otra indiscreción juvenil que quieras contarnos? —le preguntó Lottie, sus ojos azules todo inocencia, cortando con los dedos un trozo de panecillo y metiéndoselo en los labios.

Hayden tuvo que dominar el avasallador deseo de inclinarse hacia ella y lamerle la gota de cremosa leche que le había quedado en la comisura de la boca.

—Uno no tiene por qué ser joven para cometer indiscreciones —contestó, negándose a rendirse a su mirada—. Algunas tentaciones, por temerarias que sean, sólo se endulzan con la edad.

Mirándolos a los dos a través de unos anteojos exageradamente grandes que le había prestado una de las criadas, Harriet cogió un puñado de pasteles glaseados, claramente con la esperanza de que si mantenía la boca llena él no le hablaría a ella.

—Así pues, señorita Dimwinkle —le dijo amablemente una vez que ella se metió todos los pasteles en la boca—, ¿está disfrutando de su estancia en Cornualles?

Harriet bajó la taza, con las manos tan temblorosas que esta chocó ruidosamente con el plato.

—Ah, muchísimo, milord —contestó, tratando de mover la lengua alrededor de los pasteles—. No sé ni comenzar a expresarle mi gratitud por haberle escrito a mis padres pidiéndoles que me dejaran quedarme aquí como dama de compañía de Lottie. Vamos, si me hubiera enviado de vuelta a Kent, sencillamente me habría mu... —se interrumpió y dejó de masticar al mismo tiempo, con expresión horrorizada.

—¿Muerto? —suplió Hayden, amablemente, con la esperanza de ayudarla a tragar antes que hiciera justamente eso.

De pronto, como si viniera saliendo de ninguna parte, Allegra dijo:

—La mamá de Lottie murió quemada cuando ella sólo tenía tres años. En un incendio. Lottie ni siquiera recuerda cómo era. Qué triste, ¿verdad?

Hayden miró de soslayo a su mujer. Ella parecía tan perpleja como él.

—Sí —convino, con absoluta sinceridad—. Terriblemente triste.

Todavía sin mirar a nadie, Allegra meció a Mirabella en el hueco del codo, como a un bebé malhumorado por estar excesivamente vestido.

—Lottie me dijo que debería estar agradecida porque recuerdo a mi mamá.

Hayden sintió oprimida la garganta.

—Sí que deberías estarlo —logró decir al fin, atragantado, y por primera vez desde la muerte de Justine dijo algo de ella a su hija—: Te quería muchísimo.

Echando torpemente atrás la banqueta, se levantó. El gatito amarillo cayó rodando al suelo, y lo miró con expresión dolida.

—Si me disculpáis, señoras, tengo que ir a atender un trabajo. No me cabe duda de que estaréis impacientes por reanudar las clases después del té.

No se quedó el tiempo suficiente para determinar quién ponía más cara culpable ante su mención de las clases, si Allegra o Lottie. Su único pensamiento era el de escapar. Pero cuando iba por el corredor que llevaba a su estudio, la alegre música de sus risas lo siguió con más resolución que cualquier fantasma.

Hayden no tardó en enterarse de que no había ningún lugar donde pudiera eludir esa felicidad. Los días siguientes, la felicidad resonaba en la sala de estudio en carcajadas tan mal disimuladas como los ruidos que las precedían. Entraba por la ventana abierta de su estudio a la hora del crepúsculo cuando Lottie y Allegra perseguían a los gatitos por el jardín. Salía ondulante del salón después de la cena cuando Lottie leía en voz alta alguna de sus preciadas novelas góticas, generando con su lectura más risas que estremecimientos. Cuando una noche sorprendió a Meggie y Jem escondidos detrás de la puerta del salón, pendientes de cada palabra, no tuvo el valor para reprenderlos, sobre todo porque, de hecho, le habían quitado su escondite a él.

Más atormentadora aún que las risas era la música. Ahora que las puertas de la sala de música se mantenían abiertas de par en par, él nunca sabía en qué momento se derramaría por toda la casa, echando abajo los muros de silencio que se había ido construyendo alrededor esos cuatro últimos años. Esa era la única manifestación que no podía soportar. Siempre que Allegra tocaba, él descubría alguna tarea que lo obligaba a ausentarse de la casa, ya fuera ir caminando hasta el pueblo para hacer algún recado más apropiado para su administrador o salir a cabalgar por el páramo a una velocidad como para romperse el cuello.

Aunque era una dicha ver florecer a Allegra con las atenciones de su esposa, la creciente amistad entre ellas lo hacía sentirse más aislado. Una húmeda y lluviosa noche fue a buscar refugio en la biblioteca y se encontró ante un cuadro que jamás había visto antes: su hija ¡leyendo!

Allegra estaba sentada en un enorme sillón de cuero, con las piernas recogidas bajo la falda, los pies descalzos, sólo con las medias, y la nariz enterrada en un libro y Mirabella durmiendo en el regazo.

Se detuvo en la puerta, sin poder resistirse a aprovechar esa excepcional oportunidad de observarla. Si Allegra se daba cuenta de que estaba ahí, saldría huyendo, sin duda.

Su cara había perdido el tono amarillento, cetrino. Sus diarias carreras y saltos con Lottie y Harriet le habían dado un color sonrosado a sus mejillas, mientras sus rebuscados tés de las tardes habían empezado a ponerle carne en los huesos. Una cinta de terciopelo azul le sujetaba la lustrosa melena negra, impidiéndole al pelo caerle sobre los ojos. Había visto a Lottie peinándoselo junto al hogar en el salón cada noche, pasándole el cepillo por los tozudos rizos hasta que crujían y brillaban.

Con todo lo sorprendentes que eran esos cambios, la mayor transformación se había producido en la expresión de su hija. Sus ojos ya no estaban ensombrecidos por el recelo, sus labios ya no estaban estirados en un malhumorado morro.

Mientras contemplaba la pureza de su perfil, movió la cabeza pesaroso, al comprender que pronto tendría a una joven beldad en sus manos. Siempre había creído que Allegra no se casaría nunca, cuando la verdad era que tal vez tendría que ahuyentar a sus pretendientes con un garrote.

Aunque su primer impulso fue retroceder y alejarse antes que ella lo viera, otro extraño impulso, más fuerte, lo hizo aclararse la garganta.

Allegra sacó la nariz del libro, agrandó los ojos y un rubor culpable le tiñó las mejillas.

—¡Padre! No te oí entrar. Estaba... estudiando mis lecciones para mañana.

Mientras él se le acercaba, ella intentó esconder el libro a la espalda. Pero antes que lo lograra él se lo quitó limpiamente de la mano.

—¿Qué estás estudiando? ¿Historia? ¿Latín? ¿Geografía?

Puso el libro a la luz del fuego y reconoció la tapa de una edición rústica de uno de los libros baratos que vendedores ambulantes vendían en las esquinas de Londres. Habían logrado introducir los perversos placeres de la novela gótica a lectores pobres que no podían comprarse verdaderas novelas.

—*El espectro del torreón*, ¿eh? —Pasó las páginas—. Secuestro, asesinato, aparecidos, acciones nefandas. Me parece muy instructivo. ¿Y ese qué es? —preguntó, al ver otro libro metido entre al cojín y el brazo del sillón. Lo cogió, abrió la tapa y se encontró con un grabado coloreado a mano de un espadachín vestido de Muerte ofreciendo una cabeza cortada a su contrincante—. ¿Mmm? *La cueva de los horrores*. No me parece un lugar que me gustaría visitar.

Dejando a la disgustada Mirabella en la alfombra junto al hogar, Allegra se puso de pie quitándole los libros de las manos.

—Se los iba a devolver a Lottie. Debieron quedársele aquí anoche.

Reprimiendo un comentario irónico, él aplaudió en silencio el ingenio de su mujer. Si Lottie había dejado los libros en la biblioteca, lo había hecho con toda intención, con la esperanza de despertar en Allegra el apetito por la palabra escrita.

—¡No te vayas! —exclamó cuando Allegra se giró para marcharse—. Por favor —añadió dulcemente, para asegurarle que no era una orden, sino una petición—. Justamente venía a buscar un libro para entretener unas pocas horas. Tendió la mano, indicando con un gesto *La cueva de los horrores*—. ¿Me lo dejas?

Sin dejar de mirarlo recelosa, Allegra le pasó el libro y volvió a sentarse en su sillón. Hayden se instaló en el sillón gemelo frente al de ella, se quitó los zapatos y apoyó los pies con medias en la otomana. Abrió *La cueva de los horrores* y empezó a leer, fingiendo no advertir las sorprendidas y ceñudas miradas que le echaba su hija de tanto en tanto por encima de su libro.

No tuvo que fingir demasiado rato. Pasadas unas cuantas páginas se sorprendió curiosamente atrapado en la complicada historia de asesinato y violencia.

Hayden y Allegra estaban tan absortos en sus respectivas lecturas que no vieron a Lottie detenerse en la puerta a observar el encantador cuadro. Acompañados por el golpeteo de la lluvia en las ventanas y la gata durmiendo sobre la piedra del hogar, podrían haber sido cualquier pareja de padre e hija disfrutando de una tranquila velada en compañía mutua.

Ninguno de los dos la oyó alejarse sigilosamente, todavía sonriendo para sus adentros.

Aunque no cometió el error de volver a acompañarlas, ni siquiera el orgullo le impedía a Hayden asomarse cada día a la puerta del salón cuando Lottie, Harriet y Allegra estaban tomando el té. Por ocupado que estuviera, siempre encontraba algún pretexto para quedarse un rato ahí escuchando su alegre cháchara. Podía ser que a su hija no la alegrara su compañía, pero parecía que la iba aceptando cada vez más. Ya no trataba de salir de una sala en el instante en que él entraba.

Una tarde al pasar lo sorprendió ver la cara muñeca que él había mandado a hacer para su hija sentada a la mesa al frente de la muñeca de Lottie.

Al parecer, Allegra estaba tan sorprendida como él. Estaba de pie, con las manos en la cadera, mirando el nuevo arreglo con ese tan conocido ceño nublándole la cara.

—¿Qué hace «ella» aquí?

—Harriet no se siente bien —contestó Lottie tranquilamente, tomando un poco de té de su taza de porcelana color hueso—. Tiene un poco de fiebre. Necesitábamos a una cuarta en nuestra mesa, así que no vi ningún mal en invitar a nuestra amiguita aquí. Ha estado encerrada en esa caja desde que llegó a Oakwylde. Yo diría que ese encierro es terriblemente sofocante.

Allegra se sentó en su silla sin dejar de mirar enfurruñada a la intrusa. Con sus inmaculados guantes blancos y sus rizos negros exquisitamente peinados, la muñeca parecía estar mirándolas despectivamente a todas a lo largo de su patricia nariz. La muñeca de Lottie le sonreía, con el parche en el ojo ladeado.

Hayden continuó su camino y se encerró en su estudio, hasta que su curiosidad pudo con él. Pasado un rato fue a asomarse a la puerta en arco del salón y vio a Allegra moviendo un dedo delante de la cara de la muñeca nueva:

—No permitiré que te comas todos los pasteles para el té, niña mala. Y cualquier señora educada sabe que nunca se come con los guantes puestos.

Mientras Allegra procedía a quitarle los guantes a la muñeca y meterle en la delicada mano una desmigajada galleta de la que cayó un chorro de mermelada de fresas sobre la delantera del carísimo vestido color lavanda, él sintió resonar una involuntaria risa en el pecho. Cuando Lottie miró hacia la puerta y levantó su taza hacia él en fingido brindis, él comprendió que no había sacado a la olvidada muñeca de su cofre por Allegra.

Lo había hecho por él.

A la semana siguiente Lottie y Allegra habían dejado de lado toda simulación de clases mientras Hayden había dejado toda simulación de creer que seguían haciéndolas. Cuando una mañana ellas decidieron celebrar una rara aparición del sol en el cielo arrastrando el caballo mecedor con ruedas de Lottie hasta el camino, Hayden se sentó en la baranda del pórtico a mirarlas, llenándose desvergonzadamente los ojos con cada movimiento de su mujer.

El aparato con ruedas estaba pensado para que el jinete a horcajadas sobre el caballo de madera le diera impulso con largos pasos hasta que el vehículo llegara a una colina o promontorio lo suficientemente elevado para dejarlo bajar solo. Sus ruedas de madera estaban hechas para senderos de jardín pavimentados, no para caminos de adoquines, de modo que en ese momento la pobre señorita Dimwinkle iba lanzada a una velocidad que con toda seguridad le haría saltar todos los dientes. Lottie y Allegra la acompañaban corriendo, una a cada lado, riendo y gritándole palabras de aliento.

Cuando desaparecieron detrás de una colina, Hayden se apoyó en los codos y levantó la cara al sol, disfrutando de su calor. El hermoso y ventoso día parecía resuelto a demostrar que la primavera podría llegar retrasada a ese rincón de Cornualles, pero que la espera bien valía la pena. El aire olía a tierra calentándose y a las cosas que crecían silvestres en el páramo. Tiernos brotecitos verdes comenzaban a asomar en las ramas de árboles que sólo unos días atrás uno habría jurado que estaban muertos. Una nívea capa de flores de espino cubría todas las colinas, y los acantilados estaban cobrando vida en una nube de juncos silvestres, silenes y aulagas. Las colonias de jóvenes gaviotas anidadas en sus acogedoras grietas anunciaban la llegada de la primavera con sus sonoros chillidos.

Reapareció el caballo con ruedas, esta vez con Lottie montada encima y Harriet y Allegra trotando detrás. Las largas y ágiles piernas de Lottie muy pronto pusieron a buena velocidad el aparato. Cuando llegó a lo alto de la colina, apoyó el peso en el marco y dejó volar el aparato sendero abajo, chillando de risa, su papalina volando detrás sujeta solamente por las cintas de terciopelo. Frunciendo el ceño, Hayden se enderezó, amilanado por ese temerario vuelo.

Antes que él pudiera gritar un aviso, el caballo chocó con una piedra y saltó fuera del sendero hacia la hierba. Lottie agrandó los ojos.

Mientras ella salía volando hacia una loma cubierta de hierba, él se levantó, bajó de un salto del pórtico y ya iba corriendo a la mayor velocidad por el camino de adoquines antes que ella cayera sobre el montículo de tierra que la hizo dar una voltereta en el aire.

Mientras corría iba casi cegado por una imagen de Lottie absolutamente inmóvil sobre la hierba, con el cuello torcido en un ángulo antinatural mientras el color rosa le abandonaba las mejillas.

Llegó a su figura caída al mismo tiempo que Harriet y Allegra. Ellas se arrodillaron frente a él en un charco de faldas mientras él cogía el tibio cuerpo de Lottie en sus brazos, atenazado por un frío terror.

—¡Lottie! ¡Lottie! ¿Me oyes?

Ella abrió los ojos y lo miró, pestañeando.

—Claro que te oigo. Me estás gritando justo en el oído, ¿no?

Cuando su traviesa sonrisa le formó un hoyuelo en la tersa mejilla, él se sintió desgarrado entre el deseo de besarla y el de sacudirla hasta dejarla sin sentido.

Muy consciente de las ávidas miradas escrutadoras de Harriet y Allegra, tuvo que contentarse con reprenderla:

—Tontita imprudente, ¿qué pensabas que hacías? Podrías haberte roto el maldito cuello.

Frente a él, Allegra agrandó los ojos con horrorizado placer. Comprendiendo que era la primera vez que decía una palabrota delante de su hija, añadió:

—Maldita sea.

Lottie logró sentarse en sus brazos, pero no hizo el menor intento de zafarse de ellos.

—No seas tonto. No es la primera vez que salgo volando de este aparato. Deberías haber visto al pobre George la semana que Sterling lo llevó a casa desde Alemania. Aterrizó justo encima de un matorral de espinos y no pudo sentarse en toda una semana.

Hayden la puso de pie y continuó mirándola enfadado.

—Si te vuelvo a pillar haciendo otro vuelo igual, tampoco tú podrás sentarte una semana entera.

Harriet y Allegra se miraron escandalizadas.

El caballo estaba tirado en desganada posición a unos pocos palmos de ellos en la hierba. Lottie fue a levantarlo.

Cuando lo llevó de vuelta al sendero, Hayden se puso las manos en las caderas.

—Supongo que no vas a volver a subir a ese aparato después de que casi te matas.

—Pues sí que voy a subir —replicó ella. Entonces brilló un pícaro destello en sus ojos—. A no ser, claro, que quieras cogerlo tú para dar una vuelta.

Hayden no podía dejar pasar ese reto.

—Tengo una idea mejor —dijo avanzando hacia ella.

Ella lanzó un chillido de sorpresa cuando él cerró las manos en su estrecha cintura, la levantó y la montó a asentadillas sobre el estrecho asiento de madera. Se cogió de las manijas para afirmarse, y antes que pudiera protestar, él pasó una larga pierna por encima del marco del vehículo, pasó los brazos por los costados de ella, cogió las manijas y empezó a hacer avanzar el caballo con largos y potentes pasos. Cuando llegaron a lo alto de la siguiente pendiente, se sentó en el asiento detrás de ella, extendió las piernas en el aire hacia delante y el aparato empezó a deslizarse hacia abajo a toda velocidad.

Los aterrados chillidos de Lottie pronto se convirtieron en chillidos de risa. Harriet y Allegra corrieron tras ellos un trecho hasta que al fin renunciaron a la persecución. Entonces Hayden sólo sentía el aire en su pelo, el sol en la cara y el exuberante y cálido cuerpo de Lottie apretado contra el de él.

Desde la muerte de Justine él había cabalgado por el páramo a galope tendido, con la finalidad de liberarse de las sombras del pasado. Pero con Lottie en sus brazos se sentía no como si fuera huyendo de algo sino corriendo hacia algo.

Por desgracia, ese algo resultó ser un foso de aguas pantanosas.

Tironeó enérgicamente las manijas, pero el caballo continuó derecho hacia el foso.

—¿Por qué no gira este manubrio?

—¿Manubrio? —gritó Lottie por encima del hombro—. ¿Qué manubrio?

Creyendo que la había oído mal, él volvió a intentarlo.

—¿Cómo se maneja este aparato?

Dada la creciente gravedad de la situación, la voz de Lottie sonó demasiado alegre cuando le gritó:

—Si su inventor se hubiera molestado en equiparlo con dirección, ¿crees que yo habría chocado la primera vez?

No quedaba tiempo para debatir la falta de previsión del inventor. La rueda delantera sólo estaba a poco más de un palmo de la orilla del foso. Envolviendo a Lottie con los brazos por la cintura, se lanzó fuera del caballo con ella. Cuando iban volando por el aire la envolvió con todo su cuerpo, resuelto a sufrir lo peor del aterrizaje.

Sin saber cómo, de pronto se encontró con la cabeza apoyada en algo seductoramente blando y oyó la voz de una mujer arrullando su nombre. Entreabrió un pelín los ojos y descubrió que ese algo blando era Lottie. Estaba tendido sobre la falda de ella con la cabeza acunada en su pecho. La sensación era tan agradable que deseó continuar ahí todo el día.

—Ay, Hayden, me siento fatal. Si no hubieras sido tan presumido te habría advertido lo de la falta de dirección. —Le acarició la frente, apartándole tiernamente el fastidioso mechón de pelo que siempre le caía sobre los ojos—. ¿Me oyes, pobrecito mío?

—Claro que te oigo —musitó, mirándola a través de las pestañas—. Me estás canturreando justo en el oído, ¿no?

Ella se levantó bruscamente tirándolo al suelo sin ninguna ceremonia.

—¡Ay! —se quejó él, frotándose la nuca y mirándola con expresión dolida—. Me alegra muchísimo que la tierra sea blanda aquí.

—Yo también —ladró ella, limpiándose la falda de briznas de hierbas, sin mirarlo a los ojos—. Si te hubieras roto el cuello, los chismosos me habrían echado la culpa a mí, y me llamarían la Marquesa Asesina todo el resto de mi vida. —Sorbió por la nariz—. O al menos hasta que encontrara un marido más afable.

Cuando ella se giró para alejarse de él, agitando las faldas, indignada, él se puso de pie de un salto, le cogió la mano y la giró hacia él.

—No hay nada sagrado para ti, ¿eh?

Al darse cuenta de que él se estaba riendo de ella, no reprendiéndola, se le acentuó la expresión de recelo en los ojos.

—Sólo las cosas que merecen serlo.

Hayden le quitó una hoja de hierba del pelo, pensando qué podría haber ocurrido en ese momento si hubieran sido otro hombre y otra mujer de pie ahí en esa ladera bañada por el sol. Si se hubieran conocido en otras circunstancias, en otra vida. Si él se hubiera podido permitir cortejarla antes de convertirla en su esposa.

Podrían haberlo descubierto si la brisa preñada de los aromas de las flores de mayo no hubiera llevado a sus oídos el ruido de traqueteo de ruedas de madera sobre los adoquines. Frunciendo el ceño, Hayden miró hacia arriba de la pendiente, haciéndose visera para ver algo bajo esa cegadora luz del sol. Un coche acababa de virar hacia el camino de entrada, su caparazón lacado brillante como un ala de cuervo.

Recibir visitas en la casa Oakwylde era algo muy poco corriente. Él no había invitado a ninguno de sus vecinos desde el día del entierro de Justine.

Olvidados del caballo de madera, él y Lottie subieron a toda prisa la colina a reunirse con Harriet y Allegra. El coche estaba deteniéndose delante de la entrada principal de la casa. Un lacayo bajó corriendo a abrir la portezuela. Del coche bajó una diminuta criatura vestida toda de implacable negro, desde la cofia a las botas.

Cogiéndole fuertemente el brazo a Lottie, Harriet dejó escapar una exclamación gutural. Lottie palideció como si del coche se hubiera apeado la Macabra Muerte.

—¿Quién es? —preguntó Allegra, tironeándole la manga a Lottie—. ¿La directora de pompas fúnebres?

—Peor aún —susurró Lottie—. Es Terwilliger la Terrible en persona.

Hayden podría haberse reído de sus exageradas reacciones ante lo que parecía ser una ancianita inofensiva si en ese momento no hubiera bajado su compañero de viaje, con sus cabellos rubio plateado brillando al sol.

Cuando el visitante se puso su elegante bastón bajo el brazo, Allegra miró el coche con más atención. De pronto, una radiante sonrisa le iluminó la cara:

—¡Tío Ned! ¡Tío Ned! —gritó, echando a correr.

Hayden sólo pudo quedarse donde estaba y mirar cómo pasaba su hija corriendo junto a él para ir a arrojarse en los brazos de otro hombre.

Capítulo 16

Mi única esperanza era ser más lista que él en su diabólico juego.

Sir Edward Townsend levantó a Allegra en volandas y le dio un ruidoso beso en la mejilla.

—¡Caramba, pero si esta es mi nena! Ha pasado tanto tiempo que no sabía si recordarías a tu viejo tío Ned. —La dejó en el suelo y le levantó el mentón—. ¡Mírate! La última vez que te vi, acababas de dejar de usar pañales, y hete aquí que ahora estás convertida en una hermosa damita. Así, pues, dime, ¿cuántas proposiciones has rechazado ya de jóvenes pretendientes enamorados?

Allegra se ruborizó profusamente y agachó la cabeza. Lottie miró a Hayden de soslayo. Él estaba contemplando el tierno encuentro con la cara absolutamente desprovista de expresión.

Entregándole su bastón al lacayo, el gallardo caballero le ofreció un brazo a Allegra y el otro a la señorita Terwilliger. Mientras el trío caminaba hacia ellos, aminorada su marcha por el bastón de la señorita Terwilliger, Lottie aprovechó para meterse los rizos sueltos en las peinetas de madreperla. No podía hacer nada respecto a su atuendo. Se había puesto su vestido más viejo para montar el caballo de madera, uno de muselina marrón más apropiado para una fregona que para una marquesa.

Harriet trataba en vano de esconderse detrás de ella.

—¿Crees que la han enviado mis padres? ¿Habrá venido para llevarme a casa?

—¿Quién diantres es? —preguntó Hayden.

—Fue una de nuestras profesoras en el colegio de la señora Lyttelton —siseó Lottie por la comisura de la boca—. Pero los últimos años se ha empleado en diferentes casas como institutriz particular.

—¡Ah! —dijo él, sarcástico—. «Esa» Terwilliger la Terrible.

Lottie avanzó unos pasos y cogió en sus manos una de las garras con guante negro de la mujer, sonriendo con los dientes apretados.

—Vaya, señorita Terwilliger, ¡qué sorpresa más increíble! ¿Qué la ha traído a nuestro pequeño rincón del mundo?

La anciana la miró enfurruñada por encima de sus anteojos de montura metálica, el lunar del mentón más peludo de lo que Lottie recordaba.

—No seas impertinente, muchacha. Tú me pediste que viniera.

—¿Yo se lo pedí? —graznó Lottie.

—¿Tú se lo pediste? —añadió Hayden, mirando a Lottie de soslayo con sombría expresión.

—Pues sí —repuso la señorita Terwilliger—. Puede que yo haya tenido que leer entre líneas en tu carta, pero dejabas abundantemente claro que aquí había una niña en angustiosa necesidad de mi orientación. —Dirigió a Allegra una mirada fulminante, observando su pelo revuelto por el viento y la papalina medio colgándole en la espalda—. Y veo que no podría haber llegado más justo a tiempo.

Allegra se puso fuera de su vista reuniéndose con Harriet detrás de Lottie.

La señorita Terwilliger hizo adelantar un paso a Ned, agitando sus pocas pestañas de una manera que se habría interpretado como coqueta en una mujer cien años menor.

—Me habría retrasado más aún si este encantador caballero no hubiera accedido a acompañarme.

Hayden miró a Ned fríamente.

—Supongo que mi mujer también te pidió a ti que vinieras.

Antes que Lottie pudiera protestar, Ned sonrió de oreja a oreja.

—Vamos, ¿por qué habría de necesitar un pretexto para visitar a un viejo amigo tan querido?

—No necesitas un pretexto —replicó Hayden—. Necesitas una invitación.

—Siempre tan apegado a los cánones sociales —suspiró Ned.

Lottie paseó la mirada entre sir Ned y la señorita Terwilliger, perpleja.

—¿Cómo llegaron a conocerse ustedes dos?

—Sólo usted es la responsable, milady —contestó Ned, recuperando su bastón de manos del lacayo—. Fue en el desayuno de su boda cuando conocí a su hermano George. No nos llevó mucho descubrir que tenemos un buen número de intereses en común.

Lottie no tuvo mucha dificultad para figurarse cuáles serían algunos de esos intereses. Lo más probable, cabalgar, las salas de juego y seducir a bailarinas de ópera.

—Dio la casualidad que estaba haciéndole una visita en la casa Devonbrooke cuando llegó la señorita Terwilliger con su carta. Después de que participara a su familia el contenido de la carta, se decidió que debía viajar aquí a ofrecerle sus servicios tan pronto como pudiera dejar el puesto que tenía en esos momentos.

La señorita Terwilliger se quitó los guantes con un chasquido que hizo encogerse a Lottie.

—Espero tener habitación y comida, además de un adelanto de mi salario dentro de una semana. Y no toleraré ningún tipo de coqueteo por parte de mis empleadores. Estoy demasiado vieja para aguantar que algún noble cachondo me persiga por la sala de estudio para mirar debajo de mis faldas. —Movió un huesudo dedo ante la cara de Hayden, haciendo temblar los pelos de su lunar en su indignación—. Espero cerradura con llave en mi dormitorio, joven, y puede estar seguro de que tengo toda la intención de usarla.

Logrando apenas ocultar un estremecimiento, Hayden le hizo una cortés reverencia.

—No tiene por qué temer por su virtud, señora. Procuraré comportarme como un caballero en su presencia.

Cuando se enderezó dirigió a Lottie una mirada que le advertía que esa promesa no se la haría a ella. Si no había deseado asesinarla antes, ciertamente lo deseaba en ese momento.

El galante sir Ned acudió en su rescate.

—Vamos, milady, y cuénteme cómo le sienta la dicha conyugal. —Cogiéndola del brazo, la llevó hacia la casa—. Puede que a su marido le encante hacer el ogro con aquellos que esperan eso de él, pero estoy seguro de que ya ha descubierto que dentro de ese fornido pecho late el corazón de un príncipe.

Puesto que Lottie no podía decirle que estaba empezando a dudar de que latiera algún corazón dentro del pecho de su marido, se limitó a mirar impotente a Hayden por encima del hombro y se dejó meter en la red del encanto de sir Ned.

Cuando Hayden llegó a cenar esa noche, Ned ya los estaba obsequiando a todos con anécdotas de la disipada juventud de los dos en Eton. Se sentó en su silla y al instante tuvo que levantarse de un salto porque del asiento salió un indignado chillido. Mascullando «animales infernales» en voz baja, puso al gatito negro en el suelo.

Dado que era la primera noche de la institutriz en Oakwylde, Lottie había invitado a la señorita Terwilliger a cenar con ellos. Agotada por el arduo viaje, la anciana ya estaba dando cabezadas sobre el plato de sopa. Mientras Hayden tomaba asiento, la anciana emitió un ronquido que igual se podría haber tomado por un estertor de muerte.

—No os preocupéis —dijo Hayden, indicando a Meggie que aceptaba que le sirviera una porción de arenques ahumados—. Las historias de Ned suelen tener ese efecto en las personas.

Le fue imposible no fijarse en que Ned se había sentado al lado de Lottie. Su mujer estaba particularmente deliciosa esa noche, con un vestido de seda de talle alto que brillaba como agua de rosas a la luz de las velas. Llevaba los rizos recogidos en alto, dejándole desnuda la graciosa curva de la garganta. Hayden se sorprendió deseando posar los labios ahí, lamer y saborear el pulso que latía bajo el cálido satén de su piel.

Cuando Ned cambió de posición en su silla, acomodándose en el ángulo perfecto para comerse con los ojos la blanca elevación de sus pechos, Hayden empezó a juguetear con su cuchillo para la mantequilla, entornando los ojos. Tal vez se había precipitado demasiado en su encuentro con su amigo en Londres cuando juró que nunca lo apuñalaría en el cuello con la cuchara para la mermelada.

Harriet estaba sentada frente al huésped, ruborizándose, riéndose y poniendo ojos de enamorada ante cada una de sus palabras. Hayden medio deseó que la boba muchacha se enamorara de él; le haría bien al bribón tenerla todo el tiempo pegada a sus talones como un amoroso cachorro. Allegra estaba sentada al lado de Harriet, y su mirada era igualmente adoradora. Él puso mantequilla a un panecillo humeante, tratando de no recordar la época en que su hija lo miraba a él así.

—Entonces, dime, Ned —dijo—, ¿a qué hora deseas marcharte mañana por la mañana? Es un viaje largo. Podría convenirte ponerte en marcha temprano. Tal vez deberías pedirle a tu ayuda de cámara que te despierte antes del alba.

—¡Hayden! —exclamó Lottie, visiblemente consternada por su grosería—. ¿A qué esperar hasta mañana? ¿Por qué no le pasas su sombrero y lo acompañas a la puerta ahora mismo?

Hayden agrandó los ojos, todo inocencia.

—¿Llamo a Giles?

Ned se echó a reír.

—No tiene ninguna necesidad de reñirlo, milady. Hace mucho tiempo que aprendí a no ofenderme por el grosero comportamiento de su marido. En realidad, Hayden, no tengo que volver a Londres hasta dentro de una semana. Pensé que podría quedarme aquí de huésped y aprovechar la oportunidad para conocer a tu encantadora esposa. —Le cogió la mano a Lottie y se la besó, con un destello diabólico en los ojos—. Espero que con el tiempo ella llegue a considerarme algo así como un hermano.

—Ya tiene un hermano —dijo Hayden, secamente—. Y un marido. —Se levantó y dejó la servilleta en la mesa—. Si nos disculpáis, señoras, sir Ned y yo nos retiraremos a la biblioteca a beber el oporto y fumar un cigarro.

—Pero si aún no han servido el segundo plato —protestó Lottie.

Ned también se levantó y dejó su servilleta, aceptando el tácito reto de Hayden.

—No temáis, señoras. Volveremos a tiempo para acompañaros en los postres. Como puede confirmarlo Hayden, jamás he podido resistirme a nada dulce.

Le hizo un guiño a Harriet, que metió la cara en la servilleta para disimular una risita. Después, haciéndoles a todas una galante venia, salió del comedor detrás de Hayden.

Hayden echó a andar delante de Ned con largas zancadas, haciendo breve el trayecto por la alfombra carmesí con azul que cubría de lado a lado el corredor. No dijo una sola palabra hasta estar los dos instalados en la biblioteca, con una copa de oporto en una mano y un cigarro encendido en la otra.

—Estás jugando un juego peligroso, amigo mío —dijo Hayden, apoyado en la repisa del hogar.

Hayden se sentó en un sillón de cuero y apoyó sus relucientes botas en una otomana.

—Por el contrario. Tal como yo lo veo, eres tú el que está cortejando el peligro al descuidar a tu bella y joven esposa.

—¿Qué te hace pensar que descuido a Lottie? —preguntó Hayden, ceñudo.

Ned dio una calada al cigarro.

—Para empezar, tus acomodos para dormir no son nada convencionales.

Hayden entornó los ojos.

—¿A qué criada sedujiste para obtener ese jugoso chismecito?

Ned lo miró acusador.

—Subvaloras mis encantos. No hizo falta más de una sonrisa para lograr que esa encantadora pelirrojilla soltara todos sus secretos. Parece ser que las relaciones conyugales, o falta de ellas, entre tú y la marquesa han sido una infinita fuente de elucubraciones en los cuartos de los criados.

Hayden arrojó su cigarro en el frío hogar; ya no le apetecía.

—Tú sabes mejor que nadie que este no fue un matrimonio buscado por ninguno de los dos. En estas circunstancias, no es insólito que un marido y una esposa mantengan habitaciones separadas.

—Tampoco es insólito que uno de ellos se eche amantes —repuso Ned. Al ver la expresión incrédula de Hayden, hizo girar el oporto en el fondo de la copa—. Ah, vamos, no puedes decirme que no lo has pensado. Es una joven muy atractiva. Si tú no la deseas, puedo asegurarte que algún otro hombre sí la deseará. —Bebió un trago de oporto, despreocupadamente—. Parece ser más juiciosa que Justine. No tienes por qué preocuparte de que provoque un escándalo. Estoy seguro de que será discreta en su elección de amantes.

Hayden dejó calmadamente su copa en la repisa del hogar, después levantó a Ned por la corbata primorosamente anudada y lo empujó hasta estrellarlo contra la librería más cercana.

A Ned se le cayó el cigarro al suelo pero, siendo el consumado caballero que era, no derramó ni una sola gota de su copa. Sin dejar de equilibrar la copa en la palma, miró a la cara a Hayden con una sonrisa sarcástica.

—¿Qué pretendes, Hayden? ¿Retarme a duelo? ¿Qué tipo de duelo va a ser esta vez? ¿A espada en el patio? ¿Pistolas al alba? ¿Ya has elegido a tu padrino? Si quieres, yo puedo cargarte la pistola y luego entregártela para que me mates con ella.

El velo rojo de rabia que le nublaba la visión a Hayden se despejó lo suficiente para dejarle ver que no era miedo lo que brillaba en los ojos de su amigo, sino triunfo.

Lo fue soltando poco a poco, esforzándose por controlar la respiración resollante. Cogió su copa de la repisa y la levantó, en gesto de burlón brindis, tratando de ocultar el temblor de su mano.

—Felicitaciones, amigo mío. Has conseguido provocarme para hacer el tonto por una mujer. Otra vez.

—Lo que he conseguido es hacerte reconocer que te estás enamorando de tu mujer.

—Por si lo has olvidado, la última vez que me enamoré de mi mujer murieron dos personas.

—Pero ¿no es eso la belleza y el peligro del amor? —dijo Ned, su voz embargada por una inesperada nota de pasión—. El amor debería considerarse un premio, digno de matar por él e incluso de morir por él si es necesario

—Sentimientos muy nobles, desde luego, viniendo de un hombre para quien la idea de amor eterno es una semana pasada en la cama de una bailarina de ópera. Si Phillipe estuviera aquí, no sé si estaría de acuerdo contigo. —Hayden miró el interior rubí de su copa de oporto—. ¿A eso has venido aquí? ¿A castigarme por su muerte?

—He venido porque me parece que ya es hora de que dejes de castigarte. Phillipe necesitaba que lo mataran —añadió, con expresión triste—, sobre todo después de lo que le hizo a Justine. Si no lo hubieras matado tú, lo habría hecho algún otro marido.

Hayden levantó la cabeza y lo miró.

—¿Y Justine? ¿También necesitaba que la mataran?

Ned hundió los hombros y lo miró con preocupación en sus ojos grises:

—Eso, sinceramente no lo sé, mi viejo amigo —repuso en voz baja—. Tú eres el único que lo sabe.

Hayden alargó la mano y le alisó suavemente la corbata arrugada.

—Creo que hay unas damas en el comedor esperando que las acompañes en los postres. Preséntale mis excusas a mi esposa, por favor.

Dándole una última palmadita a la corbata de Ned, giró sobre sus talones y echó a andar hacia la puerta.

—Si continúas negando tus sentimientos —le gritó Ned—, me parece que lo único que tendrás será pesar.

Allegra los sorprendió a todos tomándole bastante cariño a la señorita Terwilliger. Dado que las dos tendían a soltar lo primero que les pasaba por la cabeza, jamás les faltaba tema de conversación. Y al tener Allegra sus mañanas ocupadas con las clases de la arisca anciana maestra, Lottie empezó a sentirse algo perdida, sin saber qué hacer.

Una mañana entró en la sala de música, buscando un libro que había extraviado y se encontró con sir Ned, que estaba mirando el retrato de Justine, con las manos en los bolsillos.

Poniéndose a su lado, suspiró:

—¿Así que ha hecho todo el largo trayecto desde Londres para venir a rendir culto ante el altar?

—No, nada de eso —repuso él, negando con la cabeza—. La única ofrenda que satisfaría a una mujer como Justine sería el corazón de un hombre, arrancado de su pecho todavía latiendo.

Lottie lo miró sorprendida por la intensidad de su desdén.

—¿Por qué ese hastío? ¿No la cortejó también un tiempo?

—Sí —repuso él, volviendo la mirada al retrato, con una pesarosa sonrisa en sus delgados labios—. Con toda la pasión y ardor romántico de un enamorado de veinte años. Procuraba llenar su tarjeta de baile en todos los bailes y componía trabajosas odas al oscuro brillo de su pelo y a la exuberancia de sus labios.

—Debió de rompérsele el corazón cuando ella decidió casarse con Hayden.

Él levantó los hombros en un elegante encogimiento.

—Cuando rechazó mi proposición, puse cara larga y despotriqué contra la injusticia, como se esperaba que hiciera, pero si ha de saber la verdad, en mi corazón no sentí otra cosa que una avasalladora sensación de alivio.

Lottie frunció el ceño, perpleja por esa confesión.

—Pero yo pensé que la adoraba. ¿Cómo pudo renunciar a ella tan fácilmente?

—No lo sé muy bien. Tal vez entonces yo ya sabía que ella era una tragedia a la espera de ocurrir. Además, no soy ni la mitad del hombre que es Hayden —añadió francamente—. Jamás habría tenido la fuerza necesaria para aguantar sus caprichosos cambios de humor y exigencias.

En la siguiente pregunta, Lottie trató de sacar una voz despreocupada:

—El amigo de Hayden, Phillipe, ¿estaba igualmente enamorado y se sintió igualmente aliviado?

Un ceño ensombreció los marcados rasgos de Ned.

—Phillipe no era amigo de Hayden. Yo podría habérselo dicho, pero él no me habría creído. Con ese temperamento suyo tan alegre, siempre estaba resuelto a creer lo mejor de todo el mundo.

Lottie reprimió una sonrisa, desconcertada al oír calificar de alegre el temperamento de su marido.

—Siempre me ha parecido resuelto a creer lo peor de mí —dijo—. La noche que nos conocimos creyó que yo era una espía de uno de los panfletos de chismes.

Ned emitió un bufido.

—Si de verdad hubiera creído eso, probablemente la habría arrojado por el acantilado más cercano.

—Si Hayden creía que Phillipe era su amigo, ¿por qué Phillipe lo traicionó?

—Phillipe era hijo segundón de un vizconde que había perdido en el juego la mayor parte de su riqueza, mientras que Hayden era el muy querido hijo único de un marqués, y heredero de una espléndida fortuna. Phillipe codiciaba todo lo que Hayden tocaba, y muy especialmente a Justine. Nunca le perdonó a Hayden que conquistara su corazón y su mano.

—Hayden me dijo que había tenido una violenta riña con Justine cuando todavía estaban en Londres, justo antes de... antes de Phillipe. ¿Sabe usted por qué riñeron?

Ned exhaló un suspiro.

—Justine deseaba desesperadamente darle otro hijo, un heredero, pero sufrió tanto después del nacimiento de Allegra que Hayden temía que el esfuerzo y el dolor del parto destruyera lo que le quedaba de juicio.

—Pero ¿cómo evitaba...? ¿Cómo lograban...? —se interrumpió, indecisa, no deseando delatar su ignorancia.

—Pues, muy sencillo, milady —dijo él amablemente—. Desde el nacimiento de Allegra, Hayden nunca volvió a la cama de su mujer.

Lottie sólo pudo quedárselo mirando, pasmada por esa revelación. Ella había creído que no tenía nada para ofrecer a su marido que pudiera compararse con la pasión que había compartido con Justine. Sin embargo, él se había negado la cama de la mujer durante más de seis años.

—Aparte de estar loca —continuó Ned—, Justine era terriblemente celosa. Se obsesionó con la idea de que Hayden buscaba su placer en las camas de otras mujeres.

—¿Y lo hacía? —le preguntó Lottie, sosteniendo osadamente su mirada, con la esperanza de ocultar lo que le costaba hacer esa pregunta.

Ned negó con la cabeza.

—La mayoría de los hombres, yo incluido, habrían tenido una amante para aliviar sus necesidades más bajas. Pero no Hayden. Él no podía soportar hacerle eso a ella. O a ellos.

Lottie levantó la vista hacia los burlones ojos violeta de Justine.

—Porque la amaba.

Cuando Ned volvió a hablar, dio la impresión de que elegía las palabras con sumo cuidado:

—Hayden se vio arrojado al puesto de guardián y enfermero a una edad muy temprana. Muchas veces he pensado que su amor por Justine era más el amor de un padre por una hija que el de un hombre por una mujer. En su corazón sabía que jamás podrían ser verdaderamente iguales. —Dejando de mirar el retrato, se volvió hacia ella, con un reto clarísimo en su mirada—. Siempre pensé que él necesitaba una mujer que fuera su igual como pareja, tanto en la cama como fuera de ella.

Dicho eso, se disculpó haciéndole una cortés reverencia, y salió de la sala, dejándola sola con Justine para reflexionar sobre esas palabras.

Al día siguiente Hayden estaba revisando las cuentas de sus propiedades locales, con la cabeza inundada por un mar de cifras cuando sonó un enérgico golpe en la puerta de su estudio. Tuvo que quitarse un gatito del regazo y desprenderse otro del pie para poder levantarse. Iba a medio camino hacia la puerta cuando tropezó con un tercer gato. Exhalando un exagerado suspiro de paciencia, apartó al gatito de su camino con la punta de la bota.

Abrió la puerta. No encontró a nadie esperando. Asomó la cabeza, miró a ambos lados, pero el corredor estaba igualmente vacío. Al mirar al suelo vio un hoja de papel vitela doblada a sus pies. Alguien debió meterla por debajo de la puerta. Lo desdobló y vio que era una invitación escrita con una letra osada que sólo podía ser de su mujer.

Por lo visto, ella había decidido ofrecer una velada musical en honor del huésped. El primer número sería *¡Escucha! ¡Escucha! ¡La alondra!*, cantado a dúo por lady Oakleigh y la señorita Harriet Dimwinkle. A continuación la señorita Agatha Terwilliger tocaría *Besé a mi amado sobre la hierba* en el arpa. Hayden se estremeció, pensando que esa imagen igual podría tentarlo a arrancarse los ojos. Y cómo no, él número fuerte de la velada sería la interpretación de la sonata *La tempestad* de Beethoven por lady Allegra St. Clair en el piano.

Lentamente bajó la invitación. *La tempestad* era una de las piezas favoritas de Justine. Él había pasado muchas agradables veladas en la sala de música con Allegra en el regazo escuchando a Justine tocar magistralmente esa estremecedora melodía. Pero siempre que ella dejaba de dormir y empezaba a arder en el fuego que amenazaba con consumirla desde dentro, tocaba la pieza una y otra vez, su ejecución tan destemplada y disonante que lo hacía temer que él también estuviera en peligro de perder el juicio.

La idea de estar sentado ahí escuchando esa pieza tocada por los pequeños dedos de Allegra le hizo brotar un sudor helado por todo el cuerpo.

Podría hacerlo, se dijo, arrugando la invitación en la mano. Por su hija, sería capaz de hacerlo.

Y eso era lo que seguía diciéndose seis horas después, de pie ante el espejo de cuerpo entero de su dormitorio. No podría haberse preocupado más de su arreglo personal si lo hubieran invitado a Windsor a cenar con el rey. Su cuello y puños estaban almidonados, el nudo de su corbata tan bien hecho como el de la de Ned, sus rebeldes cabellos bien domados para dar la apariencia de civilización. Sin embargo el hombre que lo contemplaba desde el espejo tenía la mirada de un salvaje.

Sacó su reloj y lo abrió. Ya estarían todos congregados en la sala de música, esperando que él llegara. No sorprendería a nadie, mucho menos a Lottie, si enviaba a Giles a ofrecer sus excusas.

«Si continúas negando tus sentimientos, me parece que lo único que tendrás será pesar.»

Mientras resonaban las palabras de Ned en su cabeza, se estiró la chaqueta y le dio la espalda al hombre del espejo.

Allegra revoloteaba por la sala de música como una mariposa nerviosa, ataviada con su fino vestido de caniquí rosa y zapatos de cabritilla. Con la ayuda de Lottie, su rebelde pelo estaba peinado en brillantes bucles que le caían en cascada hasta la mitad de la espalda. Aunque sus dos muñecas ocupaban asientos de honor delante del piano, ya empezaba a tener más aspecto de jovencita que de niñita.

Rogando no haber cometido un terrible error de cálculo, Lottie hacía todo lo posible por no mirar hacia la puerta cada tres segundos. Se imaginaba que en cualquier momento aparecería Giles a anunciar que su señoría se había visto obligado a salir por un asunto urgente que requería su atención inmediata, como por ejemplo ir a quitar una piedrecita del casco de su caballo o a inspeccionar el trabajo en el murete de contención derribado al pie del camino de entrada.

En su puesto junto a sir Ned en el diván, Harriet bebió un sorbo en su copa de ponche.

—Espero no decepcionarle demasiado con mis gorjeos, señor.

—No tiene por qué inquietarse, señorita Dimwinkle —contestó Ned, haciéndole un guiño a Lottie—. No se puede esperar que una dama tenga la cara y la voz de un ángel al mismo tiempo.

Ocultando la cara dentro de su copa, Harriet soltó unas risitas, encantada.

—Es un cuarto de hora pasada de mi hora de acostarme —anunció la señorita Terwilliger a nadie en particular—. Jamás habría prestado mi talento a esta pequeña bacanal si hubiera sabido que la juerga se iba a alargar hasta altas horas de la madrugada.

Lottie miró su reloj. Eran pasadas las siete y media.

—No tenemos por qué esperar más —dijo Allegra, sentándose en la banqueta del piano y mirándose los zapatos—. No va a venir.

—Muy ciertamente, ha venido.

Todos giraron la cabeza y vieron a Hayden en la puerta. Su seca inclinación de la cabeza sólo subrayó la despreocupada elegancia de su atuendo. Cuando se encontraron sus ojos, su mirada recelosa dejó a Lottie sin aliento. Con sus mandíbulas apretadas y ese tenaz mechón de pelo sobre la frente, jamás lo había visto tan aniquiladoramente apuesto. Aunque Allegra no reconoció la llegada de su padre ni con un gesto ni saludo, la cara se le sonrojó de placer.

Hayden fue a sentarse en la silla contigua a la de Lottie, calentándole cada respiración con el masculino aroma a mirica. Ella no pudo resistirse a acercar la cara a él a susurrarle:

—Tienes el aspecto de estar a punto de asistir a una ejecución pública.

—Lo estoy —susurró él, la educada sonrisa congelada en su cara—. La mía.

Estando todo el público presente, Lottie y Harriet fueron a ponerse tras el atril con la música y comenzaron su actuación. Mientras la voz de Lottie era alta y afinada, la de Harriet sólo podía calificarse de graznidos desafinados más apropiados para cantar *¡Escucha! ¡Escucha! ¡El sapo!*

Sin duda temiendo un bis, en el instante en que murió la última nota, Ned se puso de pie de un salto y aplaudió entusiasmado, gritando:

—¡Bravo! ¡Bravo!

Lottie hizo su reverencia y luego llevó a rastras a la sonriente Harriet de vuelta al diván.

El siguiente número del programa era el solo al arpa de la señorita Terwilliger, pero nadie tuvo el valor de despertarla. Tomando como señal el gesto de aliento de Lottie, Allegra se levantó y fue a ocupar su lugar en la banqueta del piano, con las manos temblorosas.

En el instante en que esas manos tocaron las teclas, se les evaporó el temblor como por arte de magia, hechizándolos a todos con su ágil gracia.

Cuando del instrumento salieron las primeras y vibrantes notas, Lottie miró de reojo a Hayden. ¿Era su imaginación la que la hacía ver ese indicio de terror en sus ojos, la fina capa de sudor en su frente? A posta había dispuesto las sillas de modo que estuvieran sentados de espaldas al retrato de Justine, pero tal vez de todos modos él sentía esos maliciosos ojos perforándole la nuca.

Allegra acababa de llegar al espectacular momento álgido de la pieza cuando Hayden se puso de pie. Los dedos se detuvieron bruscamente y el acorde inconcluso quedó sonando en el silencio.

—Lo siento —balbuceó él, con la voz áspera, ahogada—. Lo siento terriblemente, pero no puedo... sencillamente no puedo...

Después de mirar a Lottie con ojos suplicantes, salió a largas zancadas de la sala.

Lottie estaba en su cuarto sentada ante el escritorio con la pluma puesta sobre el papel, pero no le salían las palabras. Lo que antes captaba tan fácilmente en osados trazos negros sobre marfil, parecía estar estancado en sombras grises. Los personajes de su novela no le parecían más reales que las chillonas caricaturas hechas por un dibujante anónimo para los panfletos de escándalos. Cada vez que intentaba imaginarse al villano, veía la última mirada, suplicante, impotente, que le dirigiera Hayden antes de huir de la sala de música.

Se había retirado al dormitorio después de meter en la cama a la deprimida Allegra. Aunque todos le rogaron que siguiera tocando después de la nada ceremoniosa salida de Hayden, ni siquiera el guasón encanto de Ned logró que tocara otra nota. Con la cara pálida y triste, insistió en que quería irse a acostar. Lottie habría preferido con mucho que llorara, gritara y armara una de sus legendarias pataletas. El estoico sufrimiento de la niña le recordaba muchísimo a Hayden.

Dándose cuenta de pronto de que había trazado rayas de tinta por toda la hoja, abrió su maletín, sacó una hoja limpia y metió la pluma en el tintero. Llevaba varios minutos escribiendo un tanto desganada cuando llegaron a sus oídos las primeras notas de una fantasmal música de piano.

Se le movió bruscamente la mano, volcando el tintero. La tinta corrió por la página, borrando lo que acababa de escribir.

Escuchando la conmovedora belleza de esas apasionadas notas, cerró los ojos y susurró:

—Ay, Allegra.

Hayden estaba contemplando el oleaje que cubría de espuma las rocas al pie del acantilado. Aunque tenía bien firmes sus muy musculosas piernas para resistir los embites del viento, sus castigadoras ráfagas lo golpeaban haciéndolo oscilar peligrosamente cerca del borde del precipicio. En el cielo las nubes coqueteaban con la luna, sus cambios de humor tan caprichosos como lo fueran los de Justine. Detrás de él, la casa estaba oscura y silenciosa, sus ocupantes durmiendo desde hacía rato, soñando con el mañana.

Sabía que no sacaría nada con irse a la cama esa noche. Cada vez que cerraba los ojos veía las afligidas caras de su mujer y de su hija cuando él les estropeó esa agradable velada.

Continuaba de pie ahí cuando el viento trajo a sus oídos las primeras y lejanas notas de música de piano. Era la misma pieza que tocara Allegra esa noche, la misma que Justine tocaba una y otra vez, atacando las teclas con dedos frenéticos. Lentamente se giró a mirar las ventanas oscuras de la casa, oyendo la fuerza y furia de la música como una inminente tormenta.

Lottie iba a toda prisa por el oscuro corredor, sintiendo estrellarse en ella las notas de la sonata, como olas. Antes ese sonido le habría atenazado de terror el corazón, pero en ese momento sabía que no tenía nada que temer aparte de una niña herida y desafiante. Las puertas de la sala de música estaban abiertas invitadoras, como lo estaban siempre desde aquella noche en que descubrió allí a Allegra haciéndose pasar por el fantasma.

Entró en la sala, rozando el suelo con la orilla del camisón. Por la claraboya entraba la luz de la luna, cubriendo el piano con un nebuloso brillo. Tal como aquella vez, la tapa del instrumento estaba abierta, ocultándole el teclado de la vista.

Sintió el mareador aroma de jazmín. Seguro que Allegra había vuelto a ponerse el perfume de su madre.

Dio la vuelta al piano, suspirando.

—Tienes todo el derecho a estar enfadada con tu padre, Allegra, pero eso no significa que puedas...

No había nadie en la banqueta. Lentamente subió la vista hacia el teclado; las teclas continuaron bajando y levantándose durante un buen momento hasta quedarse quietas y en silencio.

Abrió la boca, pero no le salió nada, de modo que volvió a cerrarla. Alargó la mano y pasó un tembloroso dedo por una tecla.

—Si esta es tu idea de una broma, milady, no me divierte.

Levantó la cabeza y se encontró con Hayden, que estaba a unos palmos de ella, su cara velada por la oscuridad.

Capítulo 17

¿Cómo soportar la secreta vergüenza de mi rendición?

Hayden se había despojado de su elegante atuendo y del barniz de civilización que este le daba. No llevaba chaqueta ni chaleco, y la corbata arrugada le colgaba suelta del cuello. Tenía el pelo revuelto y los ojos aún más trastornados.

Al verlo salir de la oscuridad, Lottie retiró bruscamente la mano del piano.

—Es demasiado tarde para hacerte la inocente, ¿no crees? —Se detuvo tan cerca, que ella olió los aromas mezclados de peligro y aire marino—. Acabo de asomarme a la habitación de Allegra. Está durmiendo como un bebé.

Lottie miró de soslayo las teclas del piano, sin poder decidir si lo que sentía era terror o extrañeza, o una mezcla de ambas cosas.

—¿Es-está durmiendo?

—Sí. Y ya sé que sabes tocar, así que vale más que confieses que eras tú la que estaba tocando esa pieza. —Entornó los ojos hasta que estos parecieron dos rajitas de hielo—. A no ser, claro, que quieras tratar de convencerme de que en realidad hay un fantasma.

Lottie miró hacia el retrato de encima de la repisa del hogar. Por una vez, Justine no parecía estar riéndose de ella, sino con ella. Sus ojos violeta chispeaban a la luz de la luna como si las dos compartieran un secreto que sólo podía conocer una mujer, secreto que la instaba a guardar. ¿Sería posible que ya no fueran rivales sino aliadas? ¿Los habría llevado Justine a ese lugar a ella y a Hayden por algún motivo?

Extrañamente envalentonada por esa idea, lo miró a la cara.

—Por la forma como saliste huyendo de aquí esta noche cuando estaba tocando Allegra, yo habría jurado que eras tú el perseguido por un fantasma.

—El fantasma de mi tontería tal vez. Debería haber sabido que era mejor no poner un pie en esta maldita sala.

—Sin embargo estás aquí otra vez.

Él la miró receloso, bajando la mirada entornada desde sus rizos sueltos sobre la espalda a los raídos pliegues del camisón y a sus pies descalzos.

—Sólo porque me has hecho una trastada cruel, despiadada. ¿Qué es esto, Lottie? ¿Piensas que la desilusión que vi en los ojos de mi hija esta noche no ha sido suficiente castigo?

Ella negó con la cabeza.

—No quería castigarte.

Él se pasó una mano por el pelo.

—Entonces ¿para qué demonios me has hecho venir aquí?

La luna le bañaba los marcados planos de la cara en su luz de alabastro mientras la miraba, ya incapaz de ocultar su desesperado deseo. Lottie había pensado qué podría hacer si él volvía a mirarla así, y en ese momento lo supo.

—Para esto —susurró, cogiéndole la cara entre las manos y atrayendo su boca a la de ella.

Su beso lo invitaba a beber a fondo de la ternura que ella tenía para ofrecerle. Una bebida embriagadora que los emborrachó a los dos con su dulzura.

—Ah, demonios —musitó él contra sus labios—. Nuevamente sientes lástima de mí, ¿verdad?

—¿No fue por eso por lo que te casaste conmigo? —preguntó ella, posando los labios en la musculosa columna de su cuello, paladeando el cálido sabor salado de su piel—. ¿Porque yo me metí en un terrible apuro y me tuviste lástima?

Él introdujo los dedos por sus cabellos, enrollándoselos y tironeándoselos suavemente para obligarla a sostener su fiera mirada.

—Me casé contigo porque no podía soportar la idea de que otro hombre te hiciera su amante... te pusiera las manos encima, te acariciara como deseaba acariciarte yo.

Esa confesión le produjo un estremecimiento de emoción primitiva por toda ella.

—Demuéstramelo —susurró.

Moviendo el humoso terciopelo de la lengua por su boca, la rodeó con un brazo y la levantó, llevándola hacia atrás hasta que quedaron apoyados en el piano. Apartando la vara que la sujetaba, dejó caer la tapa y la sentó encima.

Lottie apoyó las manos sobre sus anchos hombros para afirmarse, pero no pudo hacer nada para controlar el jadeante ritmo de su respiración. Por fin no había ningún criado, ni estaba Harriet ni Allegra para interponerse entre ellos. Incluso Justine se había retirado a las sombras, dejándolos a los dos solos con la luna.

Hayden la estrechó suavemente en sus brazos. Por el momento parecía contentarse con inspirar sus suspiros y besarle y mordisquearle la suave piel de la garganta. Cuando con la punta de la lengua siguió el contorno del lóbulo y le acarició dentro de la oreja, a ella se le escapó una exclamación y se le separaron las rodillas como por voluntad propia. Él se puso entre ellas y con un gemido salido desde el fondo de la garganta se llenó las manos con sus turgentes pechos; le acarició los pezones con las callosas yemas de los pulgares por encima del desgastado algodón del camisón, haciéndole bajar una oleada de sensación por el vientre.

A la deriva en un mar de placer, casi no lo sintió bajarle el camisón por los hombros, dejando sus pechos expuestos a su ardiente mirada.

—Lottie, Lottie, dulce Lottie —musitó él con la voz espesa, mirándole los pechos iluminados por la luna—. He soñado con este momento desde esa primera noche en Mayfair.

Antes que ella pudiera asimilar la maravilla de esa confesión, él inclinó la cabeza hasta sus pechos, bañándole primero un pezón y luego el otro, con el néctar de su beso. Toda la timidez que podría haber sentido ella se desvaneció con la osadía de él atormentándole uno de los vibrantes pezones con la lengua y luego introduciéndoselo en la boca y succionándolo fuerte. Esta vez la oleada de sensación pasó de su vientre al ansioso hueco de la entrepierna.

Cuando intentó juntar las piernas para aliviar esa torturante sensación, las caderas de su marido estaban ahí, duras, implacables, sin dejarle otra opción que rodearlo con las piernas.

Hayden se estremeció, temiendo que el inocente ardor de Lottie fuera su perdición. Se apartó un poco de ella, dándose un momento para embeberse de su vista. Parecía un ángel sensual, sus ojos medio cerrados de deseo, su pelo suelto alrededor de las mejillas sonrosadas, sus labios y pechos desnudos brillantes por los besos de él.

—Hermosa Lottie —susurró, acariciándole el pelo con una mano—. He hecho todo lo posible por convencerme de que todavía eres una niña, sabiendo en mi corazón que eres una mujer. Toda mujer.

Sin apartar los ojos de su cara, metió la otra mano debajo del camisón, y elevó una silenciosa oración de acción de gracias porque ella no dormía con calzones. Deslizó la mano por la rodilla hacia el satinado muslo y continuó subiendo hasta rozar con las yemas de los dedos el sedoso triángulo de rizos en la entrepierna.

Ella cerró los ojos. Se le agitó el pecho y la respiración se le hizo rápida y jadeante. Sin poder continuar templando su necesidad con freno, él la acostó de espaldas sobre el piano, levantándole el camisón hasta la cintura.

Era toda dorada, pestañas de punta dorada, piel dorada, rizos dorados, arriba y abajo. Su ávida mirada se quedó ahí, y se le aceleró la respiración. Nada deseaba más que introducir los dedos por entre esos sedosos rizos en busca de una perla más valiosa aún que el oro.

Mirándole la cara, apartó esos rizos de abajo con un dedo y gimió ante lo que encontró. Ella ya estaba mojada para él, por dentro y por fuera. Tuvo que hacer un enorme esfuerzo para no desabotonarse la bragueta del ya tirante pantalón y enterrarse hasta el fondo en su ardiente centro. Pero las sombras de placer que bailaban en sus sonrojadas mejillas lo cautivaron, lo incitaron a retrasar su placer para gozar un momento más del de ella.

Acarició entre esos oscuros pétalos hasta que ella comenzó a moverse contra su mano. Trazando suaves círculos alrededor del sensible botón acunado entre sus pliegues con la yema del pulgar, se inclinó sobre ella y le puso la boca en el oído:

—Dime, ángel, ¿sabes tan a cielo como te ves?

Lottie abrió los ojos, pero él ya tenía ahuecadas sus grandes y cálidas manos en sus nalgas y la iba arrastrando hasta el borde mismo del piano, donde estaría completamente a su merced. Nada de lo que le explicaran Laura y Diana la había preparado para ver la oscura cabeza de su marido metida entre sus piernas, para la deliciosa sensación de su boca apretada contra ese lugar prohibido que escasamente se atrevía a tocarse con la mano.

Esto es locura, pensó, incoherente. Estar tendida encima de un piano a la luz de la luna con el camisón todo enredado alrededor de la cintura, retorciéndose bajo la boca de un hombre que se negaba a ofrecerle su amor pero le daba pródigamente ese aniquilador placer. En ese momento casi temía menos que él hubiera asesinado a su primera mujer que el que a ella ya no le importara si lo había hecho.

Con cada sensual movimiento de la lengua de él, discurría el placer por toda ella, misterioso, dulce, pleno. Enredó los dedos en la revuelta seda de sus cabellos mientras él hacía música en ella con su boca tensándola como una cuerda de un piano. Cuando esa exquisita melodía se iba acercando a un crescendo, se arqueó contra él, temiendo estallar del todo.

En el preciso instante en que comenzó a agitarse contra su boca, él introdujo el dedo más largo dentro de ella, arrojándola por el acantilado en una mareadora caída libre. Pero él estaba ahí para cogerla en sus fuertes brazos, estrecharla contra su pecho y calmar sus incontrolables estremecimientos con tiernas caricias y tácitos murmullos de cariño.

—Por un minuto —musitó él con la boca sobre su pelo—, temí que gritaras como gritaste esa noche en la habitación de Allegra.

Todavía resollante, ella ocultó la sonrojada cara en el hueco de su garganta.

—Por un minuto, yo también lo creí.

Capturándole la boca en un profundo y embriagador beso, él la levantó y la llevó en brazos hasta el diván. La depositó sobre los cojines de satén y procedió a quitarle el camisón y tirarlo al suelo. Aunque encontraba un algo innegablemente escandaloso y estremecedor en el hecho de estar desnuda mientras su marido estaba totalmente vestido, tenía hambre de sentir el calor de su piel contra la suya. Le desabotonó la camisa y la abrió hasta que estuvieron piel con piel, corazón con corazón.

Hayden cerró fuertemente los ojos, pensando que nunca sentiría algo tan exquisito como los llenos y suaves pechos desnudos de Lottie contra su pecho. Al menos eso fue lo que creyó hasta que esa osada manita se deslizó hacia abajo y se ahuecó sobre la abultada delantera de sus pantalones.

Mientras él movía las caderas, apretándose fuertemente contra su mano, la insaciable curiosidad de Lottie pasó rápidamente a asombro. Cuando él le aseguró que sólo tenía su apellido para ofrecerle, le había mentido. Le acarició el rígido miembro por encima de la delgada capa de ante, siguiendo su abultado contorno con dos dedos. Un fantasma podía tener su corazón, pero ella tendría el resto de él.

Con un gemido ahogado, él la puso de espaldas en el diván y metió la mano entre ellos para desabotonarse el pantalón. Una nube tapó la luna arrojando sombras sobre los dos. Cuando él la cubrió, ella le abrió los brazos y las piernas, abrazándose a él y a la oscuridad. Él se frotó contra ella, bañando su rígido miembro en la exquisita miel que él había hecho brotar de su cuerpo.

Lottie gimió, aturdida de placer. Por lo que a ella se refería, él podría haber continuado toda la noche ese enloquecedor asalto a sus sentidos, pero en el siguiente movimiento él cambió el ángulo de sus caderas y se introdujo en ella.

Recordando lo que le explicaran Diana y Laura, sabía que Hayden había hecho todo lo que estaba en su poder para dejarla más que preparada para recibirlo. Pero no existía ninguna preparación para lo que sintió. Le enterró las uñas en los sudorosos músculos de la espalda, se mordió el labio para no gritar, pero no antes de que se le escapara un suave chillido de dolor.

Enterrado en ella, Hayden se quedó inmóvil, controlando su potente cuerpo.

—¡No pares! —exclamó ella, tratando de retener las lágrimas de dolor antes que él las viera—. Has sido más que generoso conmigo. Ahora te toca a ti tener «tu» placer.

—Gracias, Carlotta —repuso él solemnemente, aunque ella sintió los estremecimientos de sus hombros en sus manos; él la sorprendió depositándole un beso en la punta de la nariz—. Eso es muy noble y sacrificado de tu parte. Procuraré que lo desagradable no dure ni un instante más de lo necesario.

Apoyando las palmas en el diván para sostener la parte superior del cuerpo, comenzó a entrar y salir de ella en largos e hipnóticos embites. Cerrando los ojos, Lottie comenzó a estremecerse por su reacción. Seguía sintiendo el volumen, la tirantez, el ardor, pero el dolor estaba comenzando a fundirse con otra cosa. Con algo mágico, algo extraordinario.

No pudo determinar el momento exacto en que el placer de él se transformó en el de ella. Sólo supo que un instante se estaba manteniendo rígida como un madero con el fin de no apartarse de él y al siguiente estaba arqueando las caderas para recibirlo, instándolo a penetrarla más hondo.

—¿Estás harta de lo desagradable? —musitó él, con la voz nada firme—. ¿Paro ahora?

—No —gimió ella, aferrándole los rígidos músculos de los brazos—. No pares nunca.

—Caramba, insaciable zorrita. Y pensar que una vez le aseguré a Ned que tenía el vigor suficiente para satisfacerte.

Entonces Lottie se atrevió a abrir los ojos, se atrevió a enredar los dedos en su pelo y atraer osadamente sus labios hacia los suyos.

—Entonces, demuéstralo.

Él le cubrió la boca con la suya, respondiendo al desafío con una embestida hacia arriba que la hizo ahogar una exclamación. Su duro peso masculino la clavó al diván, hasta que ella sólo podía hundirse más en los cojines y él no podía hacer otra cosa que enterrarse más en ella. Si la melodía que él había tocado en su cuerpo con su boca era un exquisito nocturno, esto era entonces una atronadora rapsodia, irresistible en su potencia y pasión. Parecía continuar y continuar, pasando de un crescendo a otro y a otro. Cuando él añadió una inesperada nota de adorno metiendo la mano entre ellos y acariciándola ahí, Lottie se estremeció bajo sus hábiles dedos, y el éxtasis la estremeció hasta su mismo centro.

Estrujado en un torno de puro placer, Hayden sintió desmoronarse los últimos restos de su autodominio. Al enterrarse hasta el fondo del joven y bien dispuesto cuerpo de su mujer, pasó el éxtasis rugiendo por todo él en una implacable oleada, llevándose el pasado con todos sus fantasmas.

—Laura y Diana tenían razón —dijo Lottie, con la mejilla en el pecho de Hayden y una pierna apoyada posesivamente en su muslo.

—¿En qué?

Ella se enrolló en el dedo un trocito de vello del pecho de él mojado por el sudor.

—Me dijeron que sería mucho más fácil para mí si primero tú me preparabas para recibirte.

Una ronca risa reverberó en el pecho de él.

—Te lo pusieron como si yo fuera a hacerte una visita social.

Lottie se rió.

—Tal vez deberíamos decirle a Giles que te anuncie. Lady Oakleigh está preparada para recibirle ahora, milord —dijo con voz ronca imitando al mayordomo—. Si entra en la sala de música y se quita toda su ropa, la encontrará esperándolo en el diván.

—Eso lo encuentro una perspectiva deliciosa. Si esperas un poco, lo llamaré. —Le ondularon los músculos del pecho al estirar un brazo por encima de la cabeza fingiendo que iba a tirar del cordón con borla que colgaba encima del arpa.

Echándose encima de él, Lottie le cogió el brazo, protestando:

—¡Noo! Ya veo a la señora Cadáver, perdón, quiero decir la señora Cavendish, mirándonos despectiva por encima de su larga nariz. Si nos pilla en este escandaloso desorden, lo más probable es que envíe a Meggie a pasarnos el plumero por encima.

—¿Y qué mal habría en eso? —dijo él, ahuecando las manos en sus nalgas con un perverso destello en los ojos—. Se me ocurren varias maneras ingeniosas de usar un plumero.

—Ya me lo imagino, milord. Pero a mí también.

Cuando Hayden sintió el roce del vello púbico de ella sobre su miembro que comenzaba a hincharse, emitió un ronco gemido, medio de dolor, medio de placer. Ned no tenía ninguna necesidad de preocuparse respecto a su vigor viril tratándose de su lujuriosa mujercita. Lo único que tenía que hacer ella era mirarlo con esos luminosos ojos y él ya estaba amartillado y listo para volver a disparar. Y eso sin tener en cuenta lo que le estaban haciendo los enloquecedores meneos de su trasero.

Hizo girar la lengua sobre sus labios hinchados por sus besos, con la respiración resollante.

—Y ahora dime, ¿qué otra cosa te dijeron tu tía y tu hermana para prepararte para tus deberes en la cama de matrimonio?

—Bueno... —contestó ella, pensativa, mirándolo provocativa por debajo de esas pestañas doradas—, me advirtieron que hay algunos maridos tan incontrolables en sus deseos, tan violentos en sus apetitos, que se arrojan encima de sus esposas como bestias en celo, buscando solamente el placer de ellos.

—Qué horrendo —exclamó Hayden, sintiendo que sus labios se curvaban en una pícara sonrisa—. Pero sólo por un ratito —sugirió, cerrando sus manos en la cintura de ella y deslizándose a un lado dejándola tendida boca abajo entre los mullidos cojines del diván—, ¿por qué no simulamos que yo soy exactamente ese tipo de marido?

Cuando se puso de rodillas detrás de ella, poniéndole un cojín debajo de las caderas, ella lo miró por encima del hombro, con los ojos agrandados y la respiración agitada.

—Supongo que puedo soportarlo si debo. Jamás desearía saltarme mis obligaciones de esposa.

—Ni yo a mis deberes de marido.

Cuando él la penetró profundamente, ella gimió de placer, enterrando las uñas en el diván.

—Cierra los ojos, ángel —susurró él—. Esto acabará antes que te des cuenta.

Por la claraboya Hayden veía pasar tenues nubes rosadas por el cielo que iba cambiando lentamente de color pizarra a azul. A pesar de las adormiladas protestas de Lottie, le pasó el voluminoso camisón por la cabeza y la levantó en brazos. Sin abrir los ojos ella le rodeó el cuello con los brazos y se acurrucó contra su pecho. A diferencia de Justine, Lottie no usaba ningún fuerte perfume floral. Su sano aroma a jabón, mezclado con el olor almizclado dejado por la relación sexual, lo embriagaba con cada inspiración que hacía.

Aunque su primer impulso fue llevarla a su dormitorio, a «su» cama, se obligó a virar hacia el ala este. Si la metía en su enorme cama de cuatro postes sólo acabaría haciéndole el amor otra vez. Y otra vez. Ya había sido demasiado goloso en sus atenciones. Lo único que quedaba de la inocencia de su mujer eran unas cuantas manchas color orín en los muslos de los dos. Su cuerpo necesitaba un tiempo para recuperarse de sus apasionados acoplamientos.

Informaría a Meggie que no debía perturbar el sueño de su señora. Tan pronto como ella diera señales de despertar, le haría llevar una bañera con agua caliente a su habitación. Por la cabeza le pasó una imagen de Lottie sentada en la bañera de bronce con sus rizos dorados recogidos en lo alto de la cabeza y su pechos dorados brillantes con el agua, y volvió a excitarse. Soltó una palabrota, maldiciendo sus nobles intenciones.

Cuando entró en el dormitorio y la metió bajo las mantas, el enorme gato amarillo lo miró acusador desde el pie de la cama.

—No tienes por qué estar tan ofendido —le susurró—. Yo diría que en tu tiempo hiciste tus buenas rondas. Y sin el vínculo del matrimonio.

Zangoloteos no se veía por ninguna parte, pero cuando él estaba poniendo un edredón extra sobre Lottie, Mirabella salió corriendo de debajo de la cama. En uno de esos inexplicables arrebatos de energía, tan corrientes en los gatos pequeños, saltó por encima de la cama y dio tres vueltas por la habitación como una loca y al final saltó sobre el escritorio de palisandro del rincón.

—¿Ves lo que has hecho? —la reprendió Hayden al ver el tintero volcado.

Sin el menor asomo de arrepentimiento, la gatita bajó del escritorio de un salto y caminó calmadamente hasta el hogar, donde se echó y empezó a lamerse el pequeño vientre peludo.

Mirando de soslayo a Lottie para asegurarse de que no había despertado, él fue hasta el escritorio a enderezar el tintero antes que la tinta cayera sobre la alfombra. Pero por lo visto la gatita tenía razón al no preocuparse. La tinta estaba seca, se había derramado mucho antes que la gata hubiera saltado ahí.

Al sacar el tintero de encima de la página toda manchada, golpeó con el codo el maletín que estaba en el borde del escritorio. El maletín cayó al suelo y de él salieron páginas tras páginas de papel vitela tamaño folio, todas llenas de margen a margen con la bastante llamativa caligrafía de Lottie. Tendía a escribir con espectaculares letras ensortijadas de palos majestuosos. No se limitaba a poner puntos sobre las íes sino que las ungía con salpicaduras de tinta. Cogiendo una de las páginas sintió que se le curvaban los labios. Su mujer escribía más o menos igual a como hacía el amor, con desenfadada pasión y un entusiasmo tan puro que compensaba su falta de precisión.

Suponiendo que llevaba una especie de diario con lo que ocurría en la casa, como hacían la mayoría de las señoras, iba a agacharse a recoger el resto de las hojas para volverlas a poner en el compartimiento del fondo del maletín, cuando su mirada cayó sobre la primera frase de la primera página: «Jamás olvidaré el momento en que vi por primera vez al hombre que planeaba asesinarme».

Su sonrisa se fue desvaneciendo lentamente cuando, sentándose en la silla del escritorio, comenzó a leer.

Capítulo 18

¡Desastre! ¡Me ha descubierto!

Lottie! ¡Lottie! ¡Despierta! ¡Ya casi va a ser la hora del té!

Por el horrorizado temblor de la voz de Harriet se podía deducir que perderse el té de la tarde equivalía a perder el último carro al cielo el Día del Juicio.

Gimiendo, Lottie se puso una almohada sobre la cabeza. Pero Harriet no estaba dispuesta a dejarse disuadir. Le quitó la almohada y le abrió un párpado con el pulgar.

—Tienes que despertar —le gritó, como si Lottie estuviera sufriendo de sordera, no de sueño—. Es el último día de sir Ned aquí y te has pasado el día entero durmiendo.

Lottie miró a su amiga con un ojo enfadado mientras esta cogía el vaso de agua de la mesilla de noche y lo olía tímidamente.

—Ay, Dios santo, el marqués no te habrá envenenado, ¿verdad?

Pese a todas las explicaciones tranquilizadoras de Lottie asegurándole lo contrario, Harriet seguía creyendo que Hayden era una especie de lunático homicida que sólo estaba esperando la oportunidad perfecta para asesinarlos a todos en la cama.

Empujando a un lado la mano de Harriet, Lottie se sentó.

—Deja de hacer alaraca por mí, Harriet. Nadie ha puesto arsénico en mi té. Simplemente anoche no dormí mucho.

Flexionando y estirando lentamente los brazos y piernas para desperezarse, recordó exactamente qué había estado haciendo esa noche en lugar de dormir. Sentía sensibles unos músculos que ni siquiera sabía que tenía. Pero si no hubiera sido por esa agradable y hormigueante sensibilidad podría haber pensado que toda esa noche sólo había sido un delicioso sueño. Tal vez le sería más fácil creerlo si hubiera despertado en la cama de Hayden, en los brazos de él.

—Oye, Harriet —preguntó, abrazándose las rodillas contra el pecho—, ¿nunca te ha parecido raro que el marqués y yo no compartamos el mismo dormitorio?

Harriet se encogió de hombros.

—Pues no. Mis padres apenas soportan compartir una casa. ¿Qué fue lo que te tuvo despierta anoche? ¿Fue el regreso del fantasma? —Nerviosa, miró atrás por encima del hombro—. Parece que yo dormí profundamente durante toda la gresca, pero los criados han estado murmurando toda la mañana. Alguien o «algo» estuvo tocando el piano otra vez en la sala de música. Al principio todos pensaron que era Allegra, pero cuando Martha se asomó a su habitación, ella estaba allí, acurrucada en su cama. Meggie dice que Martha volvió volando a las dependencias de los criados como si llevara incendiada la falda. —Harriet parecía bastante contenta por esa información—. Ah, esta vez no hubo ningún lamento, pero varios criados aseguran que después de parar la música oyeron unos gemidos de lo más terribles.

—¿Ah, sí?

Con la intención de ocultar su sonrisa y su rubor, Lottie se cubrió la boca como para ahogar otro bostezo.

Harriet abrió aún más los ojos.

—Martha me dijo que los gemidos sonaban como si a una pobre alma la estuvieran torturando para matarla.

Lottie se vio tendida medio desnuda sobre el piano; se vio fláccida y saciada bajo el potente cuerpo de Hayden; se vio sobre el diván estremecida de expectación cuando él se puso de rodillas detrás de ella. La única muerte que le había dado su marido había sido aquella a la que los franceses llamaban tan elocuentemente *petit mort*. Y era una muerte de la que moriría mil veces a las hábiles manos de su marido.

—Puedes decirle a Meggie que deje de inquietarse —dijo, sin poder disimular del todo un estremecimiento de placer—. No creo que volvamos a oír al fantasma otra vez.

—¿Qué te hace decir eso?

Lottie no podía de ninguna manera traicionar a Justine, ni siquiera diciéndoselo a Harriet. Le estaba muy agradecida a la mujer por haberlos atraído a ella y a Hayden a la sala de música con esa inolvidable melodía.

—Es sólo una idea que tengo. Además, ¿quién quiere vivir en el pasado todo el tiempo cuando es el futuro lo único que importa?

Impulsada por la esperanza de que ella, Hayden y Allegra podrían convertirse realmente en una familia, echó atrás las mantas y se bajó de la cama.

—Estoy muerta de hambre. ¿Dijiste algo de té? Creo que me comería toda una bandeja de panecillos. —Antes que Harriet pudiera contestar, fue hasta la ventana y levantó el panel corredizo.

—¿Cómo es posible que haya dormido todo el día? Está absolutamente glorioso.

Fuera el viento soplaba por la inmensa extensión de páramo, dando impulso a las nubes grises que pasaban veloces por un cielo aún más gris.

Se volvió hacia Harriet y vio que esta la estaba mirando como si creyera que había perdido la chaveta.

—¿Estás segura de que no te han envenenado?

Lottie se echó a reír.

—Si fue veneno, ya estoy ansiando otro poco más, porque es el veneno más exquisito que he saboreado en toda mi vida.

Antes que pudiera cerrar la ventana, entró una ráfaga de viento que giró alrededor de ella e hizo salir volando las hojas de papel desparramadas sobre el escritorio. Las dos corrieron a recogerlas. Lottie ya había metido la mitad dentro del maletín cuando cayó en la cuenta de que algo andaba mal. Todas las hojas que tenía en la mano estaban en blanco.

Después de mirarlas un momento, ceñuda, confusa, cogió las que tenía Harriet en las manos. Estas también estaban tan limpias como el día que las compró en la papelería de Bond Street.

—¿Qué pasa? —le preguntó Harriet, mirándole sorprendida las manos temblorosas—. Te has puesto pálida como un fantasma.

Cogiendo el maletín, Lottie levantó bruscamente el panel que hacía de fondo falso. El compartimiento de abajo estaba vacío.

—Mi libro —musitó, sintiendo un nudo de miedo en el estómago al oír resonar en su cabeza cada incriminadora palabra que había escrito desde que llegara a la casa Oakwylde—. No está.

Después de buscarlo infructuosamente por toda la casa, Lottie encontró a Hayden sentado en una roca cerca del borde del acantilado, enmarcado por el neblinoso fondo de mar y cielo. Aunque desde donde estaba ella no se veían las rocas de abajo, casi las sentía, con sus fauces de puntiagudos y brillantes dientes abiertas para atrapar a los imprudentes o temerarios.

Hayden estaba leyendo atentamente el documento que tenía en la mano, su aspecto, de la cabeza a los pies, el del villano de novelas góticas, con sus pantalones color tostado, la camisa color marfil abierta en el cuello y las desgastadas botas. Los turbulentos dedos del viento le revolvían los cabellos oscuros. Contemplando la apretada línea de su boca, la maravilló que fuera la misma boca que se había curvado en una tierna sonrisa antes de rozarle los labios con un beso, la misma boca que le produjera un placer tan exquisito sólo unas horas antes.

Sintiendo bajar el calor desde las mejillas a otras regiones aún más traicioneras, dijo:

—No tenías ningún derecho a hurgar entre mis cosas.

Hayden levantó la cabeza para sostener su retadora mirada. Los dos sabían que decir eso sólo era tirarse un farol. Según las leyes inglesas, ella no tenía nada. Todas sus posesiones pertenecían a su marido. Todo, incluso su cuerpo.

—Tienes toda la razón —dijo él, sorprendiéndola—. Estoy muy avergonzado de mí mismo. Pero en realidad, tendrías que considerar mis malos modales un tributo a tu pericia literaria. Por casualidad cayó en mis manos la primera página de tu obrita maestra, pero una vez que empecé a leer me absorbieron tanto las aventuras del «Duque Letal» y su intrépida y joven esposa que no pude dejarlo.

Sacó todo un fajo de hojas de una hendedura de la roca. Con una sensación de profundo abatimiento, Lottie reconoció su letra.

Curiosamente, se sentía más desnuda ante él en ese momento de lo que se sintiera esa noche. Entonces se había sentido mimada y protegida. En ese momento se sentía expuesta, como si Hayden estuviera mirando con una lupa los recovecos más oscuros, más llenos de telarañas de su alma. Tuvo que hacer un inmenso esfuerzo para no arrancarle esas páginas de las manos y esconderlas a la espalda.

Hizo un gesto hacia el borde del acantilado.

—Me sorprende que no las hayas arrojado al mar.

—¿Y privar al mundo de la obra de un talento tan floreciente? —dijo él dando unos golpecitos en el manuscrito con un dedo—. Aah, sí que tiendes a caer en el melodrama de tanto en tanto, por ejemplo en ese capítulo en que tu intrépida heroína descubre a la hija imbécil de su vil marido encerrada con llave en el ático, pero en general, es un buen trabajo. Deberías sentirte muy complacida contigo misma.

Entonces ¿por qué se sentía tan desgraciada?

—En estos libros siempre hay algún alma desdichada encerrada en el ático —procuró explicar—. Sobre todo si la casa no tiene mazmorras.

—Tal vez debería considerar la idea de construir una —musitó él, con un destello en los ojos que lo hacía parecer exactamente tan diabólico como el duque de la novela.

Harta de que jugara con ella, ladró:

—¿Sabes?, esto no habría ocurrido si me hubieras llevado simplemente a «tu» cama.

Él la miró con expresión de reproche.

—Pero ¿cómo hubieras podido descansar bien sabiendo que en cualquier momento yo podía estrangularte mientras dormías? —A pesar de su fingido buen humor, tenía todo el aspecto de desear estrangularla en ese momento—. Dime, pues, ¿ya has encontrado un editor?

—¡Desde luego que no!

—Pero tenías toda la intención de buscar uno —dijo él, y no era una pregunta.

—No. Sí. No lo sé. —Lottie movió la cabeza, desesperada por hacerlo comprender—. Tal vez sí, pero eso era antes.

Volviendo a meter el manuscrito en la hendedura de la roca, Hayden se incorporó, con un brillo de admiración en los ojos.

—Y pensar que te acusé de espiarme para algún panfleto de chismes. Tenías un objetivo mucho más elevado, ¿verdad? De esta manera no tendrás que compartir tus beneficios ni tu gloria. «Lady Oakleigh» tenía que ser la celebridad literaria de Londres.

Lottie lo miró boquiabierta, incrédula.

—¿Eso es lo que crees? ¿Qué yo planeé esto desde el principio? ¿Que te atrapé en el matrimonio con la única finalidad de aprovechar tu vida como inspiración para una ridícula novela?

—No lo sé. Dímelo tú. —Le pasó los dorsos de los dedos por la mejilla, produciéndole un hormigueo en toda la piel del cuerpo con la caricia—. ¿Encontraste inspiración también en lo de anoche? —preguntó, bajando la voz a un sedoso murmullo—. ¿Era una manera de descubrir cómo sentirías «las manos de un asesino sobre tu cuerpo»?

Lottie tuvo que cerrar los ojos un momento; no estaba preparada para la conmoción que le produjo que él empleara sus palabras y su caricia como arma en contra de ella. Pero cuando los abrió se encontró con la ardiente mirada de él, que se fundió con la suya.

—Supongo que no hay más remedio, ¿verdad? —dijo secamente, apartándole la mano—. Me has descubierto. Si has de saber la verdad, fui a asomarme a tu ventana esa noche con la esperanza de que me confundieras con una vulgar prostituta y me abordaras como a tal delante de mi familia y de la mayor parte de Londres. Esperaba que así, con mi reputación arruinada, me alejaran del amoroso seno de mi familia, de todos mis seres queridos, y me llevaran a una ventosa y vieja mansión en el borde de la creación donde podría ser tratada poco mejor que una criada por un noble siniestro y su malcriada hija. Después de descubrir que el noble siniestro seguía enamorado de su esposa muerta, famosa por salirse de su tumba cada vez que algo no le gusta, decidí seducirlo para que me hiciera el amor apasionadamente encima del piano. Y tal como has sospechado —añadió, elevando la voz—, ¡todo esto era parte de mi diabólico plan para favorecer mis ambiciones literarias!

Hayden la miró en silencio un largo rato, con un músculo saltándole en la mejilla.

—¿Habría servido el clavicordio, o tenía que ser el piano?

Sin decir palabra, Lottie sacó bruscamente el manuscrito de la hendedura de la roca y echó a caminar hacia el borde del acantilado. El viento le soltó los rizos del moño sobre la cabeza, pegándoselos a la cara, casi cegándola.

—¡No! —bramó Hayden, cuando ella se preparaba para arrojar las páginas al mar. Cerró las manos sobre sus hombros y la alejó del borde—. No —repitió en tono más suave—. El mundo literario podría sobrevivir a tamaña pérdida, pero no creo que sobreviviéramos ni tú ni yo.

Sosteniendo el manuscrito abrazado a su pecho, ella se giró a mirarlo.

—Comencé a escribir esto la primera noche que oí al fantasma —confesó—. Después que me informaste que nuestro matrimonio sólo lo sería de nombre.

Hayden retrocedió unos pasos, como si no se fiara de sí mismo para continuar cerca de ella.

—Yo habría pensado que esa revelación sería un alivio para ti, sobre todo dado que el «glacial contacto» de mi mano bastaba para provocar «estremecimientos de miedo en cualquier inocente».

Lottie lo miró fastidiada.

—¿Has memorizado todo el manuscrito?

—Sólo unos pasajes selectos —le aseguró él, cruzándose de brazos—. Principalmente los que tratan de mi «absoluta depravación moral» y la «irresistible severidad» de mi «sardónico semblante».

Lottie emitió un gemido.

—No de «tu» semblante, del semblante del «duque». Es una tonta historia de ficción, ¿sabes?, no una biografía.

—¿Así que el parecido entre el «Marqués Asesino» y tu «Duque Letal» es pura y casual coincidencia? —preguntó él, con una ceja arqueada en expresión de escepticismo que lo hacía parecer muy sardónico.

Ella tragó saliva, dominando el impulso de retorcerse las manos.

—Bueno, puede que haya tomado algunos elementos de tu vida para enriquecer la historia, pero estoy bastante segura de que nunca has vendido tu alma al diablo a cambio de inmunidad por todos tus delitos.

—Podría haber quienes estarían en desacuerdo contigo en eso —dijo él dulcemente, desaparecido todo asomo de burla de su cara.

Mirándolo, ella sintió enroscarse un hilo de esperanza en su remordimiento. Tal vez no era demasiado tarde para expiar sus propios delitos. Sin dejar de protegerse el corazón con el manuscrito a medias, dio un paso hacia él.

—Entonces ¿por qué no me dejas que les demuestre que están equivocados?

Hayden se quitó un mechón de pelo de sus ojos entornados.

—¿Qué es exactamente lo que me pides?

Lottie hizo una honda inspiración, deseando tener la mitad de la valentía de su heroína.

—Te pido que me permitas contar «tu» historia a la sociedad, la historia que nunca querrán publicar los panfletos de chismes.

La mirada que le dirigió Hayden fue casi de lástima.

—Es un poco tarde en la novela para reformar al Duque Letal, ¿no te parece?

—Nunca es demasiado tarde —dijo ella, avanzando otro paso hacia él—. Sobre todo si tiene a alguien que cree en él.

Hayden se puso rígido.

—Te acusé de tender al melodrama, milady, no de llorona sensiblería.

Lottie sintió la punzada de la pérdida. Así que volvía a ser «milady»; ya no la trataba de «hermosa Lottie» ni de «cariño». Pero fue la perspectiva de perder algo aún más precioso lo que le dio valor.

—No me refiero a redimir al monstruo Frankenstein. Me refiero a vindicar a un hombre que ha sido acusado injustamente de matar a la mujer que amaba más que a su vida.

Aunque logró decir esas palabras sin encogerse, le perforaron su tierno corazón como una espada.

Soltando una maldición en voz baja, Hayden se alejó de ella dando unos pasos hacia el borde del acantilado. Allí se quedó contemplando las crestas de las olas, su perfil tan severo como el cielo.

Lottie se le acercó.

—Lo único que necesito para limpiar tu nombre es la verdad sobre cómo murió Justine. Les dijiste a las autoridades que fue un accidente. ¿Estaba borracha o drogada con láudano? ¿Salió de la casa y se extravió con la niebla? ¿Tropezó con una roca suelta o con la orilla del vestido? Sólo tienes que decirme lo que ocurrió esa noche en los acantilados. ¡Déjame darte el final feliz que te mereces!

Alargó la mano para tocarle el brazo, pensando que tal vez si lo tocaba podría llegar a él. Después de esa noche no podía creer que unas manos capaces de tanta embelesadora ternura pudieran ser también capaces de empujar a una mujer indefensa a su muerte.

Cuando sus dedos le rozaron la manga, él se giró y la cogió por los hombros, con manos duras e implacables, y la hizo retroceder hacia el borde del acantilado.

—Dices que deseas la verdad, milady, pero ¿y qué si la verdad no nos da a ninguno de los dos un final feliz? ¿Qué entonces?

En ese momento los talones de Lottie pisaron piedras sueltas y, al tratar de afirmarlos, algunas cayeron en el abismo, detrás de ella, y se acobardó, asustada por la oscuridad que vio en los ojos de su marido. Lo lamentó al instante, pero igual era demasiado tarde. Sobre la cara de él ya había descendido esa tan conocida máscara de recelo.

Después de apartarla del borde girándola en volandas, él la soltó y le alisó las marcas de sus dedos que le había dejado en las mangas.

—Vuelve a Londres con Ned, Lottie, y acaba tu historia —le dijo bruscamente—. Dale a tu duque el feo castigo que se merece. Rescata a tu temeraria heroína de sus garras y dale un héroe digno de su respeto. Pero por favor no me pidas que te dé algo que de ninguna manera puedo darte.

Acto seguido, echó a andar a largas zancadas hacia la casa, dejando a Lottie aferrada a las arrugadas páginas de su manuscrito.

El día que Lottie se marchó de la casa Oakwylde fue muy parecido al día en que llegó. Sobre el páramo se cernía un manto de nubarrones negros mientras un viento frío agitaba el mar convirtiéndolo en arremolinadas crestas blancas. Si no hubiera sido por la tierna capita verde que cubría todos los cerros y árboles, Lottie podría haber creído que la primavera no había sido otra cosa que un sueño, tan hermosa y fugaz como la noche que pasó en los brazos de Hayden.

Aunque los criados se habían congregado junto al camino de entrada para despedirse, no había señales de Hayden ni de Allegra.

Mientras Meggie se limpiaba las lágrimas con el delantal, Giles estaba en posición firmes, su corbata almidonada, pero las comisuras de la boca caídas de pena. Cuando Martha comenzó a sorber por la nariz, la señora Cavendish sacó un pañuelo del bolsillo y se lo pasó, con la boca apretada en una delgada línea, pero los ojos sospechosamente brillantes.

Ned acompañó a Harriet y Lottie hasta el coche que esperaba, pero ni siquiera él logró encontrar una broma apropiada para alegrar los ánimos. Estaba ayudando a subir a Harriet al coche, cuando apareció Allegra corriendo por la esquina de la casa y detrás de ella la señorita Terwilliger, cojeando. Para gran consuelo de Lottie, la vieja e irritable institutriz había decidido quedarse en la casa, al comprender que su joven pupila la necesitaría más que nunca.

Allegra se detuvo bruscamente delante de Lottie con la vieja muñeca en la mano.

—Toma —le dijo, poniéndosela en los brazos—. Te la llevas. —Se le agitó la garganta, delatando lo mucho que le costaba no echarse a llorar—. No quiero que estés toda sola.

Acariciando tiernamente un trocito de pelo chamuscado de la muñeca, Lottie se la devolvió a Allegra.

—Nunca le gustó mucho Londres. Siempre decía que la ciudad era demasiado sofocante y civilizada para una reina pirata. Prefiero que tú cuides de ella hasta que yo vuelva. —Estrechando a la niña en un fuerte abrazo, le susurró al oído—: Y volveré, te lo prometo.

Después se enderezó y pasó a Allegra a las nudosas pero capaces manos de la señorita Terwilliger. Pasándole su bastón a un lacayo, la anciana puso esas manos en los hombros de Allegra, instándola a mantenerse erguida, con los hombros derechos.

Ned tendió la mano enguantada con expresión sombría. Lottie la cogió, subió al coche y se hundió en el asiento junto a su cesto de gatos mientras Ned se instalaba al lado de Harriet. El día que llegó a la casa Oakwylde, hacía ya muchas semanas, su corazón seguía añorando la casa de su familia. En ese momento iniciaba el regreso a esa casa, pero dejando atrás su corazón.

Cuando el coche se puso en marcha, se asomó a la ventanilla para echar una última mirada a la casa. Aunque las ventanas de cristales biselados reflejaban poca cosa fuera del cielo cubierto de nubes, sentía la presencia de Hayden ahí, mirando, esperando. Por el momento no le había dado otra opción que dejarlo solo con sus fantasmas.

—Si alguna vez lo amaste de verdad, Justine —susurró enérgicamente, cerrando los ojos—, déjalo libre.

El sonido que le llegó a los oídos podría haber sido el chillido de una gaviota revoloteando sobre las olas rompientes o la risa de una mujer ondulando en el viento.

Capítulo 19

Tal vez no fuese demasiado tarde
para trocar mi alma por la de él.

Ha llegado tía Lottie! ¡Ha llegado tía Lottie!

Cuando Lottie bajó del coche delante de la casa Devonbrooke la recibieron los jubilosos gritos de su sobrina desde una ventana de arriba. Se abrió la puerta principal y salió toda la familia, todos riendo y hablando al mismo tiempo.

Durante unos minutos todo fue un caos, mientras la envolvían en una magulladora ronda de abrazos y besos. Laura sonreía de oreja a oreja mientras Sterling, levantándola del suelo, la hacía girar en una amplia vuelta en volandas. Tío Thane y tía Diana habían sido invitados a cenar, por lo que los gemelos con los spaniels se sumaban a la ruidosa confusión traveseando por entre los pies de todos. De pronto Lottie oyó un agudo grito y se apresuró a retirar el pie, sin saber si había pisado a un perro o a un niño pequeño.

George le dio una fuerte palmada en la espalda, sonriendo como un borracho.

—Nunca me imaginé que echaría de menos tu cháchara, pero he de decir que todo ha estado mortalmente aburrido por aquí desde que te marchaste.

—Eso no es lo que he oído —replicó Lottie, haciendo un gesto hacia su compañero de viaje, que estaba ayudando a Harriet a bajar del coche—. Sir Ned dice que has estado cortejando a cierta bailarina pelirroja estas dos últimas semanas.

Mirando a Ned enfurruñado, George se ruborizó hasta la raíz de su pelo castaño rojizo.

—¡Por Balder! Más bien es ella la que me ha estado cortejando a mí.

—¡Tía Lottie! ¡Tía Lottie! —gritó Nicholas, de ocho años, tironeándole la manga de la chaquetilla—. ¿Es cierto lo que dicen de Cornualles? ¿Tienen ahí unos terribles gigantes que se escarban los dientes con huesos de niños?

Lottie le apartó un ondulado mechón de pelo de los ojos castaños.

—Yo diría que no, Nicky. Los gigantes de Cornualles se comen los huesos también. Los puedes oír masticando los huesos por la noche, cuando estás tratando de dormirte.

Mientras él chillaba encantado, su hermanita de nueve años miró al cielo poniendo los ojos en blanco.

—Los niños son unos tontos. Todo el mundo sabe que no existen cosas como gigantes en Cornualles. Ni en ninguna otra parte, si es por eso.

—Tienes razón, Ellie —dijo Lottie, manteniendo la expresión muy seria—. Pero eso sólo porque los monstruos marinos se los comieron a todos.

—¿Lo ves? —chilló Nicholas—. ¡Te dije que había monstruos marinos en Cornualles!

Gritando triunfante le dio un fuerte tirón a uno de los rizos dorados de su hermana. Cuando se alejó de ella bailando para ponerse fuera de su alcance, el tío Thane cogió a un spaniel y a un gemelo para apartarlo de su camino.

—¡Vamos, miserable...! —Dejando de lado toda simulación de elegancia, Ellie echó a correr detrás, persiguiéndolo por la acera sombreada por árboles.

Mientras Lottie los miraba, Laura le pasó un brazo por la cintura.

—¿Por qué tan triste? No me vas a decir que no has echado de menos sus riñas.

—Estaba pensando en lo mucho que me gustaría presentarlos a alguien que conozco.

—¿A tu hija?

Cayendo en la cuenta de que nunca había pensado así en Allegra hasta ese mismo momento, Lottie sintió oprimida la garganta.

—Sí, a mi hija —contestó en voz baja.

Sterling miró el coche extrañado.

—¿Y dónde está ese amoroso marido tuyo? Si está escondido en el coche por miedo a que le dispare, debes decirle que Addison tiene bien guardadas mis pistolas.

Lottie hizo una inspiración lo más profunda que le permitió su corsé. Ese era el momento que había temido. Poniéndose una alegre sonrisa en la cara, se volvió a mirar a su cuñado.

—Hayden no pudo acompañarme en este viaje. En esta época del año está muy ocupado con asuntos de la propiedad. Pero insistió en que yo viniera. Sabe lo mucho que os he echado de menos a todos, y no quería privarme de vuestra compañía.

Sterling se echó a reír.

—Por lo que cuentas en tus cartas colijo que está muy enamorado de su bella esposa. Me sorprende que podáis aguantar estar separados más de un día.

—O una hora —terció George, burlón.

—George —dijo Laura en tono de advertencia, poniendo una mano en el brazo de su hermano y mirándole atentamente la cara a Lottie.

Lottie notó que se le iba desvaneciendo la sonrisa. Desde que saliera de Oakwylde no había derramado ni una sola lágrima, pero empezaba a sentir un peligroso escozor bajo los párpados. Dolorosamente consciente de la mirada compasiva de sir Ned, dijo:

—Claro que es tremendamente amargo para nosotros estar separados cualquier período de tiempo. Estoy segura de que él se sentirá tan mal sin mí como yo sin él.

Sin darse cuenta de la creciente aflicción de su hermana, George le dio una palmadita en el hombro.

—Y ahora que tienes al pobre hombre atrapado en tus garras, ¿cuánto tiempo te permitirá estar con nosotros?

—Eternamente, me temo —soltó Lottie echándose a llorar y arrojándose en los brazos de Laura.

Cuando por fin se quedó sola, Lottie se sentó en la cama con una montaña de níveos y mullidos almohadones a la espalda. Aunque esa noche de verano el aire estaba templado, un agradable y crepitante fuego en el hogar calentaba el espacioso dormitorio. Cookie incluso le había puesto bajo las mantas un ladrillo caliente envuelto en franela para que le calentara los pies. En ese momento Calabaza y Zangoloteos se estaban mirando muy serios tratando de decidir cuál iba a tener el privilegio de estirarse encima.

En otro tiempo Lottie podría haberse aprovechado descaradamente de los mimos de su familia, pero esa noche sólo había sentido alivio cuando Laura los echó a todos de la habitación. No se sentía capaz de soportar ni un minuto más los compasivos cloqueos de Cookie y Diana ni las amenazas de Sterling, George y Thane de ir a buscar al canalla de su marido para arrancarle el corazón del pecho por hacerla llorar.

Laura había sido la última en salir, y después de darle un suave apretón en la mano, le prometió: «Cuando te sientas preparada para hablar, sólo tienes que decírmelo y estaré contigo».

Echando atrás el pesado y sofocante edredón, bajó de la cama. Por agradables que encontrara los mimos de su familia, ya no era una niña. Ya había pasado de la edad en que un corazón roto se puede curar con una taza de chocolate caliente y un humeante panecillo de jengibre de Cookie.

No le llevó mucho tiempo encontrar lo que buscaba. Su maletín había sido lo último que echó en la maleta preparada con tanta prisa. Se sentó en el borde de la cama, con los pies recogidos, no fuera que Mirabella saliera de debajo de la cama a atacarlos, y abrió el maletín. Había metido las páginas del manuscrito sin ninguna ceremonia, ya indiferente a que se arrugaran o rompieran.

Si Hayden no las hubiera encontrado, en esos momentos podría estar instalada en los aposentos de la marquesa, esperando que él fuera a buscar su placer. Durante unos dolorosos instantes estuvo con los ojos cerrados, pensando que las hábiles manos de Hayden y su muy ingeniosa boca se habrían encargado de que su placer también fuera el de ella.

Abrió los ojos y miró el manuscrito. Su brillante prosa ya no le parecía otra cosa que las divagaciones de una niña demasiado consentida acostumbrada a que le dijeran que todo lo que escribía era una obra maestra. Pasó las páginas, oyendo la sedosa y ronca voz de Hayden con más claridad que la de cualquier fantasma:

«Es un poco tarde en la novela para reformar al Duque Letal, ¿no te parece?»

«Nunca es demasiado tarde. Sobre todo si tiene a alguien que cree en él», le había dicho ella.

Pero ella no había creído en él. Nadie había creído en él. Ni los panfletos de chismes escandalosos, ni la sociedad, y ni siquiera su hija. Y ella había demostrado no ser diferente de ninguno de ellos, al exigirle una verdad que ya conocía en su corazón.

De pronto comprendió por qué la hacían sentirse incómoda las atenciones de su familia. No se merecía su compasión, así como Hayden no se merecía su desprecio. Ella tenía tanta culpa como él de su separación.

También comprendió lo que tenía que hacer. Sacó todas las páginas del maletín y las cogió en los brazos. Jamás en su vida había destruido voluntariamente ni una sola frase de sus escritos, pero sus pasos fueron firmes cuando se levantó y se dirigió al hogar. Apretó las páginas contra su corazón un breve instante y las tiró sobre las danzantes llamas.

No se quedó a verlas arder. Sin perder un momento, volvió a la cama, sacó del maletín una hoja limpia, una pluma y un tintero lleno. Acomodándose en los almohadones, se puso el maletín sobre la falda a modo de escritorio y comenzó a escribir, haciendo volar la mano sobre el papel como si tuviera alas.

Sterling estaba con las manos en las caderas mirando enfurruñado el cielo raso del salón.

—¿Qué demonios crees que está haciendo allá arriba? ¿Con la lámpara encendida hasta altas horas de la madrugada, vestida como una fregona y comiendo siempre en su cuarto?

—Por lo menos come —observó Laura, desde su lugar en el sofá. Alisó sobre la rodilla el dechado que estaba bordando—. Cookie jura que todas las bandejas vuelven vacías a la cocina, los platos poco menos que lamidos.

—No es su apetito lo que me preocupa. Es su estado de ánimo. Lleva casi dos meses en Londres y no ha asistido ni a un solo té, ni a una sola fiesta. El pobre George se aburre tanto atendiendo a la señorita Dimwinkle que está a punto de arrancarse los cabellos. O arrancárselos a ella. Sin embargo Lottie sigue negándose a salir de la casa y a la única persona que recibe es a ese bribón de Townsend. —Un ceño apenado le ensombreció la frente—: Nunca ha dicho por qué Oakleigh la envió de vuelta a casa. ¿No crees que...?

—No —contestó Laura, metiendo firmemente la aguja en la tela—. Y tampoco debes creerlo tú. Puede que Lottie sea voluble en sus caprichos, pero nunca lo ha sido en su corazón.

—Si hubiera sabido que ese canalla la iba a enviar de vuelta con el corazón roto, le habría disparado en el instante de verlo. —Se pasó la mano por su pelo leonado, suspirando—. No sé cuánto tiempo más podré soportar todo este misterio. Si al menos ella confiara en nosotros.

Laura se levantó a pasar tiernamente el brazo por el de él.

—Ten paciencia, cariño —le dijo, mirando hacia el cielo raso con expresión enigmática—. Tal vez eso es exactamente lo que está haciendo.

—¡Tía Lottie! ¡Tía Lottie!

Dejando a un lado la pluma, Lottie exhaló un suspiro. Era capaz de dejar fuera al resto del mundo mientras trabajaba, pero le era imposible hacer caso omiso de los exuberantes gritos de su sobrino. El niño rara vez hablaba de otra manera que a gritos, pero reservaba un grito particularmente ensordecedor para ocasiones especiales.

Friccionándose la región de los riñones, se levantó del escritorio, y corrió a la ventana, teniendo buen cuidado de recogerse los voluminosos pliegues del delantal de Cookie. Ya había renunciado a toda esperanza de tener las uñas totalmente limpias de tinta, pero todavía le quedaba la vanidad suficiente para protegerse los vestidos bonitos.

Levantó el panel corredizo y se asomó. Tuvo que entornar los ojos para protegerlos del cegador sol de la tarde. La noche anterior sólo había logrado robarle tres horas de sueño a su trabajo, y la luz la deslumbró como a una oruga recién salida de su capullo. Al fin logró localizar a su sobrino, que estaba colgado de la rama más baja del olmo más cercano a la casa de los que daban sombra a la ancha avenida.

—¿Qué pasa, Nicky? ¿Has cogido otro bicho brillante?

Sonriendo, el niño apuntó hacia la calzada.

—¡Esta vez cogí un coche brillante!

Lottie entrecerró los ojos para mirar el vehículo detenido delante de la mansión. Ver un coche con blasón no era un acontecimiento insólito en esa lujosa zona de Londres. Sterling tenía media docena de ellos en su cochera. Pero ninguno de ellos llevaba el emblema heráldico de un frondoso roble pintado en sus puertas lacadas.

El ritmo del corazón se le aceleró al doble.

Lo siguiente de que tuvo conciencia fue que iba volando por la ancha escalera quitándose el delantal de Cookie. Al pie de la escalera lo metió entre las manos de una sorprendida criada y corrió como una tromba hacia el lacayo que la miraba con ojos desorbitados desde su lugar junto a la puerta.

—¿Va a salir, milady? ¿Hago traer su...?

Al ver que ella no hacía ademán de detenerse, el lacayo abrió la puerta, sin duda temiendo que ella la atravesara si no lo hacía. Lottie se detuvo en seco en el pórtico, metiéndose un mechón suelto en el desordenado moño.

Si no hubiera sido por la figura toda vestida de negro que la acompañaba, no habría reconocido a la niña que descendió del coche. La señorita Terwilliger estaba encorvada apoyándose en su bastón, pero la niña estaba muy derecha y erguida. Llevaba un vestido azul y papalina a juego muy atractivos, y el pelo recogido en lustrosas trenzas negras. A pesar de su porte digno, orgulloso, con la barbilla firme, tenía tan aferrada la muñeca acunada en sus brazos que los nudillos se le veían blancos. Era evidente que se sentía insegura de la acogida que recibiría.

—¡Allegra!

Lottie bajó corriendo la escalinata para estrechar en sus brazos a la hija de Hayden.

Mientras la abrazaba fuertemente casi habría jurado que sentía el olor del páramo en ella, ese esquivo aliento del viento salvaje y de brotes creciendo. Inspiró hondo, deseando detectar un hililo de mirica enroscado en ese olor.

Sosteniéndola por los hombros, apartó a la niña.

—¡Mírate! Juraría que has crecido dos dedos en estos dos meses.

La señorita Terwilliger sorbió por la nariz.

—Eso no tiene por qué sorprenderte, muchacha. La mayoría de los niños crecen con dosis igualmente estrictas de afecto, disciplina y aire fresco.

Por encima del hombro de Allegra, Lottie miró hacia el coche, sin poder disimular del todo la esperanza que le brincaba en el corazón.

—Me imagino, señoras, que no habréis hecho este viaje tan largo sin acompañante, ¿verdad?

En lugar de contestar, Allegra metió la mano en el ridículo que llevaba atado a la cintura, sacó un cuadrado de papel vitela doblado y se lo pasó.

—Esto es para ti. Lo selló antes que yo pudiera leerlo.

Con el corazón en los pies, Lottie cogió la misiva, pasó el pulgar por la juntura y rompió el sello, que era el de su marido. Lo desdobló lentamente y leyó, en la pulcra letra de Hayden:

Milady, mi hija no ha hecho otra cosa que andar alicaída desde que te marchaste. Su cara taciturna está empezando a hacerme estragos en la digestión. Cuida de ella, por favor.

P.D. Siempre fuiste mejor madre para ella de lo que he sido nunca un padre yo.

Cuando bajó la nota, Allegra la estaba mirando con sus ojos violeta suplicantes.

—Ahora está todo solo. Tengo miedo por él.

—Lo sé, cariño —susurró Lottie, estrechándola en sus brazos—. Yo también.

Podrían haber continuado así muchísimo rato si no hubiera salido Ellie corriendo de un lado de la casa en el preciso momento en que Nicholas saltaba del árbol e iba a aterrizar justo al lado de ellas.

—¿Qué demonios estás gritando ahora? —le preguntó Ellie a su hermano dándole un empujón en el hombro—. Algún día te vas a quemar y nadie te va a echar un cubo de agua porque siempre estás dale que dale gritando por nada.

Antes que Nicky pudiera gritar una respuesta, Ellie vio a sus visitantes. Allegra la estaba mirando con los ojos agrandados, boquiabierta de asombro por encontrarse cara a cara con una réplica viviente de la muñeca que tenía en los brazos.

Mirando enfurruñada a la muñeca, Ellie se puso las manos en las caderas, agitó sus rizos dorados recogidos en un moño sobre la cabeza y levantó su respingona nariz al aire.

—¿Dónde la conseguiste? A «mí» tía Lottie nunca me dejaba jugar con ella.

Ante la sorpresa de Lottie, en lugar gruñirle a su sobrina, Allegra corrió al coche y volvió con la muñeca que le regalara su padre.

—Toma —le dijo, poniendo la beldad de pelo negro azabache en los brazos de Ellie—. Puedes jugar con ella si quieres.

Ellie miró atentamente la muñeca y luego miró disimuladamente a Allegra, soprendida por el increíble parecido. Aunque era por lo menos un año menor que Allegra, finalmente dijo, con un suspiro:

—Bueno, ya soy muy mayor para jugar con muñecas, pero si insistes, supongo que no me haría ningún daño. ¿Quieres ver mis gatitos? Tengo muchos en mi dormitorio. No quieren a nadie aparte de mí, pero si yo les digo que está bien, tal vez te permitan acariciarlos.

—Yo también tengo gatitos —dijo Allegra.

Nuevamente corrió hasta el coche y volvió con un cesto. Abrió la tapa y asomaron cuatro caritas bigotudas. Reconociendo a los gatos que ella le regalara a Hayden, Lottie comprendió que Allegra no había exagerado; su padre estaba todo solo, verdaderamente solo.

Cuando las niñas se alejaron, cogidas de la mano, cada una llevando en brazos a una réplica de la otra, Nicholas quedó olvidado en la acera. Arrugó la pecosa nariz, y exclamó, disgustado:

—¡Chicas!

Lottie le revolvió el pelo.

—No son tan agradables como los gusanos, ¿verdad? Mientras las niñas juegan con sus muñecas y gatitos, ¿por que no acompañas a la casa a la señorita Terwilliger y le pides a tu madre que haga preparar dos habitaciones de húespedes?

Nicky obedeció arrastrando los pies.

Cuando el niño y la institutriz desaparecieron en el interior de la casa, Lottie volvió a abrir la misiva y pasó suavemente las yemas de los dedos por las palabras de Hayden.

—Cuidaré de ella —susurró—. Y cuidaré de ti también. Ya lo verás.

Metiéndose la nota en el bolsillo, subió corriendo la escalinata, más impaciente que nunca por volver a su trabajo.

Una fresca brisa de otoño entraba por las ventanas de buhardilla del edificio de ladrillos de cuatro plantas, mezclada con el olor a hollín de las chimeneas cercanas. Lottie tenía las manos enguantadas fuertemente apretadas sobre su ridículo para impedir que revolotearan por todas partes delatando su nerviosismo. Casi no podía creer que estuviera sentada en las oficinas de Minerva Press.

Había frecuentado asiduamente las legendarias biblioteca y librería de la editorial en la planta baja, pero jamás antes se había atrevido a pasar el umbral de su santuario interior. En ese lugar mágico y de aspecto un tanto pobretón, donde el aire estaba perfumado con los embriagadores aromas de polvo, tinta, papel y piel, los sueños de alguien se podían encuadernar y vender para brindar infinitas horas de placer. Tal vez la propia señora Eliza Parsons había estado alguna vez sentada en esa misma silla esperando nerviosa el veredicto del editor sobre *El aviso misterioso* o *El castillo de Wolfenbach*.

Ned estaba sentado frente a ella en la silla de respaldo de travesaños, golpeteando rítmicamente el suelo de madera con el bastón. Al captar su mirada, dejó de golpear.

—No es demasiado tarde para marcharnos de aquí, ¿sabes? ¿Estás absolutamente segura de que es esto lo que deseas hacer?

Ella asintió.

—Es lo que «tengo» que hacer.

—¿Te das cuenta de que él podría estrangularme por permitirte hacer esto? Es decir, si antes no me ha estrangulado tu cuñado.

Lottie arrugó la nariz.

—Ese es un riesgo que estoy dispuesta a correr.

Los dos se enderezaron más al ver abrirse la puerta de detrás del escritorio. Entró un hombre calvo, de hombros encorvados, con un manuscrito bajo el brazo. Vestía una levita sin adornos, una corbata apolillada y chaleco y pantalones de tartán de colores que no combinaban. Lottie encontró bastante consolador ver sus bien cuidadas uñas ribeteadas por medias lunas de tinta.

Tomando asiento detrás del escritorio, el hombre colocó el manuscrito delante de él y se quitó los anteojos para limpiarse los ojos.

—Vamos, señor Beale —dijo Lottie, con una risita desganada—. Seguro que no será tan mala como para llorar.

El editor se pellizcó el puente de la nariz y volvió a calarse los anteojos.

—Mi querida señora —dijo, fijándole una mirada muy seria—, sin duda debe de saber que esta no es el tipo de novela que solemos publicar en Minerva. Nuestros lectores están acostumbrados a cosas más... ¿cómo lo diría...? —juntó los dedos en punta bajo el mentón—, «sensacionales».

Ned se inclinó para levantarse.

—Sentimos mucho haberle ocupado su tiempo, señor. Espero que nos perdone el haber...

Lottie se aclaró la garganta, mirándolo indignada.

Suspirando, él se volvió a sentar.

Ella se inclinó sobre el escritorio, tratando de hechizar al editor con su más encantadora sonrisa.

—Siendo una de las más fieles lectoras de Minerva Press, puedo asegurarle que sé muy bien lo que «suele» publicar. Pero dadas las circunstancias, esperaba que por lo menos pudiera considerar la posibilidad de publicar mi manuscrito. Ciertamente no puede negar que su publicación sería muy lucrativo para su empresa.

—Pero ¿a qué precio? Debe comprender que la publicación de esta obra va a generar una cierta cantidad de notoriedad a su autora. A no ser que esté dispuesta a publicarla con un seudónimo...

—No —dijo Lottie firmemente, echándose atrás en la silla—. De ninguna manera. Quiero que mi nombre sea lo primero que vea el lector o la lectora cuando coja el libro en sus manos.

El señor Beale movió tristemente la cabeza.

—Lo he pensado a conciencia, pero no logro ver ninguna manera de abordar esto.

—Por favor, no nos rechace tan rápido —le rogó Lottie, ya incapaz de ocultar su desesperación detrás de una sonrisa—. Sé que la calidad de mi escrito podría no estar a la altura del elevado nivel de las obras que publica normalmente, pero sigo pensando que algunos drásticos recortes y una buena revisión...

Se le cortó la voz. El editor la estaba mirando como si le hubiera brotado una segunda cabeza. Miró a Ned, perpleja; él también estaba perplejo.

—Me ha entendido mal, milady. —El señor Beale apoyó suavemente la mano sobre el manuscrito y volvieron a mojársele los legañosos ojos—. Esta es una de las obras de ficción más profundamente conmovedoras que he leído en mi vida. Desafiaría al más cínico de nuestros lectores a terminarla con los ojos secos y el corazón frío hacia su protagonista. No he querido decir que el libro esté por debajo de nuestro nivel sino muy por encima, más apropiado para una editorial mucho más prestigiosa que la nuestra.

Lottie lo miró boquiabierta de incredulidad, pensando si no se habría quedado dormida y estaba soñando. No se dio cuenta de que le habían brotado lágrimas hasta que Ned le pasó un pañuelo.

—Pero ¿si yo prefiero su editorial a todas las demás, consideraría la posibilidad de publicarla? —preguntó, echando otra mirada disimulada a las uñas manchadas de tinta de él.

El señor Beale asintió, su larga cara iluminada por una sonrisa.

—Sería un placer y un honor.

Lottie se volvió a mirar a su amigo, riendo entre lágrimas.

—¿Has oído eso, Ned? Voy a ser archiconocida.

Capítulo 20

Sentí el glacial aliento del Demonio en la nuca.

En la casa Oakwylde soplaba un viento fatal. Llegaba azotando por los páramos y bajaba por las chimeneas, envenenando el aire con su mordacidad. Arrancaba las hojas de los árboles con sus crueles dedos dejándolos desnudos. Se llevaba todos los indicios del verano hasta que esa breve estación no parecía otra cosa que un sueño.

Había quienes aseguraban que si uno salía de la casa y ladeaba la cabeza justo así, podía oír las campanas que un siglo antes habían hecho repicar los provocadores de naufragios para atraer a los barcos desprevenidos a su perdición sobre las puntiagudas rocas. Otros susurraban que era el mismo viento que había soplado aquella noche en que la primera esposa del señor sufriera su caída fatal, el mismo viento que llevara a sus oídos su desgarrado grito.

Los criados habían vuelto a tomar la costumbre de encerrarse en sus cuartos tan pronto como caía la oscuridad. Ya no era con un fantasma que temían encontrarse en las sombras, sino con un hombre. Aunque él se pasaba los días encerrado en su estudio, salía a vagar por los corredores desiertos a todas horas de la noche, y la trastornada expresión de su rostro y sus ojos ardientes lo hacían parecer algo menos que mortal.

Aunque ninguna melodía, fantasmal ni de otro tipo, salía de la sala de música desde que él enviara lejos a su mujer y a su hija, las criadas seguían temiendo entrar allí. Ninguna podía sacudirse de encima la espeluznante sensación de que alguien las estaba observando. Se giraban a mirar, con el corazón en la garganta, sólo para comprobar que estaban solas con el retrato de la primera lady Oakleigh. Una joven criada juraba que cuando estaba quitando el polvo al piano, del teclado salió una sofocante bocanada de olor a jazmín que la hizo salir tambaleandose de la sala para recuperar el aliento. Después que una de las figuras de porcelana de la repisa salió volando y por un pelo no golpeó en la cabeza a Meggie, ni los pellizcos de Martha ni las amenazas de la señora Cavendish de un despido inmediato, lograron hacer volver a esa sala a ninguna de las criadas.

Los lacayos comenzaron a quejarse a Giles de las bolsas de aire frío que se formaban en ciertos corredores. Tenían que correr a calentarse junto al fuego de la cocina, helados hasta los huesos y estremecidos por violentos tiritones.

Cuando Martha se decidió por fin, a regañadientes, a informar a Hayden de los crecientes temores de los criados, él le sugirió que contratara a personas menos supersticiosas. Ya no creía en los fantasmas; justo cuando más ansiaba su compañía, ellos lo habían abandonado.

Aunque ya habían transcurrido casi cuatro meses desde que enviara a Allegra a Londres, insistía en que las criadas dejaran una lámpara encendida en su habitación toda la noche. Abría la puerta esperando verla acostada en su cama durmiendo con la muñeca de Lottie acunada en sus brazos. Pero su cama estaba siempre fría y vacía.

Se detenía en la puerta del salón a altas horas de la madrugada con la esperanza de oír el tintineo de las tazas de té, el sonido de una aguda risita o un retazo de alguna ridícula cancioncilla escocesa. Pero lo único que oía era silencio.

Su vagar sin rumbo finalmente lo llevaba a la segunda planta de la casa, al dormitorio de Lottie. La primera vez que abrió la puerta lo sorprendió ver que ella había dejado ahí la mayor parte de sus pertenencias. Tal vez simplemente hizo sus maletas a toda prisa, se dijo amargamente, desesperada por librarse de él. Él vio el miedo en sus ojos ese día en el acantilado cuando le puso las manos encima. Era un miedo que no deseaba volver a ver jamás en los ojos de ninguna mujer. Y mucho menos en los ojos de Lottie.

Daba unas cuantas vueltas por su dormitorio, acosado no por fantasmas sino por la forma como ella arrugaba la nariz cuando se reía, cómo le brillaba el pelo cual sol derretido cuando iba volando cuesta abajo por el sendero montada en el caballo de madera, los suaves grititos que emitiera contra su boca cuando él la hizo pasar desde la cima del placer a un dulce adormecimiento. Aunque sabía que debía ordenar a Martha y a la señora Cavendish que metieran todas sus cosas en los baúles y se los enviaran a Londres, cada noche simplemente cerraba la puerta al salir, dejándolo todo tal como ella lo había dejado.

En las primeras semanas después de la muerte de Justine, había descubierto los peligros de buscar solaz en el fondo de una botella. Sin embargo una noche, ya tarde, se encontró saliendo a tropezones por la puerta vidriera de su estudio con una botella de oporto cogida por el cuello.

Siguió el camino por entre las rocas, con los pasos nada firmes, hasta encontrarse finalmente oscilando al borde del acantilado, escuchando los rugidos de las olas al estrellarse en las rocas abajo, como el último de sus sueños. El viento había dispersado las nubes y el globo de la luna estaba libre para teñir de plata las olas. Bebió un buen trago de oporto y extendió los brazos hacia los lados, casi desafiando al viento y a la noche a que lo hicieran caer.

Entonces fue cuando la oyó; el viento le traía a los oídos el distante sonido de una melodía. La música era conmovedoramente dulce, irresistible en su simplicidad. Se le heló la sangre en las venas y se giró lentamente a mirar hacia la casa. Esta vez sabía que no podían ser ni Lottie ni Allegra las que le estaban dando vida a las teclas del piano.

—Maldita seas —masculló con voz ronca, cuando ese canto de sirena lo iba alejando del borde de ese acantilado con un inexorable paso tras otro.

Sin soltar la botella recorrió los corredores de la casa sintiendo aumentar el volumen de la música a cada paso. Pero cuando abrió la puerta de la sala la encontró exactamente igual a como esperaba encontrarla: oscura y silenciosa. Se dirigió al piano y aplastó una palma sobre su tapa cerrada. Todavía se oía la suave vibración de las cuerdas, y en el aire continuaba vibrando el eco de esa agridulce melodía.

Se volvió a mirar el retrato de Justine.

—¡Espero que ahora estés feliz! —rugió.

Echando atrás el brazo, arrojó la botella al retrato con todas sus fuerzas. La botella se estrelló contra el cuadro y el oporto manchó el vestido blanco de Justine como gotas de sangre.

—Tal vez siempre fue tu intención volverme loco para no quedarte nunca sola tú, ni siquiera en la muerte.

Justine simplemente continuó mirándolo, con su expresión burlona e inescrutable a la vez.

—¿Hayden?

Se giró bruscamente y vio la figura de un hombre en la puerta, su cara velada por la oscuridad.

Durante un breve instante se quedó paralizado, y por la cabeza le pasó el pensamiento de que era Phillipe el que estaba allí, joven, presuntuoso, lleno de esperanzas. Mientras esperaba que su viejo amigo saliera de la oscuridad, con el chamuscado agujero de bala todavía humeante, comprendió que se había vuelto verdaderamente loco.

—¿Hayden? —repitió el hombre, con un matiz quejumbroso en la voz—. No habrás asustado a todos los criados con esos horrendos gritos, ¿verdad? Golpeé y golpeé la puerta y en vista de que nadie me abría di la vuelta hasta la parte de atrás de la casa, encontré una ventana con el panel corredizo sin pestillo y entré por ahí.

Cuando su visitante avanzó unos pasos y brilló su pelo plateado a la luz de la luna, Hayden retrocedió tambaleante y se dejó caer en el diván, mareado de alivio.

—Dios santo, Ned, nunca me imaginé que me alegraría tanto que entraras sin anunciarte ni ser invitado.

—Bueno, esa es sin duda la acogida más agradable que me has brindado últimamente. Esa pieza ha sido muy hermosa, por cierto. No sabía que tocabas el piano.

Hayden levantó lentamente la cabeza y miró el teclado del piano con una mezcla de asombro e incredulidad.

—Yo tampoco.

—Te agradecería que me ofrecieras algo para beber —dijo Ned, mirando de soslayo el retrato, con expresión irónica—, pero lo preferiría en una copa, no en una botella arrojada a mi cabeza.

Hayden se pasó una mano por el pelo, azorado.

—A Justine nunca le gustó mucho el oporto. —Miró a Ned ceñudo, cayendo en la cuenta de lo extraño que era que se encontrara allí—. ¿Y qué te ha traído a Cornualles a estas horas de la noche?

Ned se puso serio.

—Perdona que haya llegado tan tarde pero te he traído un regalo de tu esposa, algo que ella pensó que necesitabas ver inmediatamente.

—¿Qué es? —preguntó Hayden, dejando escapar un bufido de amargura—. ¿Una petición de anulación?

—No exactamente. —Ned abrió su maletín, sacó un delgado libro encuadernado en piel y se lo pasó.

Hayden miró atentamente el libro, y calculó que era el primero de una novela en tres tomos. Antes de poner la cubierta roja a la luz de la luna ya sabía cual era su florido título: *La esposa de Lord Muerte*, por Lady Oakleigh.

El desengaño le subió a la garganta, más amargo que bilis. Aunque le había dicho a Lottie que terminara la novela, una parte de él no creía que lo hiciera. Y ciertamente nunca se imaginó que ella le arrojaría el libro a la cara una vez publicado.

Se lo tendió a Ned.

—Gracias, pero no necesito leerlo. Ya sé la historia... y el final.

Sin hacer caso de la mano tendida de Hayden, Ned le puso los otros dos tomos en los muslos, con una enigmática sonrisa en los labios.

—Yo en tu lugar la leería de todos modos. A veces incluso los finales más previsibles tienen una manera de cogerte por sorpresa. —Cerrando el maletín, bostezó—. Aunque me fastidia privarte de mi compañía, tengo que salir para Surrey mañana temprano. Le prometí a mi querida madre una larga visita que ya le debo desde hace mucho tiempo. Así que, si me disculpas, iré a buscarme una cama y a alguna criada bonita para que me la caliente.

—Podrías probar de despertar a Martha. Siempre ha tenido debilidad por ti.

Ned se estremeció.

—Creo que prefiero acurrucarme con un ladrillo caliente.

Dicho eso, Ned se marchó y Hayden se quedó sentado mirando los tres libros que tenía en los muslos. No le costaba comprender que Lottie lo traicionara a él, pero no le cabía en la cabeza que traicionara tan cruelmente a Allegra. Confirmando lo peor de lo que todos creían de él, estropearía cualquier posibilidad que pudiera haber tenido su hija de escapar de los pecados de sus padres, de casarse con un hombre decente y de hacerse una vida propia en la sociedad.

Ardiendo de furia, decidió buscar el primer hogar encendido que encontrara y arrojar los libros a las llamas. Al incorporarse, todavía medio tambaleante por los efectos del oporto, cayó al suelo uno de los libros y quedó abierto en medio de un charco de luz de luna. Se agachó a recogerlo y sólo entonces, al ver la dedicatoria escrita en la página de guarda, cayó en la cuenta de que era el primero de los tomos. La letra de Lottie era tan extravagante como la recordaba.

Pasó la yema de un dedo por los graciosos rizos y curvas, leyendo en voz alta:

—De mi corazón al tuyo...

Sin poder soportar su burla, estaba a punto de cerrarlo de un golpe cuando, involuntariamente, sus ojos se posaron en la primera frase de la primera página: «Jamás olvidaré el momento en que vi por primera vez al hombre que me salvaría la vida».

Capítulo 21

¿Era posible que me hubiera equivocado tanto al juzgarlo?

Lo conseguiste? ¿Lo conseguiste? ¡Ay, dime que lo tienes! —exclamó Elizabeth Bly, saltando en las puntas de los pies mientras su mejor amiga salía corriendo por la puerta cristalera de la librería de Minerva Press.

—Pues sí que lo tengo —gritó Caro Brockway, sacando de debajo de la capa el delgado libro encuadernado en piel. El aliento de la joven escapó de su boca en una voluta de aire helado.

Antes que pudiera llegar donde Elizabeth, le cerró el paso un fornido lacayo de librea azul marino.

—Le doy tres libras por ese libro, señorita.

Caro se detuvo en seco, absolutamente desconcertada.

—Pero si sólo pagué media guinea por él.

—Entonces le daré cinco.

El hombre miró desesperado hacia la larga fila de coches detenidos detrás de ellos.

La cola de elegantes coches particulares y coches de alquiler llegaba hasta Gracechurch Street. Envueltas en pieles y manguillos sus ocupantes estaban dispuestas a tiritar de frío durante horas, todas con la esperanza de comprar el tercer tomo de la última sensación literaria, *La esposa de Lord Muerte*.

—Señorita, se lo suplico, tenga piedad de mí —rogó el hombre—. Sabe lo que le ocurrió al lacayo de lady Dryden, ¿verdad?

Las jóvenes se miraron con los ojos muy abiertos. Todo Londres se había enterado de lo ocurrido al lacayo de lady Dryden. Había tenido el atrevimiento de volver al coche de la condesa con las manos vacías y confesarle tímidadamente que el último ejemplar del segundo tomo de *La esposa de Lord Muerte* se le había escapado de las manos para pasar a las codiciosas garras de lady Featherwick. Había quienes aseguraban que el chillido de indignación de la condesa se oyó hasta Aldgate. Después de golpear al pobre hombre en la cabeza con el quitasol, la condesa elevó su nariz en el aire y le ordenó al cochero que continuara la marcha sin él. El lacayo corrió tras el coche durante diez manzanas, suplicándole que lo perdonara, hasta que finalmente sucumbió al agotamiento y cayó de cara sobre un montón de bostas de caballo frescas. Rezaba el rumor que en esos momentos andaba buscando trabajo en los muelles.

—Lo siento muchísimo, señor, pero no puedo vendérselo. —Apretando él libro contra su corazón, Caro pasó por un lado del hombre tratando de avanzar hacia Elizabeth—. He estado esperando en la cola desde el alba, y le prometí a mi madre que me iría directamente a casa con el libro. Lo va a leer a toda la familia después de la cena. Todos se mueren por saber qué ocurre después que el noble comprende que su flamante esposa ha traicionado su confianza.

Elizabeth elevó los ojos al cielo poniendolos en blanco:

—Qué tonta resultó ser, no me lo puedo creer. —Juntó las manos bajo el mentón y una soñadora expresión le suavizó el semblante—. Vamos, yo me habría dado cuenta desde el principio que un hombre tan bueno y generoso, y tan increíblemente apuesto, jamás le habría hecho daño a una mujer, y mucho menos a su esposa.

El lacayo siguió a Caro, y su rostró cobró un aspecto amenazador. Estiró la mano con guante blanco.

—Vamos, muchacha, que no será tu muerte si me lo entregas. Cinco libras deben de ser una fortuna para una muchacha plebeya como tú.

—¡Corre, Caro, corre! —chilló Elizabeth, cogiéndole la mano a su amiga y poniéndola fuera del alcance del hombre de un tirón.

Mientras las jóvenes huían corriendo, con las capas volando atrás, el lacayo se quitó el sombrero de copa y gritó:

—¡Siete libras! ¡Te daré siete libras!

En las librerías y bibliotecas de todo Londres se estaba representando el mismo drama. La autora había insistido en que se publicara una versión resumida en entregas semanales en los periódicos para aquellos que no tenían el dinero para comprar los tomos encuadernados. En el instante en que apareció esta nueva edición la gente se agolpó en torno a los vendedores callejeros, cogiendo y peleándose por los periódicos hasta romperlos en sus sucias manos. En los muelles donde se vendían los panfletos de una hoja a penique, incluso los que no sabían leer contemplaban los groseros dibujos de una joven noble de rodillas suplicándole el perdón a su marido mientras él miraba hacia otro lado con expresión triste y le señalaba la puerta.

Los personajes muy ligeramente camuflados de la novela proporcionaban horas y horas de elucubraciones y diversión entre los miembros de la alta sociedad. Les costaba creer que una de los suyos se hubiera rebajado a escribir una historia tan apasionante y conmovedora. Era el mayor escándalo en el mundo literario que había conocido Londres desde que, hacía once años, el poeta romántico casado, Percy Bysshe Shelley, se fugara a Francia con Mary Godwin, de dieciséis años.

Cuando se anunció que el duque de Devonbrooke y la editorial Minerva Press ofrecerían conjuntamente un baile en honor de la autora en la casa Devonbrooke, todos los miembros de la alta sociedad empezaron a rogar, comprar o robar una invitación. Las familias que se habían retirado a sus casas de campo para pasar el invierno, ordenaron a sus cocheros que hicieran virar los caballos para volver a la ciudad. Ninguno estaba dispuesto a perderse el acontecimiento social del año ni la oportunidad de comerse con los ojos a la ya muy conocida esposa del propio lord Muerte.

Cuando Lottie se aproximaba a los peldaños de mármol que bajaban de la galería al inmenso salón de baile de la casa Devonbrooke, se sentía más nerviosa que archiconocida. Una multitud de invitados se paseaban por el salón de baile esperando impacientes su llegada. En un rincón estaban sentados los componentes de un cuarteto de cuerda con los arcos listos sobre sus instrumentos a la espera de la señal para iniciar el primer vals. Sterling y Laura estaban al pie de la escalera, con aspecto de estar aún más nerviosos que ella, mientras George se abría paso por la muchedumbre con la cabeza gacha, tratando de eludir a la perseverante Harriet.

Lottie había soñado con ese momento toda su vida, pero ahora que había llegado, se sentía extrañamente vacía por dentro.

Se tocó los rizos recogidos en lo alto de la cabeza, pensando si alguno de los invitados reconocería en ella a la niña que otrora apodaran la Diablilla de Hertfordshire. Ayudada por Laura y Diana había elegido un vestido de terciopelo verde esmeralda que le caía ligeramente bajo los blancos hombros. Una gargantilla de terciopelo del mismo color le rodeaba el esbelto cuello. Brillantes ribetes dorados orlaban las mangas abombadas y el escote cuadrado. El talle largo del vestido le ceñía las curvas naturales de su cuerpo. La cadenilla de perlas ensortijada entre los rizos le daba un toque de elegancia al recatado conjunto, como también el sutil encaje que asomaba en la abertura lateral de la falda.

Addison, el mayordomo, estaba en posición de firmes en lo alto de la escalera. Haciéndole un casi imperceptible guiño, se aclaró la garganta y entonó en voz alta:

—La muy honorable Carlotta Oakleigh, marquesa de Oakleigh.

Un animado murmullo recorrió el salón cuando todos los ojos se volvieron hacia la escalera. Apenas rozando con los dedos los balaústres de hierro, Lottie bajó lentamente los peldaños con una encantadora sonrisa fijada en los labios.

Sterling la esperaba al pie de la escalera. Lottie sintió una punzada de tristeza en el corazón al imaginarse a Hayden en ese lugar, sus ojos verdes relampagueantes de orgullo.

Su cuñado le ofreció el brazo. Cuando ella lo cogió, Laura hizo la señal a los músicos. Sonaron las primeras notas de un alegre vals vienés y Lottie y Sterling comenzaron a girar por la pista.

—¿Aún no has tenido noticias de Townsend? —le preguntó Sterling mientras otras muchas parejas entraban en la pista y empezaban a girar en torno a ellos, en una revolución de colores y cháchara.

—Ni un susurro. Estoy empezando a pensar que Hayden se ha arrojado por el acantilado junto con mi libro.

—Mejor él que tú —dijo Sterling ceñudo.

Cuando acabó el primer vals, Sterling la entregó a un sonriente señor Beale. El amable editor estaba impaciente por ser visto en compañía de la más brillante nueva luz literaria de Minerva Press. El deslumbrante éxito de su novela había enriquecido sus arcas y su reputación. Lottie le cogió la mano manchada de tinta y no tardó en descubrir que el hombre era mucho mejor editor que bailarín.

—Creo que podemos declarar esta noche un verdadero triunfo, milady —dijo él, mirando por encima de sus anteojos el torbellino de entusiasmo—, tal como podemos declarar un éxito la séptima reimpresión del tercer tomo de su novela.

El señor Beale estaba dichosamente inconsciente de las disimuladas miradas que recibía Lottie desde detrás de los abanicos y monóculos de los invitados. No era admiración lo que veía ella en sus ojos sino rabiosa curiosidad y una lástima ligeramente velada. Sonriéndole al señor Beale, mantuvo muy erguida la cabeza. Si Hayden había sido capaz de soportar la censura de la sociedad durante más de cuatro años, seguro que ella sería capaz de sobrevivir a una noche.

Estaba tan ocupada procurando impedir que sus delicados zapatos quedaran aplastados bajo los torpes y pesados pies del editor, que no notó el silencio que había descendido sobre la muchedumbre hasta que la música paró en un momento que no correspondía.

La voz de Addison resonó en el repentino silencio, sin su cerrada cadencia normal:

—El muy honorable Hayden Saint Clair, marqués de Oakleigh.

Mientras una exclamación de asombro viajaba por la muchedumbre, Lottie se giró y vio a su marido de pie en lo alto de la escalera.

Capítulo 22

Al parecer el Demonio había venido a reclamar
a su esposa.

Aunque las miradas de todos los presentes en el inmenso salón de baile estaban fijas en el hombre que estaba en lo alto de la escalera, él sólo tenía ojos para Lottie. La ardiente mirada que le dirigía hizo hurgar en sus retículos a algunas mujeres que estaban cerca en busca de sus frascos de sales.

Cuando él comenzó a bajar los peldaños, una ola de excitados comentarios recorrió el salón.

—¿Es él? ¿Será posible?

—¡Mira esos ojos! Es muchísimo más apuesto de lo que lo describe ella.

—¡Caramba! Se lo ve algo salvaje e imprevisible, ¿verdad? Siempre he admirado eso en un hombre.

Para algunas de las invitadas más jóvenes era el primer vislumbre del notorio ermitaño al que antes apodaran Marqués Asesino. Otras no tan jóvenes aún lo recordaban como al muy preciado soltero que les rompiera el corazón a sus jóvenes hijas casándose con una muchacha francesa sin un céntimo. Pero para todas ellas en ese momento era el héroe de la trágica novela de lady Oakleigh, el hombre tratado injustamente no sólo por ellas sino también por la mujer que estaba mirándolo acercársele tan pálida y silenciosa como una estatua. Más de unas cuantas esperaban que él hubiera venido a darle el esquinazo que tan ricamente se merecía.

Mientras los resueltos pasos de Hayden lo llevaban por el salón, Sterling y George hicieron ademán de ir a interceptarlo. Laura negó enérgicamente con la cabeza hacia George y le cogió el brazo a Sterling, enterrándole las uñas en la manga.

Deteniéndose delante de Lottie, Hayden le hizo una resuelta reverencia.

—¿Podría concederme el honor, milady? ¿O ya tiene llena su tarjeta de baile?

—No tengo tarjeta de baile, milord. Por si lo ha olvidado, soy una mujer casada.

Él la miró con los ojos ardientes.

—Ah, no lo he olvidado.

El señor Beale se hizo a un lado, impaciente por cederla. Por la expresión velada que vio en sus ojos, Lottie comprendió que él ya estaba calculando cuántos ejemplares de su libro vendería ese nuevo escándalo.

—Será mejor que la entregue sin pelea, milady —dijo él—. Me han dicho que su marido es del tipo celoso. No nos convendría que me retara a duelo ahora, ¿verdad?

Haciéndole un guiño de complicidad a Hayden, hizo su venia y se alejó, dejando a Lottie sola para enfrentar a su marido. Cuando los músicos reanudaron el vertiginoso vals donde lo habían dejado, Hayden la cogió en sus brazos y empezaron a bailar.

Lottie miró disimuladamente la amedrentadora tensión de su mandíbula recién rasurada sobre los níveos pliegues de su corbata, casi sin atreverse a creer que estaba en sus brazos otra vez. Él tenía la palma abierta sobre su espalda a la altura de la cintura, instándola con su calor a acercarse más y más con cada mareante giro por la pista de baile.

—Te debo una disculpa, milady —dijo él, mirando derecho al frente—. Parece que después de todo sí eres capaz de llorona sensiblería. Sencillamente no ibas a ser feliz mientras no hicieras un héroe de mí, ¿verdad? Lo que no entiendo es por qué tenías que hacerlo a tus expensas.

—¿Qué expensas? —preguntó ella, tratando de sacar una voz ligeramente alegre, para no delatar lo jadeante que la hacía sentir él—. Mira a tu alrededor. Por fin tengo toda la fama y la atención que siempre he deseado. Tal como predijiste, soy la celebridad literaria de Londres.

Hayden no miró alrededor, pero a diferencia del señor Beale, entendía lo que veía.

—No han venido aquí esta noche a honrarte. Han venido a mirarte y fisgonear. Sólo fíjate en lady Dryden. ¿Cómo se atreve esa vieja bruja a mirarte con lástima en los ojos? Ya ha llevado a tres maridos a tumbas prematuras con sus incesantes críticas y monsergas.

Diciendo eso miró a la rolliza anciana con un entrecejo tan fiero que la obligó a esconder la cara detrás de su abanico pintado a mano.

—No deberías ser tan duro con ellas. Puedo asegurarte que todas disfrutaron derramando copiosas lágrimas cuando la redención de mi heroína llegó demasiado tarde y mi héroe la expulsó de su vida y de su corazón.

Entonces Hayden bajó la cabeza y la miró a los ojos. La expresión que vio ella en esas profundidades verdes enmarcadas por pestañas oscuras le aceleró el pulso.

—¿No fuiste tú la que me dijiste que nunca es demasiado tarde? ¿Sobre todo si tienes a alguien que cree en ti?

En ese momento acabó el vals, pero en lugar de soltarla, él la atrajo más hacia él. Ninguno de los dos notó que sobre el salón había descendido otro sorprendido silencio hasta que Addison hizo un ahogado sonido salido del fondo de la garganta. Su voz resonó como una trompeta cuando gritó:

—¡Su Majestad el rey!

Hayden y Lottie se apartaron al instante mientras otro murmullo de asombro recorría ondulante el salón. Sterling y Laura parecían estar tan sorprendidos como todos los demás. El rápido deterioro de la salud del rey lo había llevado a recluirse en Windsor hacía unos meses. Algunos susurraban incluso que estaba empezando a mostrar señales de la locura de su padre, insistiendo en que había estado en Waterloo luchando al lado de Wellington y no derrochando su juventud y vigor en excesos de vino, mujeres y suculentas salsas.

Cuando iba acercándoseles con sus menuditos pasos, flanqueado por dos de sus guardias reales, Hayden hizo su venia y Lottie se inclinó en una profunda reverencia cortesana, con la cabeza gacha y las faldas extendidas a todo su alrededor en el suelo. Muy consciente de la vulnerabilidad de su nuca, por el rabillo del ojo miró las espadas de los guardias, imaginando que el rey iba a gritar «¡Cortadle la cabeza!» y no:

—Levántate, muchacha. Déjame echarte una mirada.

Lottie se incorporó lentamente, musitando:

—Vuestra Majestad.

El monarca estaba más hinchado y pálido de lo que ella recordaba, pero ni el tiempo ni la mala salud podían apagar el lascivo brillo de sus ojos. Cuando se inclinó hacia ella, su mirada se desvió hacia la profunda hendidura entre sus pechos.

—Perdona que haya interrumpido así tu fiestecita, querida mía, pero sencillamente tenía que presentar mis respetos. —La sorprendió sacando del bolsillo un pañuelo con bordes de encaje y pasándoselo por los ojos—. Desde la última entrega de las memorias de Harriete Wilson no me había visto tan atrapado por la palabra escrita.

—Muchas gracias, Vuestra Majestad. Eso lo considero un valiosísimo elogio viniendo de vuestros labios.

Mirando nervioso a su marido, el rey se le acercó tanto que le echó en la cara su afrutado aliento.

—Tus personajes están muy poco disfrazados, querida mía —susurró—. Tal vez haya sido mejor que no hicieras ninguna mención de nuestra pequeña aventurita.

Intercambiando una incrédula mirada con Hayden, ella se tocó los sonrientes labios con un dedo.

—No temáis. Su Majestad puede siempre confiar en mi discreción.

—Muy bien, muchacha.

En ese momento pasó por un lado una hermosa joven, haciendo reverencias y enseñando gran parte de sus amplios pechos por encima del escotado corpiño.

—Si me disculpáis —musitó el rey, ya caminando tras ella con sus zapatos enjoyados—, creo que hay unos asuntos de estado que requieren mi inmediata atención.

—Dos asuntos, sin duda —masculló Hayden, observando a los sitiados guardias seguir el serpenteante camino de su monarca por el salón.

—Bueno, por lo menos esta vez no tuve que morderlo.

Hayden pasó su mirada a ella.

—Si hubiera continuado comiéndote con los ojos de esa desvergonzada manera lo habría mordido yo.

—Y los dos habríamos acabado en la Torre.

—No sé si eso habría sido tan terrible. Al menos allí tendríamos una cierta intimidad.

Le cogió la mano, visiblemente frustrado por encontrarse los dos encerrados por la apretujada multitud. Ni siquiera la inesperada entrada del rey había podido distraer la atención de la gente de la escenita entre ellos. Divisando una puerta en la parte de atrás del salón, empezó a llevarla hacia ella.

No bien habían avanzado dos pasos cuando un corpulento caballero se interpuso en su camino.

—¡Oakleigh! —tronó el hombre poniendo su gorda mano en el hombro de Hayden—. Qué alegría verte de vuelta en Londres por fin. Espero que tengas planeado quedarte un tiempo. A mi mujer y a mí nos gustaría que vinieras a cenar a casa alguna noche.

Mascullando unas palabras evasivas, Hayden se soltó de su mano y echó a caminar en otra dirección. Esta vez fue una sonriente dama la que les cerró el paso. Poniendo una mano enguantada en el brazo de Hayden, lo miró agitando las pestañas.

—Si no tiene ninguna otra invitación, milord, considere la posibilidad de acompañarnos a Reginald y a mí a la hora del té de la tarde mañana.

Antes que él pudiera aceptar o declinar esa invitación, los rodearon un numeroso grupo de caballeros y damas, cada uno esforzándose por hacerse oír por encima de los demás.

—... una cacería el mes que viene en nuestra casa de campo en Leicestershire. ¡Promete que estarás ahí!

—... una excursión a la región de los Lagos en primavera. Todos los importantes han jurado que nos acompañarán, pero simplemente no sería un éxito sin ti.

—... pensé que te gustaría acompañarnos a lord Estes y a mí en

Newmarket el domingo. Tenía pensado apostar trescientas guineas por una bonita potrilla en que he tenido puesto el ojo estas dos últimas semanas.

Hayden se limitó a dar unos cuantos empujones y abrirse paso a codazos por entre ellos, sin soltar en ningún momento la mano de Lottie. Cuando finalmente lograron salir al corredor, fue abriendo una puerta tras otra hasta encontrar lo que buscaba, una salita de estar desocupada con un fuego en el hogar y una llave en la puerta. Una lámpara Argand que reposaba sobre una mesita de brillante madera oriental arrojaba una cálida luz sobre las paredes recubiertas en cretona.

Cerró la puerta con llave y se volvió a mirar a Lottie, poniéndose las manos en sus delgadas caderas.

—Buen Dios, mujer, ¿ves lo que has hecho? ¿Estás contenta ahora?

Sentándose en un diván tapizado en brocado, ella le sonrió.

—Mucho. Te he abierto todas las puertas de Inglaterra. Y todas las puertas abiertas a ti se abrirán también para tu hija. Gracias a mí, algún día Allegra podría elegir entre muchos pretendientes.

Él entornó los ojos.

—¿No te fijaste, por casualidad, en que ninguna de sus invitaciones te incluía a ti?

—¿Y por qué habrían de incluirme? —Se encogió de hombros, simulando que esos intencionados desaires no le habían dolido un poco—. Después de todo, soy la niña superficial e inmadura cuya falta de fe en un hombre bueno y decente le costó toda esperanza de felicidad futura.

—¡No, no eres eso! ¡Lo que eres es la criatura más enfurecedora que he conocido en mi vida! —Apuñalándola con la mirada se pasó una mano por el pelo—. Vamos, podría... podría...

—¿Matarme? —sugirió Lottie alegremente—. ¿Estrangularme? ¿Empujarme por un acantilado?

Tragándose una maldición, él se le acercó en dos largas zancadas. Cuando cerró las manos sobre sus hombros instándola a levantarse, ella se echó en sus brazos de muy buena gana, reconociendo en la mente lo que su corazón había sabido siempre.

Jamás le había tenido miedo. Sólo había temido sus sentimientos por él. Cuando él bajó la boca hasta la de ella, esos sentimientos la arrastraron en un furioso torrente de ternura y anhelo.

—Adorarte —acabó él, con la voz quebrada por una nota de impotencia, rozándole los labios con los de él en suavísimas caricias—. Podría adorarte con todo mi corazón.

—Entonces hazlo —susurró ella, echándole los brazos al cuello—. Por favor.

No tuvo que pedirlo dos veces. Él la estrechó en sus brazos, introduciendo la lengua en su boca. Fundiéndose en él, saboreando la humosa dulzura de su beso, Lottie se sintió eufórica por encontrarse nuevamente en el borde de ese peligroso precipicio de su sueño. Sólo que esta vez sabía que si se atrevía a pasar ese borde y entregarse a los brazos de Hayden, no se caería, sino que volaría.

Apoyando las manos en sus hombros, Hayden la apartó suavemente.

—Ahora que has convencido a los periódicos sensacionalistas y a toda la sociedad de que la muerte de Justine fue realmente un trágico accidente —le dijo dulcemente—, ¿no crees que por lo menos te debo la verdad?

Negando con la cabeza, Lottie le puso dos dedos en los labios.

—Ya sé lo único que necesito saber, que te amo.

A él se le escapó un gemido mientras ella le presionaba la mano en la nuca instándolo a bajar la boca hasta la de ella. Entre besos, y con manos temblorosas fueron soltando botones, cintas, lazos y encajes, desesperados por despojarse de las capas de ropa que los separaban. Mientras Hayden le soltaba los diminutos botones forrados en terciopelo que le cerraban el vestido a todo lo largo de la espalda, ella le quitó la corbata, ansiosa de saborearlo. Le pasó la punta de la lengua por la mandíbula, saboreando el exquisito aroma del jabón de mirica y el áspero tacto del asomo de barba que ninguna cantidad de rasurado podía eliminar.

Él le bajó el vestido y la falda interior por las caderas. Ella le tironeó los botones que le cerraban la camisa haciéndolos saltar por todas partes en la sala.

Sentándola en el diván, él se puso detrás de ella.

—Si alguna vez te meto en una verdadera cama —masculló, soltándole los enredados lazos del corsé—, no te voy a dejar salir de ella jamás.

—¿Es eso una promesa? —preguntó ella, quitándose con dedos impacientes las horquillas del pelo hasta dejarlo caer en cascada alrededor de los hombros.

Levantando ese brillante velo, él le acarició la curva del cuello justo por debajo de la gargantilla de terciopelo con los labios húmedos, produciéndole un estremecimiento de puro placer por toda la piel.

—Tienes mi palabra de caballero.

Pero no fue un caballero el que pasó las manos bajo sus brazos para ahuecarlas en los pechos que acababa de liberar del corsé. Fue un hombre, con necesidades de hombre y hambres de hombre. Se los apretó suavemente con las palmas y luego le cogió los pezones entre índice y pulgar, tironeándoselos y acariciándoselos hasta que ella se empezó a arquear contra él, retorciéndose de deseo.

Salpicándole con ligerísimos besos toda la nuca, bajó una mano deslizándosela suavemente por la tersa piel del vientre. No perdió ni un solo instante en soltarle las cintas que le sujetaban los calzones sino que continuó el deslizamiento hacia abajo hasta que sus diestros dedos entraron por la estrecha rajita en la seda húmeda y en la hendidura de más adentro.

Le introdujo dos dedos y emitió un gemido ronco.

—No lo creía posible, pero estás tan preparada para mí como yo para ti.

—¿Y por qué no había de estarlo? —preguntó ella, fogosamente. Se movió contra su mano, desesperada por sentir el placer que sólo él podía darle—. Llevo esperando el mismo tiempo que tú.

Desabotonándose la bragueta del pantalón que lo retenía, Hayden se sentó a horcajadas en el diván, le pasó un brazo por la cintura y la deslizó hacia atrás hasta tenerla montada sobre él. Arqueándose debajo de ella, la fue bajando, bajando, bajando, hasta que todo su vibrante miembro estuvo incrustado hasta el fondo de ella.

Sin dejar de abrazarla desde atrás, hundió la cara en la fragante suavidad de sus cabellos, haciendo respiraciones profundas y estremecidas para controlarse. Pese a las urgentes exigencias de su cuerpo, se habría contentado con tenerla abrazada eternamente. Su piel era el calor que tanto ansiaba su cuerpo, sus cabellos la luz dorada que desafiaban la oscuridad, los latidos de su corazón la música que había echado de menos en su vida desde el día en que ella se marchó de Oakleigh.

Lottie se movía recostada en su ancho pecho susurrando su nombre una y otra vez en una jadeante letanía. Sentía toda la sangre de su cuerpo precipitándose por sus venas hacia ese lugar donde estaban unidos sus cuerpos. Le fijaba el ritmo del corazón pulsando alrededor de su hinchado miembro hasta que ya no podía soportar la exquisita tensión.

Apoyando los muslos en los de él, subía, bajaba, deslizándose a todo lo largo de su miembro.

Casi sin atreverse a creer en la deliciosa osadía de su mujer, Hayden se arqueaba para recibirla en el siguiente embite, meciéndose y penetrándola más con cada potente embestida de sus caderas. Con un brazo continuaba rodeándola firmemente por la cintura, mientras los ávidos dedos de la otra rasgaban la tela ensanchando la abertura en la seda para darse un acceso sin trabas a ella. Obligándola con los muslos a separar más los de ella, suavemente empezó a deslizar el pulgar arriba y abajo por el rígido botón anidado entre sus rizos mojados.

A Lottie se le escapó de los labios un quebrado sollozo. Ser poseída tan absolutamente y al mismo tiempo acariciada con tanta ternura era un dulce tormento. Justo cuando creía que ya no podría soportar ni un momento más, Hayden ahuecó firmemente la mano sobre ella, empujándola hacia abajo y él arqueándose hacia arriba. Con el otro brazo cerrado alrededor de su cintura, aumentó la fuerza de los embites en un ritmo enloquecedor, ineludible.

Cuando estalló la cegadora oleada de éxtasis sobre los dos al mismo tiempo, ocurrió algo que ninguno de los dos había previsto.

Lottie gritó.

—¡Allegra! ¡Allegra, despierta!

Allegra abrió perezosamente los ojos y se encontró a Ellie arrodillada junto a su cama, sus redondos ojos brillantes en la oscuridad. Se incorporó apoyada en un codo.

—¿Qué pasa? —preguntó en voz baja.

—No vas a creer quién está aquí. ¡Tu papá!

—No seas tonta. Mi padre está en Cornualles.

Cogiendo la muñeca de Lottie, se dio la vuelta para el otro lado. Desde el crepúsculo había pasado todo el tiempo en su habitación, enfurruñada porque la señorita Terwilliger declaró que ella y los demás niños eran demasiado pequeños para asistir al baile.

Sin inmutarse, Ellie fue a ponerse al otro lado de la cama.

—No, no está en Cornualles. Esta aquí, en la casa Devonbrooke.

Allegra se sentó, frotándose los ojos.

—¿Estás segura de que no has estado soñando otra vez? ¿Te acuerdas de lo que ocurrió la última vez que comiste dos raciones de púdin de ciruelas en la cena? Juraste que habías visto a un gigante asomado a la ventana de tu dormitorio.

Ellie negó con la cabeza.

—Estuve soñando hace un rato, pero ahora estoy totalmente despierta. El chillido de tía Lottie me despertó.

Allegra agrandó los ojos, alarmada.

—¿Lottie chilló?

Ellie asintió, agitando el moño de rizos en lo alto de la cabeza.

—Fue un grito terrible. Yo creí que estaban asesinando a alguien, así que me puse las zapatillas y bajé calladita a la planta baja. Cuando llegué ahí, todos los invitados andaban por todas partes al mismo tiempo. Mi mamá y tía Diana estaban llorando mientras tío George y tío Thane amenazaban con echar abajo la puerta de la sala de estar, y mi papá le estaba gritando a Addison que le trajera sus pistolas.

—¿Iba a dispararle a Lottie?

—¡No, tonta! Le iba a disparar a tu papá.

Allegra echó atrás las mantas y bajó las piernas por el lado de la cama.

—No te preocupes —la tranquilizó Ellie dándole una palmadita en la rodilla—. Antes que Addison llegara con las pistolas, salió tía Lottie de la sala de estar, caminando tan tranquila como si no hubiera pasado nada, seguida por tu papá.

—¿Por qué gritó, entonces? ¿Él la hizo enfadarse? ¿Tuvo una pataleta?

—Ella asegura que vio un ratón —explicó Ellie curvando las manos en garras—. Un ratón muy grande, con los ojos rojos y unos inmensos colmillos. Tiene que haberle dado vergüenza por causar un alboroto tan grande por un simple ratón. Estaba terriblemente confundida. Nunca le había visto la cara tan colorada.

—Qué extraño —dijo Allegra, poniendo los pies sobre la cama y mirando nerviosa hacia la oscuridad—. Con todos los gatos que hay aquí uno diría que no tendría que haber ningún ratón. ¿Donde está mi padre ahora?

—En el dormitorio de tía Lottie. Después que los dos subieron juntos y se marcharon todos los invitados, Cookie me preparó un ponche de leche caliente y me dejó quedarme sentada en la cocina con ella y Addison un rato más largo que nunca.

Allegra continuó sentada, mordiéndose el labio, y el ceño entre sus sedosas cejas oscuras se fue ahondando lentamente. Finalmente bajó de la cama sin decir palabra.

—¿Adónde vas? —le preguntó Ellie al ver que se ponía la bata.

—A ver a mi pa... a mi padre. No se va a creer que puede hacer todo el viaje hasta aquí y no tomarse la molestia de decirme hola.

—Estabas durmiendo —le recordó Ellie.

—Pues entonces puede decirme buenas noches —ladró Allegra.

Amarrándose el cinturón de la bata salió pisando fuerte del dormitorio, con su naricilla bien levantada en el aire.

Lottie estaba acostada con la mejilla apoyada en el pecho de su marido, escuchando volver al ritmo normal los atronadores latidos de su corazón.

Exhalando un largo suspiro, él aumentó la presión del brazo alrededor de ella y le acarició el pelo con los labios.

—Me alegra que tu cuñado no me disparara. Me habría fastidiado muchísimo perderme esto.

—Sí que des un motivo para vivir, ¿verdad?

Todavía experimentando los efectos posteriores del placer, Lottie cogió las mantas, cubrió las piernas entrelazadas de los dos y se acurrucó más en los cálidos brazos de Hayden. Justo en ese momento, oyó un suave crujido proveniente de la puerta.

—¿Has oído? —susurró, levantando la cabeza.

—Tal vez ha sido un ratón —dijo él. Su expresión seria habría sido más convincente si no se le hubiera empezado a estremecer el pecho con una risa reprimida—. Un ratón enorme con brillantes ojos rojos y unos colmillos afilados todavía chorreando la sangre del cuello destrozado de su última víctima.

Lottie cogió uno de los cojines de plumón y lo golpeó con él.

—Quería salvarte la vida. A mí me pareció un intento muy impresionante.

—Sí que lo fue —reconoció él, esta vez sin reprimir la risa—. Pero podrías haber sido más convincente si no hubieras llevado enredados los lazos del corsé en el tacón del zapato.

—Por lo menos hemos dado algo nuevo a los traficantes de chismes. Estoy segura de que aparecerá en todos los panfletos de escándalo mañana. «¡MA y DH pillados *in fragranti delicto* después de haber sido aterrorizados por un ratón rabioso!»

Cuando volvió a acomodarse en sus brazos, suspirando de satisfacción, la luz de la luna caía sobre la cama, bañándolos en un neblinoso resplandor. Hayden estuvo en silencio tanto rato que ella pensó que se había quedado dormido. Pero cuando se incorporó apoyada en un codo con el fin de disfrutar del furtivo placer de verlo dormir, vio que él estaba contemplando el cielo raso con expresión pensativa.

Como si hubiera percibido la fuerza de su mirada curiosa, él se giró lentamente a mirarla.

—Necesito decirte lo de Justine.

Ella le acarició la mejilla, negando con la cabeza.

—Ya sé todo lo que necesito saber. No tienes por qué hacerlo.

Él le cogió la mano y le depositó un húmedo beso en la palma.

—Creo que podría tener que hacerlo. Si no por ti, por mí.

Ella asintió entonces, volviendo a acurrucarse en sus brazos.

Cuando él volvió a hablar su voz sonó extrañamente indiferente, como si estuviera explicando algo ocurrido a otra persona, en otra vida.

—Cuando habían trancurrido tres meses desde nuestro regreso de Londres, Justine se dio cuenta de que estaba embarazada. Lo que no sabía era que el hijo era de Phillipe.

Lottie cerró brevemente los ojos. Gracias a Ned, no tenía que preguntarle cómo podía saber que el hijo no era de él.

—Justine seguía creyendo que era yo el que fue a su cama esa noche en Londres. Nunca tuve el valor para decirle la verdad. Cuando descubrió que iba a tener otro hijo estaba más feliz de lo que la había visto nunca. Se pasaba horas cosiendo gorritos, componiendo canciones de cuna y explicándole a Allegra todo acerca del hermanito que iba a tener. Estaba convencida de que iba a ser un niño, el heredero que siempre había soñado darme. Yo no tuve más remedio que seguir con la farsa y fingir que estaba tan regocijado como ella.

—Qué sufrimiento tuvo que ser para ti —susurró Lottie, acariciándole el brazo.

—No sabía qué otra cosa hacer. No podía culpar a un inocente de las circunstancias de su nacimiento. Estaba resuelto a mantener a Justine encerrada en Cornualles hasta que acabara lo peor de las habladurías. —Se le tensó la mandíbula—. Pero uno de los criados trajo uno de esos panfletos de Londres y no sé como cayó en manos de ella. En esas páginas estaba todo, todos los horribles detalles, su infidelidad, el duelo, la muerte de Phillipe.

Por primera vez, Lottie comprendió el profundo desprecio que sentía él por esa gente que vendía escándalos para lucrarse.

—¿Qué hizo?

—Cayó en una depresión terrible. Era algo peor que tristeza, peor que abatimiento, peor que todo lo que yo había visto nunca en ella. Se negaba a salir de la cama durante todo el día; pero por la noche se levantaba y vagaba por los corredores de la casa como si ya fuera un fantasma. Se pasaba todo el día encerrada en su habitación. Aunque le rompía el corazoncito a Allegra, se negaba a vernos. Yo creo que le daba vergüenza mirarnos. —Movió la cabeza—. Intenté explicarle que ella no tenía la culpa de lo ocurrido. Que fui yo el que la dejó sola esa noche, cuando más me necesitaba.

Lottie se mordió el labio hasta que le sangró. No serviría de nada tratar de convencerlo de que no era así. No en ese momento. Todavía no.

—Entonces, una noche de tormenta, desapareció. La buscamos por toda la casa, después por todo el terreno. Cuando finalmente la vi al borde mismo del acantilado creí que se me iba a parar el corazón. La llamé, tratando de hacerme oír por encima del ruido del viento y la lluvia. Cuando se volvió a mirarme y le vi la cara, me quedé paralizado. No me atreví a avanzar otro paso. Estaba allí sin el menor asomo de locura en los ojos, tan hermosa, tan tranquila, como el ojo de un huracán. Yo era el que gritaba como un loco. Le supliqué que pensara en Allegra, que pensara en el bebé que estaba creciendo dentro de ella. Que pensara en mí. ¿Sabes lo que me dijo entonces?

Lottie negó con la cabeza, sin poder hacer pasar ni una sola palabra por el nudo que tenía en la garganta.

—En ese momento de perfecta lucidez, me miró con todo el amor del mundo en sus ojos y me dijo: «En eso pienso». Me abalancé a cogerla, pero fue demasiado tarde. Ni siquiera gritó. Simplemente desapareció en la niebla sin emitir ningún sonido.

A Lottie se le escapó un estremecido sollozo.

—Pero les dijiste a las autoridades que había sido un accidente, que se resbaló y cayó.

Él asintió.

—Quería ahorrarle a Allegra el escándalo del suicidio de su madre. Demasiado tarde comprendí que se armaría un escándalo peor y habría murmuraciones más irrefutables. Y jamás me imaginé que Allegra llegaría a culparme de la muerte de su madre. Pero no lo hice sólo por ella. También lo hice por Justine. Quería que a mi mujer la enterraran en campo santo. —Apretó los dientes, al empezar a romperse su serenidad—. No soportaba la idea de que Dios la condenara a una eternidad de sufrimiento cuando su vida había contenido tanto tormento. Así que me quedé al borde de ese acantilado, cegado por la lluvia y las lágrimas, y juré que nunca nadie sabría jamás la verdad acerca de su muerte. Y nadie la ha sabido nunca, hasta ahora. —Entonces la miró, sus ojos fieros—. Hasta que te he conocido a ti.

Lottie se inclinó sobre él mojándole la cara con sus lágrimas. Su salado calor era el único bálsamo que podía ofrecerle para esas heridas tan frescas y tan profundas. Dulcemente le besó la frente, los párpados, las mejillas, el puente de la nariz y finalmente la boca, tratando de arrancar todo el sufrimiento y amargura de su alma.

Gimiendo su nombre como si fuera la respuesta a una oración por mucho tiempo olvidada, él la estrechó en sus brazos y rodó hasta dejarla debajo de él. Cuando Lottie le abrió los brazos y las piernas, ofreciéndole un solaz que trascendía las lágrimas y las palabras, ninguno de los dos oyó crujir ligeramente la puerta del dormitorio al cerrarse.

Capítulo 23

¿Era posible, amable lector, que el escándalo por el desliz de una noche pudiera llevar a toda una vida de amor?

Alguien estaba echando abajo a golpes la puerta del dormitorio de Lottie; eso podría haber sido menos irritante si la persona culpable no estuviera también llamándola a todo pulmón.

Sacado así de un profundo sueño, Hayden se sentó de un salto en la cama, mascullando una maldición. Lottie simplemente gimió una protesta y rodó hasta quedar de vientre, negándose a abandonar ese agradable nido de mantas revueltas y piernas entrelazadas.

Pero los golpes y los gritos no daban señales de acabar.

Finalmente Lottie se cubrió los pechos con una almohada y se sentó, apartándose un mechón de los ojos adormilados.

—Creo que es Sterling. ¿Qué le pasará? ¿Es que he vuelto a gritar?

Rodeándole la cintura con los brazos, Hayden le besó la suave piel de la nuca y susurró:

—No, pero si está dispuesto a esperar un poco, eso se podría conseguir.

Continuaron los golpes.

Lottie trató de zafarse de sus brazos para incorporarse, pero Hayden sencillamente la empujó sobre las almohadas.

—Te advertí que si alguna vez te metía en una buena cama,

milady, no te dejaría salir jamás de ella. Tú te quedas donde estás. Yo me las arreglaré con él esta vez.

Con expresión severa y los cabellos apuntando en todas direcciones, Hayden se bajó de la cama y se enrolló un edredón en las caderas.

—Cuidado —le dijo ella—. Podría estar armado.

—Si lo está, entonces será mejor que se busque un padrino, porque esta vez tengo toda la intención de aceptar su reto.

Lottie podría haberse preocupado más por la amenaza de su marido si no la hubiera distraído lo apetecible que se veía sólo cubierto con un edredón de la cintura para abajo. Suspirando soñadora, admiró el masculino movimiento de sus caderas al caminar hasta la puerta y abrirla.

Sterling abrió la boca, pero antes que pudiera decir una sola palabra, Hayden movió un dedo delante de su cara.

—Estoy harto de tus intromisiones, Devonbrooke. Carlotta ya no es una niña. Es una mujer adulta y no tiene ninguna necesidad de que metas tu arrogante nariz en sus asuntos. Puede que sigas siendo su cuñado, pero ya no eres su tutor. Ahora es mi mujer y tiene todo el maldito derecho de estar donde le corresponde y quiere estar, en «mi» cama.

Frunciendo el entrecejo, desconcertado, Sterling miró hacia Lottie por encima del hombro de Hayden. Alentada por una intensa sensación de orgullo, ella sonrió de oreja a oreja y le hizo una cuchufleta moviendo los dedos delante de la nariz.

Sterling volvió a mirar a Hayden y algo en su expresión hizo desvanecer la sonrisa de Lottie.

—No he venido aquí por Lottie. Se trata de tu hija. Ha desaparecido.

Después de ponerse a toda prisa la ropa desperdigada por todas partes, Lottie y Hayden bajaron corriendo al salón, donde encontraron reunida a la mayor parte de la familia. Sterling se estaba paseando delante del secreter, Laura estaba sentada en el borde de un sofá color crema, su hermosa cara tensa de preocupación. Harriet estaba sentada en el diván y detrás de ella se encontraba George apoyado en el hogar, tamborileando nerviosamente los dedos sobre la repisa, contradiciendo así su indolente postura.

Hayden fue derecho hacia la negra figura sentada en el sillón del rincón:

—¿Dónde está? —preguntó—. ¿Dónde está mi hija?

La señorita Terwilliger se veía aún más encogida que de costumbre, como si estuviera en peligro de ser tragada totalmente por el mullido sillón de orejas. Con los nudosos dedos doblados alrededor de la empuñadura de su bastón, miró a Hayden por encima de sus anteojos, sus legañosos ojos ribeteados de rojo.

—Cuando esta mañana Allegra no se presentó en el aula para la clase, fui a despertarla. Pero cuando eché atrás las mantas, lo único que encontré fue esto. —Del hueco del sillón a su espalda, sacó la muñeca que él le había regalado a su hija.

Hayden cogió la muñeca de sus marchitas manos y acarició tiernamente uno de los brillantes rizos negros.

—Usted estaba encargada de cuidar de ella —dijo, mirándola con ojos acusadores—. ¿Cómo pudo permitir que ocurriera esto?

—No, Hayden —terció Lottie, tristemente—. Era yo la encargada de cuidar de ella.

Antes que él pudiera contestar, entró Cookie en el salón llevando a Ellie cogida de la mano. A juzgar por los ojos hinchados y la nariz roja, la niña llevaba un buen tiempo llorando.

—Adelante, hija —le ordenó Cookie, poniéndola delante de ella—. Diles lo que sabes.

—¡Pero es que le prometí que no lo diría! —sollozó Ellie.

Laura se apresuró a levantarse del sofá y fue a pasarle un brazo por los hombros a su hija.

—Nunca te pediría que rompieras una promesa, Eleanor, pero el marqués está muy asustado por su hijita. La quiere tanto como te queremos nosotros a ti, y si no la encuentra pronto se pondrá muy triste. ¿Puedes decirnos adónde fue?

Rascando la alfombra con la punta del zapato, Ellie miró tímidamente a Hayden.

—Anoche le dije que usted estaba aquí. Al principio no me creyó, pero cuando le conté lo del ratón y de lo colorada que se puso tía Lottie, comprendió que le decía la verdad.

Lottie notó que volvía a ponerse toda colorada.

—¿Qué hizo entonces?

—Dijo que iba a ir a ver a su papá. Pero un rato después fue a mi cuarto y me pidió que le devolviera su muñeca. —Ellie miró ceñuda la muñeca que tenía Hayden en las manos—. Cuando me dijo adónde iba pensé que se la iba a llevar con ella.

—¿Adónde? —le preguntó Hayden, desesperado—. ¿Dónde te dijo que iba?

—A Cornualles. Me dijo que se volvía a casa a Cornualles.

La expresión de Hayden cambió a una de alivio.

—Sólo tiene diez años. Si se ha marchado a Cornualles, aún no puede haber llegado muy lejos. —Su mirada suplicante pasó por todos hasta detenerse en Lottie—. ¿Verdad?

—El coche correo —susurró Harriet.

Puesto que su inexpresiva cara no cambió, a todos les llevó un minuto darse cuenta de que había hablado.

—¿Qué ha dicho, señorita Dimwinkle? —le preguntó George, inclinándose sobre su hombro.

—¡El coche correo! —repitió Harriet, alegrando los ojos tras sus gruesos anteojos—. Allegra sabía que así fue como huí yo a Cornualles. Siempre me hacía preguntas sobre mi viaje. Decía que lo encontraba una aventura estupenda.

Sterling se apoyó en el secreter, desmoronado, presionándose la frente con los dedos.

—¡Dios mío! Si la niña se las arregló para coger un asiento en uno de los coches correo que partieron anoche, ya podría estar a medio camino de Cornualles.

Hayden se pasó la mano por la cabeza, con expresión confusa.

—De todos modos, eso no tiene ningún sentido. Si sabía que yo estaba aquí, ¿para qué demonios ir allí? —Arrodillándose delante de Ellie le cogió suavemente los hombros—. Piensa, cariño. Piensa a fondo. ¿Te dijo Allegra para qué iba a Cornualles?

Ellie asintió lentamente, y el labio inferior le empezó a temblar.

—Dijo que iba a ver a su mamá.

El coche volaba por el páramo, saltando y zangoloteando en todos los baches y surcos del camino, tanto que Lottie llegó a pensar que le saldrían volando todos los dientes.

Hayden los había llevado a través de Inglaterra como un poseso. Habían viajado todo el día y toda la noche, sólo deteniéndose para cambiar caballos cuando el cochero le advertía que los animales estaban en peligro de caer muertos sobre el camino si daban un paso más. Cuando la rotura de un radio de una rueda los tuvo detenidos casi una hora, ella temió que Hayden continuara el viaje a pie.

Habían dado alcance y dejado atrás a tres coches correo, pero a pesar de las súplicas y amenazas de Hayden, ninguno de los cocheros pudo informarles de haber visto a una niñita tratando de conseguir pasaje para Cornualles. El último cochero sí recordaba que había salido otro coche antes que el de él, un coche que debía partir para Cornualles poco después de la medianoche el día anterior.

La muñeca de Allegra iba sentada en el asiento de enfrente, y daba la impresión de que sus ojos violeta y su despreocupada apariencia se burlaban del nerviosismo de ellos. Lottie metió más las manos en su manguito, deseando tener su muñeca, con su sonrisa satisfecha y su guiño en el ojo que le quedaba. Pero su muñeca había desaparecido junto con Allegra.

Mientras el coche volaba por el páramo, Hayden iba asomado a la ventanilla, como había hecho la mayor parte del tiempo durante el trayecto, su perfil tan lúgubre y severo como el cielo de invierno. Prácticamente no había hablado ni una sola palabra con ella desde que partieron de Londres. Se había vuelto a retirar tras a ese caparazón de recelo donde lo encontrara ella cuando lo conoció. Pero cuando le tendió la mano, él se la cogió y entrelazó fuertemente los dedos con los de ella.

Cuando viraron para tomar el camino de entrada, sopló una ráfaga de viento procedente del mar que parecía presagiar una tormenta. El aire frío olía a lluvia y el viento cada vez más fuerte azotaba las ramas desnudas de los árboles del huerto, agitándolas en frenética danza.

El coche se detuvo. Antes que Lottie alcanzara a recogerse las faldas, Hayden ya había abierto la puerta e iba corriendo hacia la casa, gritando el nombre de su hija.

Lottie entró en la casa justo en el momento en que aparecía Martha a toda prisa en el vestíbulo y se encontraba ante su señor, sin sombrero y desesperado.

—¿Qué demonios hace aquí, milord? —preguntó la mujer, su redonda cara arrugada por la sorpresa—. Si hubiera enviado a decir que volvería tan pronto le habríamos preparado su...

Hayden la cogió por los hombros sin dejarla terminar.

—¿Está aquí Allegra, Martha? ¿La has visto?

Martha pestañeó, confusa.

—¿Allegra? Pues claro que no está aquí. Está en Londres con ustedes.

Lottie paseó la vista por el vestíbulo, desesperada, hasta que su mirada recayó en el armario perchero con espejo, donde una pila de sobres sin abrir esperaban el regreso de Hayden.

—El correo, Martha —se apresuró a preguntar—. ¿Ya ha llegado el correo de hoy?

—Vamos, creo que sí. Envié a Jem al pueblo a recogerlo hace más de una hora. —Indicó la pila de cartas, agitando la mano, como descartándolas—. No hay nada de importancia, unos cuantos avisos y una carta de su primo Basil.

Lottie y Hayden se miraron desconcertados.

—¡Allegra! —gritó Hayden, empezando a subir la escalera.

—¡Allegra! —gritó Lottie, corriendo por el corredor que llevaba a la cocina y dependencias.

Al cabo de un rato se encontraron en la sala de música, los dos roncos y sin aliento.

—No he encontrado ni rastro de ella en ninguna parte —dijo él, reflejando su angustia en la cara.

—Ninguno de los criados la ha visto tampoco —dijo Lottie, moviendo la cabeza—. Uy, Hayden, ¿y si nosotros estamos aquí y ella está en Londres, extraviada, asustada y sola?

Hayden levantó la vista hacia el retrato de Justine, con las manos apretadas en puños.

—Pero tu sobrina juró que iba a venir aquí a ver a su madre.

No bien acababan de salir esas palabras por sus labios cuando se volvió a mirar a Lottie, congelándole la sangre con el miedo de sus ojos.

Allegra estaba de pie al borde del acantilado, su capa de viaje ondulando al viento a su espalda. Se veía muy pequeña y frágil contra el tormentoso fondo del cielo y el mar.

Dejando escapar un ronco gemido gutural, Hayden echó a andar. Lottie le cogió el brazo, apuntando hacia las rocas sueltas que estaban pisando los pies de su hija.

Juntos avanzaron sigilosamente, aterrados por la posibilidad de que si ella los oía acercarse se arrojara por el acantilado.

Cuando estaban a una distancia en que se podían hacer oír por encima del rugido de las olas al estrellarse contra las puntiagudas rocas de abajo, Hayden la llamó dulcemente:

—Allegra.

La niña se volvió a mirarlos, y el repentino movimiento la hizo oscilar. Notando lo rígidos que se ponían los músculos de Hayden, Lottie comprendió que estaba recurriendo a todo su autodominio para no abalanzarse a coger en sus brazos a su pequeña. Se le empañaron los ojos de lágrimas al ver la destartalada muñeca que Allegra tenía aferrada en los brazos.

—Allegra, cariño —le dijo, sonriéndole tiernamente—, tu padre y yo hemos estado muy preocupados por ti. Ven aquí, ¿quieres?, para que veamos cómo estás.

Allegra negó enérgicamente con la cabeza, con su carita mojada por las lágrimas casi tapada por el pelo suelto agitado por el viento.

—No quiero que me miréis. No quiero que nadie me mire.

Lottie y Hayden se miraron perplejos. Tendiéndole una mano, Hayden empezó a caminar lentamente, a pasos cortos, hacia la niña. Ella retrocedió un paso, acercándose aún más al mortal abismo. Cuando él se quedó inmóvil, con el brazo extendido, Lottie habría dado diez años de su vida por no tener que ver la expresión que tenía él en su cara en ese momento.

—¿Me tienes miedo, Allegra? —preguntó él—. ¿Es eso? ¿Me tienes miedo porque crees que yo le hice daño a tu madre?

Allegra volvió a negar con la cabeza.

—Sé que no le hiciste ningún daño. Te oí cuando se lo explicaste a Lottie. Ahora sé la verdad. Sé exactamente quién mató a mi mamá.

—¿Quién? —preguntó él, con la voz apenas audible, por el nudo que tenía en la garganta.

Allegra alzó el mentón y miró a los ojos a su padre.

—Yo.

Hayden avanzó otros dos pasos, sin poder contenerse.

—Tú no, cariño. ¿Cómo puedes decir una cosa tan ridícula?

—¡Porque es cierto! —exclamó la niña—. Yo no entendía por qué ella me quería tanto algunos días y otros no soportaba verme. Un día estuve horas fuera de su puerta, llorando y suplicándole que saliera a jugar conmigo. Pero ella no quiso. Entonces me enfurecí y le grité: «¡Te odio! ¡Te odio! ¡Ojalá te murieras!» —Se le agitó el pecho con un desgarrado sollozo—. Y entonces se murió.

—Vamos, cariño. Tú no mataste a tu mamá. —Hayden se arrodilló delante de ella, tratando de contener las lágrimas—. Tú no tienes ninguna culpa de su muerte. Tu madre estaba muy enferma y no encontró ninguna otra manera de poner fin a su sufrimiento. —Movió la cabeza, impotente—. Te quería muchísimo, tú eras la luz de su vida. Si no hubiera estado tan enferma, nunca te habría abandonado. Nunca nos habría abandonado a ninguno de los dos.

Lottie le apretó un hombro, sabiendo que esa era la primera vez que él decía esas palabras y las creía. No sólo eximía a Allegra de culpa; también se perdonaba él todos los pecados que no había cometido nunca.

Él le tendió una mano temblorosa a su hija.

—Ven aquí, cariño, por favor. Ven con papá.

La carita de Allegra se arrugó. Le tendió los brazos, pero en ese momento una violenta ráfaga de viento le azotó la capa, tirándola hacia atrás. Los pies comenzaron a resbalársele por las piedras sueltas.

Mientras Allegra pedaleaba desesperada tratando de recuperar el equilibrio, Hayden se abalanzó a cogerla, y Lottie se abalanzó a coger a Hayden.

Allegra lanzó un grito, su agudo sonido el tema de pesadillas. Hayden alcanzó a coger en el puño la delantera de la capa justo en el instante en que la muñeca se le soltaba de los brazos y empezaba a caer en picado hacia las rugientes olas de abajo. Los tres quedaron oscilando ahí, atrapados en una batalla con el viento.

Enterrando las uñas en la espalda de la capa de Hayden, Lottie cerró fuertemente los ojos y susurró:

—Por favor, Dios, te lo ruego...

En ese preciso instante sopló hacia arriba una violenta ráfaga de viento con olor a jazmín, elevando a Allegra y depositándola en los brazos de su padre. Los tres cayeron tambaleantes hacia atrás y fueron a aterrizar despatarrados sobre las rocas.

—¡Papá! —gritó Allegra, arrojándose en los brazos de Hayden, por primera vez en cuatro años.

Envolviéndola en sus brazos, él hundió la cara en su revuelto pelo.

—No pasa nada, preciosa. No pasa nada. Papá está aquí. No te soltará jamás.

Temblando de alivio y asombro, Lottie miró hacia el borde del acantilado. En el aire iba volando una etérea figura de mujer. La figura sonrió e hizo un gesto de asentimiento, sin un asomo de burla en sus ojos violeta. Entonces Lottie comprendió por fin el mensaje que quería transmitir Justine con su regreso: en la muerte había encontrado finalmente la paz que la eludiera en vida.

Le correspondió el gesto de asentimiento, aceptando su tácita bendición a que hiciera suyos a ese hombre y a esa niña. Cuando Hayden levantó la cabeza, la figura ya se había desvanecido, como si nunca hubiera sido otra cosa que una sutil nubecilla llevada por el viento bajo los negros nubarrones del tormentoso cielo.

Al rodearla Hayden con un brazo atrayéndola a ese círculo encantado, ella le sonrió con los ojos velados por las lágrimas.

—Esta bien, Hayden. Ahora comprendo que Justine siempre será tu primer amor.

Él ahuecó la palma en su mejilla, mirándola con ojos fieros y tiernos a la vez.

—Puede que Justine haya sido mi primer amor, pero tú, mi dulce Lottie, eres y serás mi último amor.

Mientras sus labios rozaban los de ella, inundándola de maravilla y esperanza con su beso, asomó el sol por entre las nubes y a sus oídos llegó un trocito de alegre música de piano.

Hayden se quedó inmóvil.

—¿Habéis oído eso? —preguntó, mirando alrededor, desconcertado—. ¿Creéis que ha sido un fantasma?

—No seas tonto, papá —dijo Allegra, elevando la nariz al aire.

Mirándose y sonriéndose, ella y Lottie entonaron al unísono la frase final:

—No existen esas cosas llamadas fantasmas.

Epílogo

Tomado de la página de sociedad de *The Times*. Londres, 26 de mayo de 1831:

Lady Allegra Oakleigh, la bella y encantadora hija de uno de los más respetados ciudadanos de nuestra hermosa ciudad, hizo su presentación en sociedad anoche en la casa del infame Diablo de Devonbrooke. Inició la velada con la interpretación al piano de la sonata *La Tempestad* de Beethoven. Cuando los invitados, entre los que se hallaba el rey, se quedaron en un pasmado silencio por su brillante ejecución, su orgulloso padre se levantó de un salto gritando «¡Bravo! ¡Bravo!», y luego procedió a instar a la multitud a estallar en una ronda de atronadores aplausos.

Su encantada madrastra, la famosa autora de *La esposa de Lord Muerte* y *Mi querido Barbazul*, rara vez abandonó los brazos de su marido durante la mareadora serie de valses y cuadrillas. Cuando se le preguntó en qué novela estaba trabajando, se limitó a sonreírle a su adorador marido y contestó: «*Un final feliz*».

Nota de la autora

En esta novela, la primera esposa de Hayden, Justine, sufría del trastorno bipolar (también llamado trastorno maníaco-depresivo). Hasta hace unas décadas no se sabía que el trastorno bipolar está causado por desequilibrios químicos en el cerebro, desequilibrios que se pueden tratar eficazmente con medicación, tal como las cardiopatías, las enfermedades renales y la diabetes.

Incluso hoy en día, esta enfermedad, que en Estados Unidos afecta a más de dos millones de adultos al año, suele diagnosticarse erróneamente como depresión clínica o esquizofrenia. Si tú o alguno de tus seres queridos experimenta marcadas fluctuaciones en el estado anímico, caracterizadas por rachas de depresión seguidas por períodos de euforia, insomnio, irritabilidad, precipitación en el habla y pensamiento, ilusiones de grandeza, impulsividad, mal juicio, comportamiento temerario y, en los casos más graves, paranoia, delirio y alucinaciones, consulta con el médico y visita www.bipolarawareness.com para obtener más información.

Actualmente, el tratamiento médico adecuado puede ofrecer algo con lo que Justine sólo podía soñar: esperanza.

Felicidades y buena suerte

Teresa Medeiros
9 de diciembre de 2002